Adios, Nirvana

Conrad Wesselhoeft arbeitete als Schleppermatrose in Singapur, als Freiwilliger beim Friedenskorps in Polynesien und als Journalist bei verschiedenen Zeitungen, unter anderem der New York Times. Er lebt mit seinen drei Kindern und einem Pudel namens Django in Seattle. »Adios, Nirvana« ist sein erstes Jugendbuch. Mehr über Conrad Wesselhoeft auf www.adiosnirvana.com.

Karsten Singelmann erlebte die USA zum ersten Mal hautnah bei einem Schüleraustausch, der ihn in den tiefsten Mittelwesten, nach Iowa, führte. Später studierte er Germanistik in Hamburg und arbeitet seit den Neunzigerjahren als Übersetzer. Er lebt in Hamburg.

Conrad Wesselhoeft

Adios, Nirvana

Aus dem Englischen von
Karsten Singelmann

CARLSEN

Das Zitat von Ernest Hemingway auf S. 153 stammt aus: »Der Garten Eden«, erschienen im Rowohlt Verlag, Hamburg 1999, übersetzt von Werner Schmitz.

Das Zitat von William Shakespeare auf S. 31 stammt aus: »Julius Caesar«, erschienen im Wagenbach Verlag, Berlin 1985, übersetzt von Erich Fried.

Die Zitate von Walt Whitman auf den Seiten 5, 42, 45, 285 stammen aus: »Grasblätter«, nach der Ausgabe von 1891–92 erstmals vollständig übertragen und herausgegeben von Jürgen Brôcan, © Carl Hanser Verlag München 2009.

Alle Abdrucke mit freundlicher Genehmigung des jeweiligen Verlages.

FSC www.fsc.org
MIX
Papier aus verantwortungsvollen Quellen
FSC® C014496

Veröffentlicht im Carlsen Verlag

Published by special arrangement with Houghton Mifflin Harcourt Publishing Company
Originaltitel: »Adios, Nirvana«

Lektorat: Dennis Wohlfeil
Umschlagbild: Tilman Dominka, www.seenandnotseen.de
Umschlaggestaltung: formlabor
Corporate Design Taschenbuch: bell étage
Gesetzt aus der Garamond von Dörlemann Satz, Lemförde
Druck und Bindung: GGP Media GmbH, Pößneck
ISBN 978-3-551-31462-8
Printed in Germany

Alle Bücher im Internet: www.carlsen.de

»Für mich ist jede Stunde des Lichts und der Dunkelheit ein Wunder.«

Walt Whitman

Für Claire, Kit und Jen, in Liebe

1. Kapitel

»Ey, Mann, komm runter da!«

»Alter, mach keinen Scheiß!«

Die mir da zurufen, das sind meine Dickies. Sie stehen gleich neben der Brücke, in dem kleinen Park mit dem Totempfahl. Von wo aus man Elliott Bay und die Innenstadt von Seattle überblicken kann.

Heute Abend allerdings sieht man überhaupt nichts. Heute Abend ist die Welt eine riesige geschüttelte Schneekugel. Massige Flocken fallen herab. Groß wie Kartoffelchips.

In dieser Stadt des ewigen Regens – man höre und staune: Schnee! Einmal-alle-zehn-Jahre-Schnee. Vielleicht sogar alle hundert Jahre. Und er türmt sich rasch immer höher.

Wir haben uns gegenseitig gefrorene Weintrauben in die Gesichtsöffnungen geworfen. Kyle hat das extrem gut drauf – er kann so eine Traube aus fünfzehn Metern mit dem Mund auffangen. Ebenso Javon. Die beiden laufen, springen und hechten durch die Gegend und trotz des wirbelnden Schnees und der trüben Straßenbeleuchtung erwischen sie fast jede Traube.

Nick und ich sind dagegen ziemliche Vollnieten.

Ich fange die Trauben nicht. Ich grabe sie aus dem Schnee. Und esse sie dann.

Es sind Mimis kleine Spezialanfertigungen, entkernt und mit Wodka aufgefüllt. Eine oder zwei oder auch zehn davon richten nicht viel aus, aber dreißig oder vierzig – *holla!* Kyle hat den ganzen Beutel aus unserem Gefrierschrank geholt. Ich hatte ungefähr … weiß der Geier. Hab schon früh den Überblick verloren.

Und jetzt spüre ich die Wirkung. Von jeder einzelnen. Der Rausch setzt ein. Mir ist schwindlig. Ein bisschen schlecht.

Außerdem muss ich pinkeln.

Ich stehe auf der Brüstung der Brücke, ziemlich in der Mitte, und halte mich am Laternenpfahl fest.

Es ist eine alte Betonbrücke. Die Brüstung ist hüfthoch und gerade so breit, dass ich, ohne abzurutschen, darauf stehen kann, solange ich den Laternenpfahl nicht loslasse.

Ich starre hinauf in die strahlende Leuchtstofflampe. Sehe die Flocken in einem leichten Aufwind schweben. Der Boden unter mir ist in vollkommene weiße Dunkelheit getaucht. Es ist gar nicht mal so weit bis dorthin, sieben, acht, höchstens zehn Meter. Reicht gerade, um sich ein paar Knochen zu brechen – oder den Hals. Es sieht aus wie ein weiches Kissen. Mit ein paar Gebüschtroddeln dran.

»Alter, Mensch, Alter …«

»Was machste denn da, Mann?«

Ich ziehe den Reißverschluss meiner Hose auf und explodiere, schleudere ein vier Meter langes Seil aus dampfender Pisse in die Nacht.

Wenn man von einer Brücke runter in einen Schneesturm pinkelt, fühlt sich das an, als würde man mit ewigen Dingen in Kontakt treten. Würde irgendeiner Sache oder einer Person Ehrerbietung erweisen. Aber wem? Den Druiden? Walt Whitman? Nein, Ehrerbietung erweise ich nur einem: meinem Bruder, meinem Zwilling.

Im Leben. Im Tod.

Telemach.

Knirschende Schritte hinter mir. Ich weiß, dass es Nick ist – »Dickie Nickie«.

»He, Jonathan.« Seine Stimme ist ruhig. »Nun komm schon runter.«

Genau in diesem Moment dreht sich mir der Magen um. Ich umklammere den Laternenpfahl noch fester, lehne mich nach vorn. Meine Innereien sprudeln aus mir heraus. Ich schmecke die Trauben, die Bohnen aus der Tortilla, die ich zum Mittagessen hatte. Die Kartoffelröstis. Die Milch.

Während ich mich spuckend krümme, sehe ich, dass unten auf den schneebedeckten Büschen der Frühling ausgebrochen ist. Die Azaleen haben Farbe bekommen. Eine weitere Welle erfasst mich. Und noch eine. Die ganzen verdammten Trauben. Und, weiß der Himmel, noch mehr Tortilla und Röstis.

Bis ich vollkommen ausgewrungen bin.

Das Innere nach außen gekehrt.

Leer.

Ich sehe zu, wie Schneeflocken meine Sauerei bedecken. Es ist, als würden wir, die Nacht und ich, zusammen einen mexikanischen Auflauf machen. Die Nacht legt den Mehlfladen aus, ich steuere die Gemüsesoße bei.

Als ich mich umblicke, stehen auch Kyle und Javon hinter mir.

Kyle meint: »Wenn du dir den Hals brichst, Alter, werd ich dir das nie verzeihen.«

Javon sagt: »Einen von euch haben wir schon verloren. Komm jetzt runter, sonst krieg ich dich am Arsch.«

Es tut weh. Sie sind meine ältesten Freunde, meine Dickies. Und Dickigkeit ist für ewig.

Aber irgendwo in der verschneiten Welt dort unten wartet Telemach.

Ich lockere meinen Griff um den Laternenpfahl.

»Hey!«, rufen sie. »HEY!«

Meine gefrorenen Finger rutschen ab. Panisch greifen Hände nach mir.

Aber ich bin bereits außer Reichweite.

Ich falle … und falle. Ekstase und Freiheit kommen ins Spiel. Irgendwie drehe ich mich auf den Rücken, breite jesusmäßig die Arme aus und warte darauf, dass mein wattiertes Azaleenbett mich in sich aufnimmt. Und dass mein mexikanischer Auflauf mich wärmt.

Ich falle, falle, falle in die verschneite Nacht.

Und denke an meinen Bruder.

Denke an Telemach.

2. Kapitel

Ein Engel starrt auf mich herab. Ganz in Weiß gekleidet. Die Stirn zerfurcht durch ewige Sorge.

Als der Mund sich öffnet, rieche ich Camel ohne Filter. Das Heiligenscheinhaar leuchtet in einem übel verwaschenen Orange. Das weiße Gewand ist ein Seidenkimono – der mit dem Feuerdrachen auf dem Rücken.

»*Goddogott*, Jonathan!«, rümpft sie die Nase. »Du stinkst nach Kotze!«

Sie reißt die Vorhänge auf. Die Bäume und die Dächer draußen sind mit einer weißen Schicht überzogen. Es fällt immer noch Schnee. Er ruft nach mir. Ich würde auch antworten, aber mein Körper ist jetzt auf Schlafen programmiert. Ich ziehe mir die Decke über den Kopf.

»Du hast Glück gehabt, dass du dir nicht den Hals gebrochen hast, Jonathan. Oder erfroren bist. Wenn Nick und Kyle und Javon nicht gewesen wären …«

Ich erinnere mich verschwommen daran, dass man mich aus dem verschneiten Gebüsch gehoben und hinten in den uralten VW Käfer von Kyles Bruder gestopft hat.

»Sie meinen, du wärst sieben Meter tief gefallen – sieben Meter!«

Der Engel ist niemand anders als Frau Pastorin Miriam Jones. Mimi. Meine Mom.

»Wie zum Teufel konntest du von einer Brücke runterfallen, Jonathan?«

»Hau ab, Mimi.«

Achtung, jetzt kommt's ...

»Jonathan, Jonathan, wann wirst du endlich anfangen dein Leben auf die Reihe zu kriegen?«

Mimi fragt mich das seit sechzehn Jahren, seit dem Tag, als ich, zwei Minuten und zwölf Sekunden nach meinem Bruder Telly, auf der Bildfläche erschienen bin und ihr zugezwinkert habe.

»Nächsten Dienstag«, sage ich.

»Jonathan, Jonathan«, sagt Mimi, zieht die Decke zurück und schraubt ihre Nase in mein Gesicht. »Hat deine Mutter nicht schon genug Sorgen?«

Ich habe Kopfschmerzen, die vom Steißbein ausgehen, über das Rückgrat nach oben pulsieren und zwischen dem sechsten und neunten Wirbel »Purple Haze« spielen. Mein Mund ist mit Watte ausgestopft. Meine Augenknochen tun weh.

Ich strecke Arme und Beine, teste meine Finger und Zehen, lasse den Nacken kreisen. Gebrochen ist anscheinend nichts, aber ich fühle mich, als hätte die gesamte Abwehrreihe der Green Bay Packers mich unter sich begraben.

»*Goddogott*«, sagt Mimi. »Ich komm nicht mal rüber ins Bean bei dem Wetter.«

Mimi arbeitet als Barista in einem Drive-in-Coffeeshop, dem »Bikini Bean Espresso«. Deren Reklameslogan ist hundertmal wirkungsvoller als alles, was Starbucks je zu Stande gebracht hat:

»Im Geschmack ganz
OBEN/OHNE
Zusatz, nur die
reine Bohne.«

Diesen Klopfer habe *ich* mir ausgedacht.

Gemessen an all den Truckern und Schweißern, die auf der Zufahrt Schlange stehen, seit sie das Schild aufgestellt haben, hätte ich *mindestens* eintausend Dollar Honorar kriegen müssen. Stattdessen wurde ich in Koffein ausbezahlt – *ein einziger* beschissener Latte, und noch nicht mal die größte Größe.

Autoren werden *nie* angemessen bezahlt.

»Nimm doch den Schlitten«, sage ich.

Mimi hustet wie ein Trucker.

»Da ist ein Brief für dich gekommen, Jonathan.«

Sie haut mit dem Umschlag auf ihren Hintern.

»Nicht jetzt, Mimi. Verzieh dich.«

Sie lässt den Umschlag vor meinem Gesicht baumeln. »Er ist von Dr. Jacobson.«

Krawumm!

Gupti, die Hexe. Die letzte Person, von der ich hören möchte: Schulleiterin an der Taft High School, eine eins neunzig große Inderin aus Mumbai. Ich kann nicht an sie denken, ohne Sitarmusik zu hören oder Safranreis zu riechen. Seit Wochen rechne ich schon damit, dass sie den Hammer auf mich niedersausen lässt.

Ich vergrabe mich unter meiner Decke. Schlaf zerrt mit Macht an mir. Wunderschöne kleine Sirenen. Koboldtänzerinnen. Vier oder fünf Feen von der Sorte Tinkerbell. Aber sie alle erzittern unter dem Klang von Mimis Stimme. *Simsalabim!* Und weg sind sie.

»Guck dir mal dein Zimmer an! *Goddogott!* Hier sieht's aus wie in Bagdad nach einem Bombenangriff. Warum musst du deine T-Shirts auf die Gardinenstange schmeißen? Und sammel deine verdammten Bücher gefälligst auf! Mein

Gott, Jonathan, warum behandelst du deine Bücher so schlecht?«

Stimmt schon, ich behandele meine Bücher nicht gut. Bei Büchern kommst du nicht auf deine Kosten, bevor du sie nicht ein paarmal gegen die Wand gepfeffert hast. Um ihnen den Rücken zu brechen. Meine Bücher sind meine Familie – je mehr sie *mir* wehtun, desto mehr tue ich ihnen weh. Mein schmerzhaftestes, ramponiertestes Buch ist *Grasblätter* von Walt Whitman. Telly hat es mir zum fünfzehnten Geburtstag geschenkt und folgende Worte auf die Titelinnenseite gekritzelt:

WIDERSPRICH DIR SELBST.
ENTHALTE VIELHEITEN.
MAN SIEHT SICH IM SKATERHIMMEL.

Tja, das nennt man wohl seherische Gabe.

»Und was ist mit deiner Gitarre passiert?«, fragt Mimi.

Sie steckt ihre Faust durch die Bruchstelle. »Du und Telly, ihr habt immer so schöne Sachen für mich gespielt, Jonathan. Warum spielst du nicht mehr ›American Pie‹?«

Meine Gitarre, Ruby Tuesday, ist die unangefochtene Königin in meinem Zimmer. Es ist eine sechssaitige akustische Larrivée, eine bildhübsche Kanadierin aus dem tiefsten Saskatchewan mit einem fiesen Extraloch genau unterhalb des Schlagbretts. Was passiert ist? Kyles trampeliger Fuß ist passiert.

»Hast du nicht um die fünfhundert Dollar bei eBay für diese Gitarre bezahlt?«

»Drei achtzig.«

»Ständig schmeißt du dein Geld aus dem Fenster, Jonathan.«

Von wegen. Ruby ist jeden einzelnen Penny wert, selbst mit dem Extraloch. Sie ist mit Gedichtzeilen tätowiert – eine Mischung aus meinen eigenen, Walt Whitmans und denen ein paar anderer – plus Autogrammen und lästerlichen Kyle-Sprüchen. Und sie riecht immer gut – nach Urwald, Lavendel und Tacos. Momentan sitzt sie auf meinem Schaukelstuhl und trägt meine North-Face-Weste. Sie ist das einzige Mädchen, das ich in den Arm nehme.

Mimi zündet sich eine Camel an. Dann zieht sie den Brief aus dem Umschlag, faltet ihn auseinander.

»Sperr die Ohren auf, Baby.«

»Mann, Mimi.«

»›Lieber Jonathan … Wie ich von Miss Sosa höre …‹«

Ich vergrabe mich wieder unter meiner Decke, presse beide Hände auf die Ohren, baue mir meinen eigenen schalldichten Kokon. Mimi stellt sich neben das Bett, beugt sich über mich. Ihre Stimme schneidet durch die Kokonfasern und ich kann jedes von Guptis Worten hören.

»›… hast du – Stand heute – sechzehn Unterrichtsstunden hintereinander im Fach Spanisch III versäumt. Ferner hast du nach Auskunft von Mr Maestretti offenbar an acht der vergangenen zehn Tage nicht am Physikunterricht teilgenommen. In Geschichte und Mathematik werden deine Leistungen als schwach beziehungsweise erbärmlich bezeichnet. Nur Dr. Bramwell berichtet, dass du im Fach Amerikanische Literatur gute Arbeit leistest. Bei einem Schüler, der noch vor einem Jahr als so vielversprechend galt – und der unserer Schule im vergangenen Oktober Ruhm und Ehre beschert hat –, ist dies eine herbe Enttäuschung. Der tragische Verlust deines Bruders …‹«

Mimi schnappt nach Luft. Ein Schluchzen bricht sich in ihr Bahn. Ich respektiere das. Liege ganz still. Für eine Millisekunde steht nichts zwischen uns. Ich überlege sogar, ob ich meinen Arm um sie legen soll. Sie atmet tief durch und liest dann weiter.

»›… ändert nichts an gewissen Fakten bezüglich deiner schulischen Ausbildung. Eine unumstößliche Tatsache, die du bedenken solltest: Wenn du auf deinem derzeitigen Kurs verharrst, wirst du im kommenden Juni nicht in die zwölfte Klasse versetzt werden. Komme bitte am Montag in der vierten Stunde in mein Büro, damit wir deine Strategie besprechen können, um dich wieder auf den Weg des Erfolges zu bringen. Mit freundlichem Gruß, Dr. phil. Gupti R. Jacobson, Direktorin, William Howard Taft High School, West Seattle.‹«

Mimi läuft auf und ab. Murmelt vor sich hin.

Gupti mag meine Feindin sein, aber ich habe auch einen Freund: Dr. Robert Bramwell (alias »Birdwell«). Er ist der Streiter an meiner Seite. Andererseits ist er auch eine echte Hämorride. Seinetwegen bin ich berühmt. Seinetwegen denken die Leute, ich sei ein Wunderkind. Sie erwarten, dass ich ein Kaninchen aus dem Hut zaubere. Das Rote Meer teile. Den Nobelpreis gewinne.

Telemach wurde am 17. April angefahren. Er starb fünfundzwanzig Tage später, am 12. Mai, morgens um 2:11 Uhr im Harborview Medical Center. Im Juni reichte Birdwell meine Gedichte beim Quatch ein – dem Wettbewerb des Bundesstaates Washington um den Preis des besten Nachwuchsdichters – und im Oktober wurde ich als Gewinner verkündet. Ich hatte Studenten aus dem Rennen geworfen, die neunzehn, zwanzig, einundzwanzig Jahre alt waren, darunter welche, die Kreatives Schreiben im Hauptfach an der University of Washington studierten. Und ich war gerade mal sechzehn. In der ganzen neununddreißigjährigen Geschichte des Quatch hatten die Juroren noch nie einen so jungen Gewinner gekürt.

Danach brach die Hölle los.

Die HÖLLE.

Eine Flutwelle des Ruhms riss mich aus meinem beschaulichen Dasein und katapultierte mich auf die große Bühne. Die Scheinwerfer wurden eingeschaltet. Alles strahlte um die Wette, mit Ausnahme der Verlierer.

»Birdwell hat heute Morgen angerufen«, sagt Mimi. »Er hat eine Kopie des Briefes bekommen. Und er hat eine Idee.«

»*Herrgott noch mal!* Lass mich endlich in Ruhe, Mimi.«

Sie zieht die Decke zurück. »Ein Job, Jonathan.«

Ihre Lippen kräuseln sich genussvoll beim Klang dieser Worte. »Einer, bei dem du dich garantiert nicht dreckig machen musst.«

»Es ist sechs Uhr morgens. Lass mich schlafen.«

»Es ist elf Uhr achtzehn«, sagt Mimi. »Hiev deinen kläglichen Poetenhintern aus dem Bett.«

»Bring mir 'n Schluck Orangensaft«, sage ich.

»Ein kleiner Nebenverdienst, Jonathan.«

»Hol mir den verdammten O-Saft, Mimi!«

Sie huscht aus dem Zimmer und kehrt mit einem Becher Leitungswasser zurück. Es ist ein benutzter Kaffeebecher und sie hat sich nicht die Mühe gemacht, ihn auszuspülen. Schmierige Rückstände schaukeln auf dem Wasser.

»Es wäre mehr, als ich dir zahlen könnte«, sagt sie.

In den zurückliegenden fünf Monaten ist es mein Job gewesen, unser Haus zu grundieren und neu anzustreichen. Damit beschäftige ich mich jeden Samstag und Sonntag. Steh auf dem Gerüst, schmirgle und spachtle. Den ganzen Tag lang, ob Regen oder Sonnenschein.

Das Anstreichen markiert die erste Phase in Mimis großem Plan, unser Haus in eine Hochzeitskapelle umzuwandeln: »Die Kapelle des größten Glücks«. Sobald der Grundanstrich drauf ist, soll ich das ganze Haus lila anmalen. Wir werden der Stolz der Delridge Avenue sein. Mimi wird sich in ihr weißes Pastorinnengewand werfen, *Die Gesänge der Buckelwale* auflegen und alsdann Menschen jeglicher Gestalt und Hautfarbe trauen – Zwerge und Riesen, Engel und Mörder –, und das alles in einer Wolke aus Weihrauch und dem Geruch von Plastikrosen.

Wochenlang zahlt mir Mimi gar nichts dafür, dann wedelt sie plötzlich mit ein paar Zwanzigern vor meiner Nase herum. Bei ihr gibt's nur Völlerei oder Hungersnot. Aber insgesamt liege ich immer unterm Mindestlohn.

Bei dem Tempo, das ich vorlege, werde ich den Deckel der ersten Farbdose Lila in ungefähr fünfundzwanzig Jahren aufstemmen. Mimi möchte alles bis zum 1. Juni fertig haben, gerade rechtzeitig für die Heiratssaison.

»Einen zweiten Job? Wie soll ich das denn bitte schön machen?«

»Das schaffst du schon, Baby«, sagt sie. »Notfalls einfach weniger schlafen.«

Ich schlürfe das schmuddelige Wasser. »Was ist das denn für 'n Job?«

»Schriftstellern«, sagt Mimi, während sie sich einen Tabakkrümel von der Zunge pflückt.

»Schriftstellern?«

»Irgend so ein alter Mann liegt im Sterben und möchte, dass jemand seine Lebensgeschichte aufschreibt. Oder so ähnlich. Ich bin mir nicht ganz sicher. Da musst du Birdwell fragen.«

»Du machst wohl Witze.«

Mimi beugt sich zu mir herunter, wobei sie etwas zu viel von dem freilegt, was sich unter ihrem Kimono befindet. Ich mache die Augen zu.

»Großes Ehrenwort, Baby. Das ist kein Witz. Birdwell hat dich vorgeschlagen.«

Eine Flamme in mir erwacht flackernd zum Leben, aber ich schirme sie gut ab. Stattdessen lege ich meine Stirn in noch tiefere Falten.

Im Moment scheine ich alle Leute zu enttäuschen, nur Birdwell nicht. Aus irgendeinem Grund weigert er sich mich abzuschreiben. In seinem Klassenzimmer hat er den Artikel der *Seattle Times* über mich neben die Poster von Jack Kerouac und Mark Twain gehängt, zwei andere Schriftsteller, die Brüder verloren haben. Auch zwei meiner Gedichte hängen an der Pinnwand, »Undurchsichtige Wunder« und »Der Tag, an dem ich einen Bigfoot sah«.

Damals im Oktober habe ich den Wirbel genossen. Inzwischen bin ich durch mit dem Thema Ruhm. Ich will jetzt nur noch meine Ruhe haben, will schlafen. Tausend Jahre schlafen. Die Lektion des Ruhms ist ganz einfach: Es ist großer Mist. Mein Rat an alle, die berühmt werden wollen: Bleibt lieber unbekannt und schlaft euch ordentlich aus.

»Birdwell glaubt, du seist Gottes Geschenk an die Schöpfung, Jonathan. Ich glaube, er ist in dich verliebt.«

»Hau ab, Mimi.«

»Baby, steig aus dem Bett und melde dich bei ihm.«

»Bist du wahnsinnig? Ich wäre letzte Nacht fast abgekratzt!«

»Mein armer Kleiner«, sagt sie. »Irgendwie hast du aber doch überlebt.«

Ein klassischer Mimi-Satz. Sechzehn Jahre ist sie jetzt dabei und noch immer hat sie keinen blassen Schimmer vom Muttersein.

»Ich bitte dich inständig«, sage ich. »Geh! Und zieh dir was an.«

Mimi zieht den Gürtel ihres Kimonos enger. Lächelt. »Ich geb dir eine Stunde, Baby.«

Ich ziehe mir die Decke über den Kopf. Es ist Vormittag, 11:25 Uhr, aber anfühlen tut es sich wie Mitternacht.

Ich versinke schnell.

3. Kapitel

Ich stehe an der Bushaltestelle, schlürfe eine Dose Red Bull und friere mir in meinem Lieblingskapuzenpulli – einem schwarzen mit Reißverschluss und dem Aufdruck ESPAÑA auf der Brust – die Eier ab. Über dem Pulli trage ich noch ein Flanellhemd und sehe damit aus wie ein waschechter Holzfäller aus dem Nordwesten. Beziehungsweise, besser noch, wie Eddie Vedder, der große Grungerock-Gott von West Seattle und der ganzen Welt. Meine Boxershorts sitzen auf Höhe des Bauchnabels. Meine Levi's sitzen auf Höhe der Arschritze.

Die Welt ist ein einziger Vorhang aus Weiß. Ein Jeep Cherokee brettert die Straße hinunter, wirbelt einen Hahnenschwanz an Schnee hinter sich auf und bedeckt damit all die Zweiradantriebe, die in ihren Schneehöhlen am Straßenrand Winterschlaf halten.

Ich fühle mich in dieser Welt zu Hause – diesem Zusammenprall von Unschuld und Arroganz, von Elfen und Idioten. Wenn doch nur Walt Whitman auftauchen und hier neben mir stehen könnte, mit rosigen Wangen und grauem Bart unter seinem Schlapphut. Auch er hatte einen Bruder, dem etwas Schlimmes passiert ist. Auch er hockte nächtelang im Krankenhaus herum. Wir hätten eine Menge Gesprächsstoff, Walt und ich.

Das Trippeltrappel der Krankenschwestern.
Die gähnende Leere, die vor mir liegt.

Irgendwie kann ich noch immer die Trauben von gestern Abend schmecken. Habe ein raues Gefühl im Hals.

Ich trinke das Red Bull aus und lächle bei der Erinnerung an meinen Sturz. Sieben Meter – verdammt! – und kein einziger Knochen gebrochen. Ich weiß, dass meine Dickies es überall herumerzählen werden. Jonathan: Dichter UND Superman.

Das ist nicht das Bild, das ich von mir selbst habe. Ich bin nur ein Dichter. Ohne jedes »und«. Aber ständig verbreiten sie die Kunde, basteln an meiner Legende.

»Ich bin Jonathan, nicht Telly«, sage ich. »Lasst mich in Vergessenheit versinken.«

Sie hören nicht auf mich.

Die meisten Dinge entziehen sich sowieso meiner Kontrolle, das hat die Welt mich gelehrt.

Nur sieben Meter? Es schien viel mehr zu sein. Irgendwie, das weiß ich, besteht eine Verbindung zwischen meinem Sturz und dem Schnee, zwischen mir und Walt Whitman, zwischen Whitman und Telly. Allerdings werde ich noch nicht so ganz schlau draus. Aber dafür ist ja die Dichtung da, um solche Verbindungen herzustellen. Sobald ich die Sache genau ergründet habe, werde ich das in mein neues Gedicht einbauen, »Träume von Telemach«.

Bisher steht »Träume von Telemach« bei 317 Zeilen und es ist weiter am Wachsen.

Ich hab's in Abschnitte eingeteilt, die ich jeweils als ein *Chaos* bezeichne.

Ezra Pound hat die einzelnen Abschnitte in seinem Langgedicht *Cantos* genannt.

Bei Jack Kerouac war jeder Abschnitt von *Mexico City Blues* ein *Chorus*.

Ich ziehe *Chaos* vor, weil es keine Struktur, keine Logik in meinem Schreiben gibt.

Ich schreibe schnell. Frei. Aus dem Bauch heraus.

Alle meine Zeilen entspringen irgendeinem dunklen Brunnen.

In dem es von komischem Getier wimmelt.

Messerfischen.

Potthässlichen Stören.

Riffbarschen mit ADHS.

Bis dato besteht »Träume von Telemach« aus zwölf Chaossen. Es ist dabei, sich zu meinem Meisterwerk, na, sagen wir: Hauptwerk, zu entwickeln.

* * *

Der 22er-Bus kommt knirschend um die Ecke, gewaltige Schneeketten im Zickzackmuster um die Reifen geschnürt. Der Fahrer, ein bulliger Typ mit Pelzmütze, lässt die Tür aufspringen. Er grinst, als ich ihm meine Schülerkarte zeige.

»Ist das das Paradies, oder was?«

»Yeah«, sage ich. »Das Paradies.«

Der Schnee leimt uns zusammen wie Brüder, aber nur für zwei Sekunden.

Ich sinke auf einen Sitz über dem Hinterrad. Breite mich über dem schmalen Heizungsschlitz aus. Aber kaum setzt sich der Bus in Bewegung, weiß ich, dass ich den falschen Platz gewählt habe. Mit jeder Drehung des Rads knallt ein metallenes Kettenende gegen den Boden unter meinen Füßen. Meine Kopfschmerzen melden sich wieder. Mein Magen wechselt in den Schleudergang.

Ich rutsche auf einen geräuschärmeren Sitz.

Im Fenster des 22ers bin ich farblos – eine Körperhülle, die heute noch im Leichenschauhaus landen könnte, mit einem Etikett am großen Zeh.

Auf die Brüstung einer Brücke zu steigen und in den Schnee zu pissen – hey, das ist nichts anderes, als sein Revier zu markieren.

Aber loszulassen – das ist krank.

Es macht mir eine *Scheißangst.*

4. Kapitel

Birdwell wohnt in einem Gebäude namens Fauntleroy Arms, das Ähnlichkeit mit einem verfaulten Zahn hat. Es ist in der Innenstadt, ziemlich weit die Pine Street hoch, in der Nähe des Paramount Theatre.

Ein Obdachloser hat sich in einer dunklen Ecke schlafen gelegt, auf einem trockenen Plätzchen unter den griechischen Säulen.

Ich stochere in meiner Hemdtasche nach Bleistift und meinem kleinen Notizbuch. Lass die Worte schnell herausfließen. Nicht nur weil ich Kopfschmerzen habe, sondern weil schnelles Schreiben mich mit meinem ursprünglichen, heiligen, universellen Ich in Kontakt treten lässt.

Chaos XIII

Oh, du Penner von einem Gebäude,
schützend hältst du den Abfall der Straßen
unter deinen nachgemachten dorischen Säulen fest.
Du hast unsere Großväter
auf diesen Gehsteigen stolzieren sehen,
Humphrey-Bogart-Hüte tragend,
für verwackelte Schwarz-Weiß-Fotos posierend.
Damals in den Jahren der Atomkeller,
wo Familien zitternd Schutz suchten
vor Chruschtschow

und Dosenmilch tranken.
Herkules des Rinnsteins!
Nur zu,
fröstle auf deinem Pappbett.
Du hast deinen Platz
in der Geschichte gefunden
unter den erdbebengeschädigten
mit Taubenscheiße beschmierten Säulen.
Ich suche meinen noch.

Ich habe eine Anspielung auf die Kubakrise mit untergebracht, die wir gerade in Geschichte bei Mr Mandelheim durchnehmen. Aber mit einigen Wendungen bin ich nicht so glücklich. In den letzten Zeilen sind mir ein paar zu viele »Sch«s am Werk. Außerdem bin ich mir nicht ganz sicher, was eine dorische Säule ist.

Aber das bringe ich später in Ordnung.

Ich nehme den Fahrstuhl rauf in den vierten Stock. Bevor ich an die Tür klopfe, höre ich Birdwell drinnen gurren. Was Birdwell betrifft, haben wir alle so unsere Theorien, vielleicht kann ich eine davon jetzt belegen.

Als er die Tür öffnet, lächelt er wie zehn Honigkuchenpferde.

»Hallo, Jonathan.«

»Hey, Dr. Bird... Bramwell.«

Ich werfe einen Blick über seine Schulter.

Birdwell ist ein Spatz von einem Mann. Hakennase. Dicke Brille. Breite, vorgewölbte Brust. Er hat eine komische Art zu gehen, mit schnellen Hüftbewegungen.

Seine Wohnung ist ekelhaft sauber. Er trägt keine Schuhe,

nur dicke Wollsocken, daher streife ich meine gut durchnässten Nikes ab.

»Jonathan, du siehst aus, als wärst du unter einen Laster geraten.«

»Einen Vierzig-Tonnen-Sattelzug«, sage ich. »Ist noch jemand anders hier?«

»Nein, nur du und ich.«

»Aber …«

»Ahh.« Er fängt an zu grinsen. »Komm her, Janey!«

Ich rechne mit Gott weiß was – einem wollüstigen Transvestiten oder wenigstens einem fiependen Terrier, der jetzt aus dem Schlafzimmer geschossen kommt.

Stattdessen fängt plötzlich ein Roboter an zu blinken, dreht sich herum und bleibt, das Gesicht auf Birdwell gerichtet, stehen. Der Roboter kommt auf eine Größe von einem guten halben Meter. Er, beziehungsweise sie, ist gebaut wie Carmen Electra. Der Name, Calamity Jane, ist auf ihrem Tanktop eingestanzt. Ihr Bauchnabel guckt heraus. Er ist gepierct. Ebenso eine der Augenbrauen.

»Sag Hi zu Jonathan, Janey!«

»Hi, Jonathan.« Ihre Stimme klingt auf roboterhafte Weise sexy.

»Na, willst du sie gar nicht zurückgrüßen?«, fragt mich Birdwell.

»Hi«, sage ich.

Birdwell grient vor Vergnügen.

»Jetzt frag sie, was sie von dir hält.«

Holla! Das wird mir jetzt langsam ein bisschen unheimlich. Aber ich bin ja hier zu Gast.

»Nur zu, frag sie.«

»Was hältst du von mir?«

»Du bist der sexyste Mann der Welt«, sagt Janey.

Birdwell lacht sich schlapp. Ich ebenfalls. Aber ich bin mir ziemlich sicher, dass wir aus unterschiedlichen Gründen lachen.

»Janey«, sagt er, »ist sehr gut zu mir.« Er zwinkert. »Ich meine gut-gut.«

»Gut-gut?«

Er nickt. »Sie saugt jeden Morgen Staub, wenn ich aus dem Haus gehe, um zur Schule zu fahren, und jeden Abend, wenn ich das Geschirr abgewaschen habe. Und sie ist eine wunderbare Zuhörerin – keine Widerworte. Nicht wie meine elfte und zwölfte Klasse. Ganz und gar nicht wie du, Jonathan.«

Er lächelt dem kleinen Roboter mit den großen Brüsten zu. »Danke, meine Liebe. Bye-bye.«

»Bye-bye«, sagt sie und dreht sich um 180 Grad, um zu einer Art Landeplatz in der Ecke zu rollen. Sie blinkt ekstatisch, dann schaltet sie sich aus.

Birdwell strahlt wie ein stolzer Vater. Dann verdunkelt sich sein Gesicht. Er geht zu einem Beistelltisch und greift nach seiner Kopie von Dr. Jacobsons Brief. Hält ihn mir vor die Nase.

»Ich nehme an, du hast das hier gesehen?«

»Yeah.«

Ich mache Anstalten, mich auf seine Couch zu setzen – eine weiche beigefarbene mit riesigen Kissen –, doch Birdwell hält mich zurück: »Warte!« Er bringt eine Rolle Luftpolsterfolie zum Vorschein und breitet sie auf dem Sofa aus, auf meiner Seite. Unter sich selbst braucht er keine Luftpolsterfolie.

Wir setzen uns nebeneinander und das Gewicht meines Hinterns lässt ein paar der Luftpolster platzen.

»Nun?«

»Was, nun?«

»Hast du eine Erfolgsstrategie?«

Ich zucke die Achseln. »Einfach leben. Einen Tag nach dem anderen in Angriff nehmen. Mir selbst treu bleiben.«

Birdwell seufzt. »Jonathan, Jonathan ... Hör zu:

›*Es gibt Gezeiten in der Menschen Treiben:*

Nützt man die Flut, so trägt sie uns zum Glück ...‹«

Er wedelt mit einem Finger in meine Richtung.

»›*Versäumt man sie, so stockt die Lebensreise*

Auf seichten Sandbänken und führt ins Unglück ...‹

Weißt du, wer das geschrieben hat?«

Ich schüttel den Kopf.

»Rate.«

»Christoph Kolumbus?«

»Es war William Shakespeare. In *Julius Caesar.* Weißt du, was er damit sagen will?«

»Nein.«

»Was tippst du?«

»Dass wir alle mal ’ne Kreuzfahrt in die Karibik machen sollten?«

Er sieht mich böse an. »Jetzt lass die Witze, Jonathan!«

Ich zucke die Achseln. »Ich habe keine Ahnung, was es bedeuten soll.«

»Es bedeutet«, sagt er, »dass es Momente im Leben gibt, wo man handeln muss. Solche Momente können wunderbar günstige Gelegenheiten sein, aber wir erkennen sie nicht unbedingt immer. Oft dauern sie nur kurze Zeit – ein paar Tage, ein paar Stunden. Wenn sie vorbei sind, kommen sie nie wieder. Dies ist jetzt dein Moment, Jonathan. Eine Gelegenheit, das zu tun, was du am besten kannst: schreiben. Und dafür bezahlt zu werden.«

»Wie viel?«

Er wedelt den Gedanken beiseite, wie einen Furz. »Irrelevant. Darauf kommt es nicht an.«

»Für mich schon.«

»Dann musst du selber danach fragen«, sagt Birdwell. »Ich habe allerdings Erkundigungen eingezogen.«

Erkundigungen. Ich schmecke das Wort ab. Es ist ein kopfschmerziges Wort, sehr administratorisch. Ich hab's noch nie benutzt. Werd's auch nie tun. Außer vielleicht in einem Gedicht. Als Dolchstoß. Als verstörendes Element.

»Es geht um einen Mann namens David Cosgrove, er lebt in einem Hospiz im Admiral District. Er möchte, dass jemand ein Buch über sein Leben schreibt, und bezahlt dafür. Genauer gesagt will er dich, Jonathan.«

»Mich!«

Birdwell nickt. »Er hat dich zufällig im Fernsehen gesehen. Offenbar hat ihm jemand deine Gedichte runtergeladen. Zwei davon haben ihm gut gefallen.«

»Ach ja? Welche denn?«

Birdwell kramt in seinem Gedächtnis. »›Affenzirkus‹ und ›Haarsträubendes Klischee‹.«

»Und alle anderen waren scheiße?«

Birdwell zuckt die Achseln. »Ruhm öffnet Türen, Jonathan.«

»Er kann sie auch zuschlagen«, sage ich.

Birdwell beugt sich zu mir herüber und pustet mir in die Augen – seine sehr seltsame Methode, mir zu sagen, dass ich die Klappe halten soll.

»Du musst wissen, Jonathan, dass Mr Cosgrove ein paar gesundheitliche Probleme hat.«

»Was für Probleme?«

»Er ist herzkrank«, sagt Birdwell. »Und er hat Krebs.«

»Herzkrank *und* Krebs?«

Birdwell nickt. »Und er ist blind.«

»*Holla!* Alter, von so Leuten halt ich lieber Abstand.«

Birdwell blinzelt. »Warum?«

»Erstens mal«, sage ich, »steh ich nicht auf Krankheit. Zweitens mag ich keine Krankenhäuser. Drittens, viertens und fünftens mag ich keine alten Leute, die nach Pisse riechen. Da kann ich einfach nicht drauf, von vorn bis hinten nicht. Mir wird schlecht davon. Die Antwort ist nein.«

Birdwell schüttelt den Kopf. »Jonathan, du bist zu jung, um so viele Vorurteile zu haben. So dermaßen *anti* zu sein.«

»Hey«, sage ich, »ich würde nicht mal in 'nem Schutzanzug da reingehen. Selbst dann nicht, wenn er mir den doppelten Mindestlohn zahlt.«

»Vielleicht würde er das«, sagt Birdwell. »Er ist ein interessanter alter Mann, Jonathan. Ein Veteran aus dem Zweiten Weltkrieg. Ein preisgekrönter Journalist.«

»Ein Journalist? Warum schreibt er sein verdammtes Buch dann nicht selber?«

»Nun, vielleicht weil er blind ist. Und möglicherweise weil er dafür jemanden haben will, der neutral ist. Der mit frischen Augen auf die Sache blickt.«

Ich starre ihn an. »Gucken Sie in diese Augen. Sie sind so ranzig wie alter Käse.«

»Ich habe ihm gesagt, du seist ›brillant‹ und ›angenehm im Umgang‹. Die Hälfte davon ist immerhin wahr.«

»Welche Hälfte?«

»Jonathan, er will dich dafür bezahlen, dass du ein Buch über sein Leben schreibst.«

»Sagen Sie ihm, er soll einen richtigen Schriftsteller engagieren.«

»Du *bist* ein richtiger Schriftsteller!«

»Hey, ich bin überhaupt nichts Richtiges. Nur weil ich diesen bescheuerten Wettbewerb gewonnen hab –«

»Ach, lass das doch, Jonathan! Ich tue dir einen Gefallen. Wenn du das nicht erkennst … Hör zu, es ist ein Schreibjob. Keiner von deinen Hausanstreicher- oder Hilfsmechanikerjobs. Ein Schreibjob! Ich bin seit achtzehn Jahren Lehrer und in dieser ganzen Zeit hat es vielleicht fünf Schüler gegeben – nein, vielleicht drei –, die ich für diese Aufgabe empfohlen hätte, und du gehörst definitiv dazu. Und überhaupt, erzählst du mir nicht dauernd, du seist pleite? Bist du nicht immer gerade auf dem besten Weg, die nächste Postkutsche zu überfallen? Sieh die Sache als Chance, Rohmaterial für deine Gedichte zu bekommen.«

»*Holla!*«, sage ich. »Kommen Sie mir bloß nicht damit. Ich hab Rohmaterial, das für vierzehn Leben reicht.«

»Ja, ja«, sagt Birdwell müde. »Deine Existenzialisten-Angst ist wirklich eindrucksvoll. Der Punkt, Jonathan, ist doch der: Wenn du das hier machst – und es zu einem befriedigenden Abschluss bringst, auf *ehrenhafte* Weise –, dann kann ich Dr. Jacobson dazu bringen, dich ungeschoren davonkommen zu lassen.«

Jetzt hat er meine vollste Aufmerksamkeit.

»Wie könnten Sie das tun?«

»Nun, wenn wir unsere Karten richtig ausspielen, musst du

nicht sitzenbleiben. Dies ist eine ganz besondere Gelegenheit, Jonathan. Ein *Ausgleichs*projekt.«

»Ausgleich?«

»Ja«, sagt Birdwell. »Ich stelle den Antrag, dass diese Arbeit als gleichwertig betrachtet werden soll mit all dem, was du versäumt hast. Ein Weg, der Schule etwas zurückzuzahlen. Aber du musst dir das Projekt zu eigen machen, Jonathan. Dich engagieren. Nichts Halbgares abliefern.«

»Hey«, sage ich, »wenn ich mich für irgendwas engagiere, dann koche ich die Sache voll durch, bei satten zweihundert Grad.«

Trotz dieses ganzen Gelabers habe ich kein gutes Gefühl bei der Sache. Eigentlich soll ich das Haus streichen und damit bin ich schwer im Rückstand. Ich habe in meinem Leben keinen Platz mehr für andere Jobs. Keine Zeit, ein Buch für jemand zu schreiben. Meine ganze innere Architektur – alle Schrauben, Bolzen und Stahlträger – wird benötigt, um mein eigenes Leben aufrecht zu halten, »Träume von Telemach« zu schreiben, mit meinen Dickies abzuhängen, mit Ruby Tuesday rumzumachen. Ach ja, und die Schule – die sollte ich wohl auch nicht vergessen.

Irgendwo zwischen diesem ganzen Zeug versuch ich noch eine Freundin unterzubringen. An der Sache mit meiner Jungfräulichkeit zu arbeiten.

Außerdem fehlen mir ungefähr drei Jahre Schlaf.

»Dieser alte Mann, trägt der Windeln?«

Birdwell springt auf und geht zum Schreibtisch. Bringt einen Umschlag zurück, den er mir reicht. Ich studiere die Adresse:

David O. H. Cosgrove II.
Delphi House
327 East Fillmore St. SW
Seattle, WA 98116

Drinnen steckt ein Brief, der einen Absatz lang von meiner unglaublichen Persönlichkeit und meinem literarischen Genie handelt. Birdwell hat ihn mit leicht durchgedrehtem Überschwang unterzeichnet. Wie ein zwölfjähriges Mädchen.

Er schürzt die Lippen. »Weißt du, was ein Hospiz ist, Jonathan?«

»Klar, das ist da, wo kranke alte Leute ihre Windeln gewechselt kriegen.«

Birdwell seufzt. »Es ist ein Zufluchtsort für die unheilbar Kranken.«

»Jeder, der da drin ist, wird sterben, stimmt's?«

»Wir werden alle sterben, Jonathan.«

»Ich nicht«, sage ich. »Jedenfalls nicht an so einem Ort. Ich spring von einer Brücke, bevor es so weit kommt.«

Birdwell runzelt die Stirn. Er weiß nichts von meiner kleinen Brückeneskapade, aber er wird garantiert davon erfahren. Tut er immer.

Ich versuche ihm den Umschlag zurückzugeben. »Kommen Sie«, sage ich, »Sie wissen, worauf ich hinauswill.«

Er packt meinen Ellbogen, schiebt mich zur Tür.

»Geh David Cosgrove besuchen, Jonathan. Unterhalte dich mit ihm. Finde heraus, was für eine Art Buch du für ihn schreiben sollst. Schließlich bist du der beste Jungschriftsteller im Staate Washington, nicht wahr?«

»Der beste Dichter«, sage ich. »Das ist ein Unterschied.«

Birdwell steckt den Umschlag in die Tasche meines Flanellhemds.

»Es gibt Gezeiten im Treiben der Menschen, Jonathan«, sagt er. »Das hier ist deine Flutwelle. Reite sie, Mann.«

»Ich reite sie morgen«, sage ich. »Erst mal muss ich mein Surfbrett wachsen.«

Birdwell schüttelt den Kopf. »Tu's gleich, solange das Eisen richtig heiß ist.«

Ich deute zum Fenster. »Falls Sie's noch nicht gemerkt haben, so wahnsinnig heiß ist das Eisen im Moment nicht.«

»Mach's gut, Jonathan.«

»Adios«, sage ich.

5. Kapitel

Ich wandere in Richtung Pike Place Market. Ein Bagger rumpelt vorbei und schaufelt eine Ladung Schnee auf den Gehsteig. Er ist nicht mehr schneeweiß. Splitt und Ruß sind inzwischen mit reingemischt. Ein Zeichen von Realität. Das einzige andere Geräusch auf der Straße ist das Knirschen meiner Nikes.

Auf dem Markt steht der Typ vom Zeitungskiosk, eingewickelt in mehrere Pulloverschichten übereinander. Er, die Frau mit den Mini-Donuts und zwei Fischverkäufer in weißen Kitteln starren mit leeren Blicken in die Kälte. Einer der Fischhändler bemerkt mich. »Frischer Coho!«, grölt er los.

Genau das, was ich jetzt brauche – frischen Coho-Lachs.

Wenn man den ganzen modernen Schrott ausblendet – die Autos im Hintergrund und die Glasgebäude –, dann könnte der Markt aus einer viel früheren Zeit stammen. Aus dem London des neunzehnten Jahrhunderts zum Beispiel, und jawohl, da wartet auch schon eine großschnäblige Gans auf die Familie Cratchit. Charles Dickens sitzt gleich dort drüben hinter dem Mansardenfenster bei Kerzenlicht und schreibt alles auf.

Und der graue Mann da in dem abgetragenen Mantel ist Walt Whitman. Und dort, dieser schmierige Typ mit der Knollennase vor der Pizzeria, das ist Charles Bukowski. Und wir alle kommen hier zusammen auf dem Markt, um Kaffee zu trinken und uns über das Schreiben und den Tod zu unterhalten.

Das ist es, was der Schnee bewirkt. Er öffnet ein Fenster im Innern, und alles strömt dort herein und vermischt sich miteinander: Geschichten, Jahrhunderte, Menschen. Vielleicht, wenn ich genau genug hingucke – zum Beispiel um die Ecke und hinter die Krabbenkisten –, sehe ich sogar Telly.

Ich besteige den 22er nach Süden. Derselbe dicke Fahrer von vorhin sitzt am Steuer. Jetzt ist er müde und sagt nichts. Er feiert den Schnee nicht mehr. Wir sind definitiv keine Brüder.

Ich suche mir einen Platz irgendwo rechts in der Mitte, weit weg von den dröhnenden Schneeketten. Ich schlage mein kleines Notizbuch auf, zücke meinen Bleistiftstummel. Kritzle los:

Chaos XIV

Der Unterschied zwischen Schnee und Regen …
Schnee, das sind Telly und ich, wie wir
die Fünf-Stufen-Treppe runterpoppen
hinter der Taft High School, wie wir
heelflippen über das Geländer
hinterm Taco Time
oder Highland Hill shredden.
Regen, das ist ein Versteck suchen
hinter Vics Autowerkstatt,
umzingelt von alten Reifen,
Rücken an Rücken zitternd.
Schnee, das sind Telly und ich, wie wir
die Delridge runterrauschen,
um unsere Leinen im Longfellow Creek auszuwerfen.

Regen, das ist an seinem Bett zu stehen und auf die Tropfinfusion zu starren.

Auf der West Seattle Bridge kommen einige Autos ins Schleudern, stoßen zusammen, flippern und rutschen durch die Gegend, bis sie, die Kotflügel ineinander verkeilt, zum Stehen kommen und alle Fahrspuren blockieren. Knirschend und ruckelnd bremst unser Bus. Der Hals des Fahrers verfärbt sich dunkelrot, aber – gut geschulter Metro-Angestellter, der er ist – er fängt nicht an zu fluchen oder dergleichen, obwohl ich mir sicher bin, dass er es gern täte.

Bald schon höre ich das Tatütata. Ein Polizeiauto kommt herangekurvt, mit roten und blauen Lichtern. Es hält neben uns. Der Cop steigt aus, steckt seinen Kopf in den Bus. »Der Abschleppdienst ist unterwegs«, sagt er. »Verlassen Sie zu Ihrer eigenen Sicherheit bitte nicht den Bus.«

Das ist mein Stichwort. Sobald er sich verzogen hat, stehe ich auf und geh nach vorn. Die Tür ist offen, um frische Luft hereinzulassen, und ich steige einfach aus.

»He, was zum …? Steig wieder ein!«, bellt der Fahrer.

Aber ich gehe weiter und blicke mich nicht um. Ich wandere an den liegengebliebenen Autos vorbei auf den offenen Freeway. Ich bin noch nie auf einem Freeway gegangen, schon gar nicht im Schnee, schon gar nicht auf einer riesigen Bogenbrücke über einem Fluss.

Der Cop bemerkt zunächst nichts. Er spricht mit den Autofahrern. Ich gehe ungefähr fünfzig Meter, dann höre ich ihn rufen. Er schaltet seinen Lautsprecher ein und bombardiert mich mit Drohungen. Ich kümmere mich nicht darum, weil ich weiß, dass er mir nicht folgen wird. Sein Wagen steckt fest. Und er wird mir garantiert nicht zu Fuß nachjagen.

Es ist schön hier oben auf der Brücke – weißes Windgestöber, wirbelnde Gesichtsladungen Schnee. Dafür kann man sich schon mal von wütenden Cops beschimpfen lassen.

Ich stapfe hinüber zum Schutzgeländer, das exakt auf der Höhe meiner Eier verläuft, und stehe einfach da, die Nikes fest auf das rutschige Eis gepflanzt. Es geht mindestens fünfzig Meter runter bis zum Duwamish River. Das Wasser sieht schwarz aus. Keine Frage, der Fluss bedeutet den Tod. Ich bin nur einen Fehltritt von Telemach entfernt.

Einmal ausrutschen und es ist da, das große *Adios!*.

Ich schließe die Augen. Breite die Arme aus.

Mann, es ist so friedlich hier oben.

Ich lasse mich vom Wind hin- und herwiegen.

Dann gebe ich mir einen Ruck und springe zurück in Sicherheit.

Mimi hat weiß Gott genug durchgemacht. Und meine Dickies – Kyle, Javon, Jordan und Nick –, wie könnte ich ihnen das antun? Wir waren als pummlige Kleinkinder zusammen in der Vorschule. Und jetzt sind wir hagere, zottelige, Gitarre spielende, skateboardende, Videospiele zockende, Trauben schmeißende Brüder. Obwohl unser Anführer nicht mehr unter uns weilt. Obwohl er im Skaterhimmel ist.

Mein Motto – Keine Kompromisse! – stammt von ihm.

Die meisten meiner besten Gedanken und Erinnerungen stammen von ihm.

Seinetwegen habe ich meine ersten Treppen gepoppt.

Seinetwegen spiele ich Gitarre. Nicht so gut wie er, technisch gesehen, aber ich kann sie zum Jaulen bringen. Ich kann sie weinen lassen.

Seinetwegen bin ich Dichter. Er hat mich auf Whitman gebracht. Hat mich mit Bukowski bekannt gemacht – »Onkel Buk«.

Gott segne dich, Telly.

Whitman hat zwar geschrieben:

… dass nichts Schöneres geschehen kann als der Tod.

Trotzdem, so was kann ich nicht tun.

Jedenfalls nicht heute.

Nach der Hälfte der Brücke fange ich an mit meinen Schuhen zu skaten. Zuerst bin ich noch ein bisschen wacklig und versuche nur kurze Strecken. Dann aber finde ich eine überfrorene Reifenspur, nehme ordentlich Anlauf und fege übers Eis. Alle Fahrer auf der Gegenfahrbahn starren mit großen Augen zu mir herüber, während ich den langen abschüssigen Abschnitt der Freeway-Brücke hinuntergleite. Auf den Schwingen meiner Nikes.

Ich habe eine Entscheidung zu fällen. Die erste Ausfahrt ist Delridge Way, sie führt mich nach Hause. Ein Stück weiter kommt Admiral Way, dort geht's lang, wenn man zum Windelmann will. Ich bin aufgeputscht von meinem Gleitflug über die West Seattle Bridge. Gleichzeitig bin ich aber auch erschöpft – mit einer Müdigkeit geschlagen, für die es mehr als ein paar Stunden Schlaf braucht, um sie wieder loszuwerden.

»Ich mache es für dich, Birdwell«, sage ich und stapfe an der Delridge-Abfahrt vorbei Richtung Admiral Way. »Und für dich auch, William Shakespeare.«

6. Kapitel

Als ich beim Delphi House ankomme, bin ich fünfzehn Kilometer gelaufen. Okay, in Wirklichkeit waren's nur sechs oder sieben, aber bei dem Schnee macht das gefühlte fünfzehn. Der Abend schleicht sich die ganze Zeit heran, aber es wird nie richtig dunkel. Nur noch trübere Abstufungen eines milchigen Graus folgen aufeinander.

Das Delphi ist ein Gebäude aus Betonziegelsteinen. Klassisches Kindergartendesign.

Ich schiebe mich durch die Eingangstür und werde von einem Strudel der Gerüche eingesaugt: Zitronen-Raumspray, Medikamente, Krebs, Pisse. Es riecht ekelerregend, magenumdrehend faulig, eine Fauligkeit, die deine Seele durchtränkt, dich verzehrt, jede Lebenskraft aussaugt. Und was das Schlimmste ist, es ist der Geruch der falschen Hoffnung. Steckt das Zeug in eine Piñata und ich zerschmettere sie mit dem größten Knüppel, den ich finde. Das ist meine moralische Pflicht.

Der Drang, einfach umzudrehen und wieder rauszulaufen, ist übermächtig. Ich bin gegen alles, wofür dieser Ort steht: Rollstühle, Atemschläuche, Sauerstoffflaschen, Komas, Klemmbretter, das Warten auf den Tod. Ich hab das alles bei Telemach gesehen. Ich würde es gern mit einem Bulldozer in eine große Eisenkiste schaufeln, diese gründlich zuschweißen und sie an der tiefsten Stelle des Ozeans versenken.

Aber der Geist der unheiligen Dreieinigkeit – Gupti, Birdwell und Mimi – schiebt mich vorwärts. Ich denke an Shakespeares Flutwelle, wie sie mich hierhergespült hat. Wie einen zappelnden Fisch auf den Sand geschleudert hat sie mich.

Zwei Empfangskräfte blicken auf. Die eine hat ein Kartoffelgesicht. Ihren Hintern kann ich nicht sehen, möchte aber wetten, dass er ungefähr die Dimensionen eines Flachbildfernsehers hat. Die andere ist … hmm … schätzungsweise achtzehn, vielleicht sogar eher sechzehn, sie hat lange Rastazöpfe und hellgrüne Augen. Vielleicht ist sie asiatischstämmig, vielleicht auch schwarz. Oder, was weiß ich, womöglich sogar arapaho oder nicaraguanisch – oder alles zusammen. Ein globaler Smoothie.

Gerade als ich meine Hände auf den Tresen pflanze, ertönt ein Summer. Flacharsch hievt ihre vier Buchstaben in die Höhe und walzt davon.

Bleibt nur noch Rastalocke, um mich anzustarren.

»Ich bin hier, um einen Ihrer Patienten zu besuchen«, sage ich.

»Gäste«, erwidert sie. »Die Leute hier sind alle zu Gast. Wir haben keine Patienten.«

Ich deute auf eine Frau, die einige Meter entfernt in einem Rollstuhl döst. Sie ist an eine Sauerstoffflasche und eine Art Tropfbeutel angeschlossen. »Die da ist ein Gast?«

Rastalocke nickt. »Mmm-hm.«

Wir starten die »Auge in Auge«-Nummer. Diesen grünen Murmeln werde ich ja wohl standhalten können. Plötzlich bemerke ich, dass auch sie in einem Rollstuhl sitzt. Also blinzele ich. Greife in meine Tasche, ziehe Birdwells Brief hervor und gebe ihn ihr.

»Haben Sie einen *Gast* namens David O. H. Cosgrove der Zweite?«

»Allerdings.« Sie begutachtet den Brief. Blickt überrascht auf. »Bist du der Schriftsteller?«

»Hey.« Ich strecke meine Brust raus. »Ich bin der Dichter. Der Wanderer der Nacht.«

Ich sage meinen Spruch auf.

»Ich höre Amerika singen.
Wenn es den Ton nicht trifft,
kitzle ich seine Nase mit einer Taubenfeder.
Ich zertrümm're sein Gewissen
mit einem Kugelhammer.«

Rastalockes Mund formt sich zu einem Lächeln. Der Frost in ihren Augen schmilzt, aber nur ein bisschen.

»Ein Walt Whitman bist du nicht gerade«, sagt sie.

Holla!

Mein Spruch ist von Whitman abgeleitet – von seinem »I Hear America Singing«-Zeug. Er hat da einen etwas verdrehten Schreibstil, so ähnlich wie Yoda:

Ich höre Amerika singen,
die unterschiedlichen Hymnen hör ich …

»Du kennst Whitman?«, frage ich.

»Wie alt bist du, zwölf?«

»Achtzehn«, lüge ich.

»Bist du wirklich der Typ in diesem Brief?«

Ich lasse den nächsten Spruch vom Stapel:

»Ich bin der Hoffnung Fanal,
befrei' euch von jeder Qual.
Gebt mir dafür euern Schal,
alles andere ist mir egal.«

Ich bin mir ziemlich sicher, dass Rastalocke einen wie mich noch nicht oft erlebt hat. Wenn ich Glück habe, schmeißt sie mich aus dem Gebäude. Dann wäre ich fein raus.

»Du bist nicht der einzige Dichter hier im Haus«, sagt sie. »Komm mit, ich stell dich vor.«

Sie klappt die Tür vom Tresen auf, kommt hervorgerollt und legt sich in die Kurve.

Wir steuern den Flur entlang. Vor Zimmer 114 bremst sie. »Leise!«, flüstert sie.

Ein Nachtlicht streut einen Glanz von Lavendeltod ins Zimmer. Es riecht wie in einem tropischen Garten – dessen Früchte schon fast überreif sind.

Rastalocke drückt die Hand der alten Frau, die im Bett liegt. »Agnes … Agnes …«

Die alte Frau zuckt zusammen. Ihre Augen öffnen sich. Sie ist wirklich alt – ein klarer Fall fürs Guinnessbuch der Rekorde.

»Schauen Sie, wer da ist«, sagt Rastalocke.

Ein kleiner Wasserfall gurgelt in der Ecke. Ein Stehventilator weht mal hier-, mal dorthin. Die alte Frau winkt mir, damit ich näher trete. Sie fasst mich am Handgelenk, ihre zerbrechlichen Finger streichen über meine Knöchel, ziehen meine Hand an ihre Wange.

Mit zittriger Stimme sagt sie: »Du bist gekommen, unsere Wunden zu verbinden.«

»Nee«, sage ich, »ich bin nur zu Besuch.«

»Du hast Arbeit zu erledigen«, sagt sie.

»Yeah«, sage ich. »Da hamse Recht.«

»Geh hinunter zum Meer«, sagt Agnes. »Befreie die Schwimmer in der Finsternis.«

Holla! Diese alte Dame *ist* eine Dichterin.

»Wo ist deine Laute?«, fragt die alte Frau.

»Meine Laute?«

»Ich möchte, dass du mir etwas vorspielst.«

»He, ich habe keine Laute.«

»Nächstes Mal«, sagt Rastalocke. »Er wird Ihnen nächstes Mal etwas vorspielen.«

»Seil einen ab«, sagt Agnes. Von solch betagten Lippen ausgesprochen, funkelt dieses verbale Kleinod so rein, dass es die trübe Dunkelheit des Zimmers zu erleuchten scheint. Ich fühle mich schon viel besser.

Agnes lockert den Griff. Ihre Finger gleiten von mir ab.

Draußen im Flur sage ich: »Machst du so was, um dich hier zwischendurch ein bisschen zu amüsieren?«

»Sie wusste, dass du heute kommen würdest«, sagt Rastalocke. »Sie spricht schon seit Wochen davon.«

»He, bis vor einer Stunde wusste ich selber noch nicht, dass ich kommen würde.«

Rastalocke bremst ihren Rollstuhl. »Glaubst du an das zweite Gesicht?«

»Das zweite Gesicht?«

»Prophezeiung.«

»Hey, ich bin Dichter. Ich glaube an alles.«

»Okay, dann versuch's mal damit«, sagt Rastalocke. »Agnes soll sich in einem fortgeschrittenen Stadium der Demenz befinden. Wenn man ihr aber genau zuhört und ihre Worte analysiert, ergeben sie plötzlich Sinn. Ihr Verstand ist nicht weg, er ist nur an einem anderen Ort. Vielleicht sogar einem schönen Ort. Wer kann schon beurteilen, ob sie nicht womöglich besser dran ist als wir anderen? Ich nenne sie das Orakel von Delphi.«

»Wie das im alten Griechenland?«

»Genau«, sagt Rastalocke. »Wie die Prophetin, die Alexander dem Großen die Zukunft vorausgesagt hat.«

»Und du glaubst, Agnes kann in die Zukunft sehen?«

Rastalocke fixiert mich von schräg unten. »Wie war noch mal dein Name?«

»Jonathan.«

»Du bist ja echt schnell von Begriff, Jonathan.«

Wir rollen weiter zum Zimmer 101. Auf dem Namensschild an der Wand neben der Tür steht DAVID COSGROVE. Rastalocke steckt ihren Kopf ins Zimmer. »Sie haben Besuch, David.«

Sie schiebt mich durch die Tür. Zieht sie dann hinter mir zu.

Klick!

Jetzt stehe ich David O. H. Cosgrove II. allein gegenüber. Er sitzt in seinem Bett, gegen die Kissen gestützt. Er dreht den Kopf.

»Jonathan, bist du das?«

»Ja.«

»Na, das wird auch Zeit.«

7. Kapitel

David ist groß und drahtig, alt und braun gebrannt. Aber seine Bräune zeugt nicht von Gesundheit. Sein Kopf ist kahl wie eine Kidneybohne. Seine Augen sind die umwölkte Erde, vom Mond aus betrachtet.

»Ich verfolge die Nachrichten.« Er wedelt mit einem Finger Richtung Fernsehapparat. »Scheint, als hättest du eine bewegte Saison gehabt.«

»Saison?«

Er nickt, merkt, dass er gleich niesen muss, und fuchtelt hektisch nach der Kleenex-Schachtel. Er greift daneben und schnäuzt dann mit Windstärke zehn auf seinen Schlafanzugärmel. Endlich findet seine Hand die Schachtel und er nimmt sich ein Tuch. Schnaubt. Das Zimmer vibriert vom dröhnenden Freiräumen der Schleimkanäle.

»Eine Saison der Tragödien und Triumphe«, sagt David, während er sich noch die Nase putzt. »Das mit deinem Bruder tut mir leid, Jonathan.«

»Yeah.«

Selbst das ist mir schon zu persönlich. Ich kämpfe gegen das dringende Verlangen an, von hier abzuhauen.

»Dieser Literaturpreis – jemand hat dich mit einem Highschool-Quarterback verglichen, der sofort einen Vertrag in der NFL unterzeichnen könnte. Ist das eine treffende Analogie?«

»Eigentlich nicht«, sage ich. »Ich habe ein paar Gedichte geschrieben, das ist alles.«

»Ich mach das hier mal eben aus.«

Er hantiert mit der Fernbedienung und schaltet den Fernseher aus.

»Setz dich, Jonathan.«

Ich finde einen Klappstuhl in der Ecke, klappe ihn auseinander und setze mich drauf.

»Ich suche jemanden, der mir hilft meine Geschichte zu erzählen.«

»Warum erzählen Sie sie nicht selber?«

Er lächelt. »Das habe ich versucht, aber es hat nicht richtig hingehauen.«

»Waren Sie nicht früher mal Journalist?«

»Ja«, sagt er. »Irgendwann im achtzehnten Jahrhundert.«

Ich zucke mit den Achseln. »Sprechen Sie's doch einfach auf Band. Und dann suchen Sie sich jemand, der es abtippt.«

Er schüttelt den Kopf. »Das ist kein Schreiben.«

»Ich bin nicht billig.«

David Cosgrove runzelt die Stirn. »Natürlich nicht, Jonathan. Dein Honorar ist offensichtlich gestiegen, seit dir der Nobelpreis verliehen wurde.«

»Genau«, sage ich.

Auf dem Beistelltisch steht ein Tablett mit dem Abendessen, das jedoch kaum angerührt ist. Alle Zutaten sehen aus, als habe man ihnen künstliche Farben und Chemikalien injiziert. Grauer Kartoffelbrei. Rosa Schinken. Matschig grünes Gemüse. Schwer zu sagen, ob es Spinat oder Brokkoli ist.

Eine rote Plastikflasche steht neben dem Saftglas auf dem Tablett. Der Markenname auf dem Etikett lautet PEE-Buddy, »Pinkelkumpel«.

Darunter ist eine Elfe abgebildet, die einem zuzwinkert.

Der Tag hat Spuren hinterlassen. Ich bin immer noch angeschlagen von den Trauben gestern Abend. Von meinem Sieben-Meter-Sturz. Von zu wenig Schlaf. Vom endlosen Herumlatschen durch kilometerlange Schneewehen.

Und jetzt diese surreale Kulisse des Delphi – das uralte Orakel Agnes und der kugeläugige David O. H. Cosgrove II.

Ich weiß nicht, ob ich noch mehr davon verarbeiten kann. Ein falsches Wort. Ein falscher Geruch. Ein falscher Gedanke.

Ich bin umzingelt: Ich hab Gupti vor mir. Birdwell hinter mir. Und Mimi nimmt mich von den Seiten in die Zange.

Alle wollen sie was von mir.

Bisher bin ich damit klargekommen. Mit Telly zusammen habe ich immer alles auf die Reihe gekriegt. Aber jetzt ist von meinem Bruder nichts übrig als klebriger grauer Staub und winzige Knochensplitter. Verstreut an seinen Lieblingsorten: Lincoln Park, Alki Beach, Longfellow Creek, Schmitz Park, West Seattle Junction. Eine Prise auf einem der hinteren Sitze im 22er Bus. Ein Teelöffel voll bei Easy Street Records, dem Plattenladen.

Was noch bleibt von Telemach – ungefähr eine Tasse voll Staub –, hat seinen Ruheplatz in einem kleinen schwarzen Kasten in seinem Schrank. Über seinen gelben T-Shirts. Neben seinem Stapel Gitarrenzeitschriften.

Nach der Sache mit Telly dachte ich, ich komme trotzdem mit allem irgendwie klar. Jetzt weiß ich, dass es Grenzen gibt. Nicht klar komme ich jedenfalls mit dem Anblick des »PEE-Buddys« auf dem Essenstablett. Neben dem Schinken, der nach Plastik aussieht. Und dem wässrigen Spinat. Oder was auch immer es ist.

Die kleine Elfe, die mir zuzwinkert.

Ich stehe auf. Sage: »Suchen Sie sich einen anderen Schreiberling.«

Dann bin ich weg. Sprinte durch den Flur, auf der Suche nach dem nächstgelegenen Ausgang. Hinter dem Empfangstresen hebt Rastalocke den Kopf.

Sie spürt, dass mein Abgang ein endgültiger ist. Und wahrhaftig, ich werde nie wieder zurückkehren. Nicht an diesen Ort, wo Tod, Spinat und Pisse sich auf dem Essenstablett ein Stelldichein geben.

8. Kapitel

Als ich endlich nach Hause komme, bin ich dermaßen angewidert, überdreht, fertig mit der Welt und ausgehungert, dass ich hintereinanderweg drei Schüsseln Special K, mit einer satten Ladung C&H, reinem Rohrzucker aus Hawaii – »meinem Partner beim Backen seit über neunundneunzig Jahren« –, in mich hineinschaufle.

In meinem Zimmer kriege ich gerade noch die letzten Minuten von *Seinfeld* mit, aber diese Folge – Kramer und das Feuerwehrauto – habe ich eh schon mindestens fünf Mal gesehen. Also spring ich mit Charles Bukowski ins Bett. Seit Wochen rauben mir seine Gedichte den Atem. Er klatscht eine dreckige Glasur auf die Welt, und wenn sie getrocknet ist, kann man nur noch eins sagen: »Verdammt, Alter!«

Ich sollte mich auf meinen Test über die Französische Revolution vorbereiten, aber ich kann's einfach nicht, nicht solange das Bukowski-Buch auf dem Fußboden liegt.

Ich stelle meinen Wecker auf 3:30 Uhr und sage mir, dass ich dann *auf jeden Fall* lernen werde. Ich lege das Geschichtsbuch neben mein Kopfkissen.

Dann versenke ich mich in Bukowski.

Onkel Buk hat immer einen guten Rat auf Lager. Erfinde dich selbst und dann erfinde dich neu, sagt er. Ändere deinen Ton und deine Gestalt so oft, dass man dich nie einordnen kann.

Ja, genau. Deswegen bin ich ein Grieche unter Römern, ein Aus-dem-Bauch-Sprecher in einem Meer voller Slam-Hopper. Im Hip-Hop und bei dem Slam-Poeten, da gibt es so viel geschwollenes Gerede und fliegende Spucke. Alle stehen sie an derselben Straßenecke und machen denselben verdammten Lärm.

Ich für mein Teil gehe meinen Weg allein.

Ich bin der Typ, den du am Geländer stehen siehst, wenn du in deinem BMW über die Brücke bretterst.

Ich schreibe meinen Namen in Wasser.

Wenn du in Rom bist, verhalte dich wie die Griechen.

Wenn du in West Seattle bist, verhalte dich wie die Alëuten.

Sei du selbst.

Die meisten Leute, die Gedichte zu schreiben versuchen, kapieren das nicht. Sie bauen auf verschwommene Ideen wie Anarchie oder Liebe. Aber das ist so, als würdest du gegen den Wind boxen. Ausgeschlossen, dass du einen Treffer landest. Grundlage für deine Gedichte müssen Bilder sein, und für diese Bilder musst du deinen ganz persönlichen Blickwinkel finden. Wenn du Glück hast, erwachen sie zum Leben. Nimm zum Beispiel folgende zwei Bilder:

Mädchen schläft im Greyhound-Bus ein.

Der Mond geht auf.

Für sich genommen ist der aufgehende Mond gar nichts. Ein ausgelutschtes Klischee. Wenn aber das Mädchen einschläft und dadurch das Aufgehen des Mondes verpasst, hast du alles, was du brauchst. Deine Bilder sind aufgeladen mit Schmerz und dem, was sein könnte. Finde heraus, was das ist, und du hast dein Gedicht. Das ist das Geheimnis – deine

Hand um eine Glasscherbe zu schließen, dann die Hand zu öffnen und einen Schmetterling darin zu finden.

Bukowski weiß das alles eine Million Mal besser als ich. Ein Dutzend Schmetterlinge flattern jedes Mal aus seiner Hand, nachdem er sie um eine Glasscherbe geschlossen hat.

Gott segne dich, Onkel Buk.

Schon bald werden mir die Augenlider schwer.

Schließlich – *Wumm!* – fällt mein Kopf aufs Kissen.

Dann kommt Mimi nach Hause. Schlägt krachend die Tür zu. Kichert. Eine tiefe Stimme folgt ihr in die Küche.

Schlagartig sind meine Augen wieder offen.

Mimi legt ihren Köder aus und lauert auf ihr Opfer.

Telly und ich haben immer unsere Witze darüber gemacht. Darüber, dass all die Typen nur ihre Indy-500-Kurven und den strammen Arsch sehen. Das Gesicht, das einen zum Lächeln bringt, wenn man sie nicht kennt. Nicht unbedingt schön, aber offen und glasklar.

Mein ganzes Leben lang haben die Männer um Kühlschranktüren herumgelinst und Mimi angestarrt. Pizza kaufende Männer. Sechserpacks kaufende Männer. Telly knurrte immer: »Guckt nicht auf ihren Arsch; achtet mal auf die Augen.«

Und er hatte Recht. Ein gesprenkelter Wahnsinn lauert in Mimis Augen. Pfeilschnelle, langzähnige Piranhas. Jeder vernünftige Mann, der direkt in Mimis Augen sieht, würde auf der Stelle die Flucht ergreifen.

Nicht lange und sie kommen die Treppe hochgestiegen, schleichen *Pst-psst!*-machend an meinem Zimmer vorbei. Durch den Spalt in der Tür sehe ich, dass Mimi ihn an der Hand führt. Die Tür zu ihrem Zimmer wird leise geschlossen.

Dann fängt der Zirkus an. Hätten sie Mikrofone an eine Verstärkeranlage angeschlossen, würde es keinen großen Unterschied machen, denn ich kann auch so jedes Knarren, jedes spaßhafte Juchzen, jeden Kanonenschuss, jedes Stöhnen und Seufzen genau hören.

Nach fünf Minuten ist alles vorbei. Unser Zirkuskünstler fängt an zu schnarchen. Mimi flucht. Mimi seufzt. Mimi weint.

Dann Stille.

Weiß der Geier, was sie jetzt denkt. In meiner Vorstellung starrt sie an die mitternächtliche Zimmerdecke und fragt sich, was das verdammte Leben eigentlich für einen Sinn hat. Warum es immer wieder mit Verlust und Schmerz verbunden ist. Übrigens die gleiche Frage, die ich mir auch stelle. Das haben wir immerhin gemeinsam. Trotz aller nur in Googol zu messenden Unterschiede zwischen uns haben wir Telemach gemeinsam.

Und die unermessliche Wüste, in der er uns zurückgelassen hat.

Es ist weiß Gott nicht das erste Mal, dass ich Mimi beim Vögeln zugehört habe. Früher habe ich immer den Kopf unters Kissen gesteckt, um die Geräusche auszublenden. Jetzt sind sie mir ganz willkommen. Sie helfen mir beim Denken. Ich ahne, wie es angehen kann, dass ich Mimis Sohn bin – auch ich bin halb verrückt. Als Dichter muss ich das sein. Aber Telemach? Der war nicht verrückt. Wie konnte er Mimis Sohn sein?

Telemach mit dem goldenen Haar – Achilles auf dem Skateboard, der Sokrates der Asphaltwege. Immer am Skaten und am Gitarrespielen, manchmal beides gleichzeitig. Immer hat er uns angetrieben, hat uns das Gefühl gegeben, wir könnten Bürgermeister und Rockstars sein. Oder sogar Dichter.

Telly war Sonnenschein. Blond und blau.

Ich bin Dunkelheit. Grautöne und sepia.

Ich liege wach und denke über die Ironien und Mysterien des Lebens nach, bis um 3:30 Uhr mein Wecker klingelt. Ich knipse die Leselampe an und versuche mich auf die Französische Revolution zu konzentrieren, doch die Wörter im Buch haben die Sprengkraft eines feucht gewordenen Böllers. Ich kann meine Gedanken einfach nicht auf Talleyrand und Marie Antoinette eingrooven. Mein Verstand ist eine Schüssel mit kaltem Haferbrei. Ich könnte eine Million Jahre schlafen. Wenn ich's nur könnte.

Nach einer Weile schmeiße ich das Buch an die Wand und greif mir stattdessen Ruby Tuesday. Ich schleife meinen Schreibtischstuhl zum Fenster. Seit einiger Zeit arbeite ich an dem Intro zu »No Chump Love Sucker« von den Chili Peppers, aber dafür braucht man extrem gelenkige Finger und das finde ich um diese Tageszeit reichlich viel verlangt. Also daddele ich ein bisschen rum mit Green Days »409 in Your Coffee Maker«, eine simple, mantraartige Melodie, und »Maggot Brain« von Funkadelic, einfach sechs Noten, die endlos wiederholt werden, mit einer kleinen Variation hier und da. Musikalische Tretmühle.

In der folgenden Stunde hüpfe ich schläfrig von einer Hookline zur nächsten, improvisiere ziellos vor mich hin, finde Trost in der Wiederholung.

Ich döse, auf dem Stuhl hängend, Ruby im Arm. In meinem Traum bricht der Tag an, die Vögel singen, die Sonne geht auf. Es ist Sommer – ein Morgen zum Skateboarden.

Telly ist auf seinem berühmten Longboard unterwegs. Ohne Hemd. Seine Boardshorts hängen tief, werden oben gerahmt vom blauen Gummizug seiner Calvin-Klein-Boxer. Sein blonder Lockenschopf fliegt hinter ihm her.

Aber als ich die Augen öffne, ist der Himmel gefroren. Die Straße ist mit Schwärze und Eis überzogen.

Ich fange an »Here Comes the Sun« zu spielen.

Das ist ein Song, der dich vor einen ganzen Haufen Herausforderungen stellt. Wenn du die bewältigst – die Kombination von Zupfen und Schlagen, all die Läufe und das kontrapunktische Zeug –, dann bist du ziemlich gut. Dann kannst du dich erhobenen Hauptes zu den echten Muckern stellen. Telly hat »Here Comes the Sun« eine Million Mal geübt, hat mitgespielt, während die Beatles-Platte lief, bis du keinen Unterschied mehr gehört hast. Bei unserer Mittelstufenabschlussfeier ist er auf einen Picknicktisch gestiegen und hat den Song einer Gruppe von Wein schlürfenden Müttern vorgespielt, hat dabei die Haare fliegen lassen und keine Angst gehabt, die Augen offen zu halten und zu lächeln, ganz anders als ich, wenn ich vor Publikum stehe. Diese Moms sind glatt von ihren Picknickdecken aufgesprungen. Wollten gar nicht mehr aufhören mit ihrem Beifall.

Telly hat das Kapo auf den siebten Bund gesetzt, um diesen lieblichen Harfensound zu erzielen, aber ich benutze kein Kapo, weil ich auf die tiefen Töne aus bin. Ich will den dunklen Morgen mit hineinziehen. Telly konnte alle Läufe. Ich kann kaum einen. Ich weiß nur die Akkorde – D, G, A7, mit einem kleinen Fingergleiten beim A7-Akkord.

Die Sache nimmt langsam Gestalt an, ich lasse ihr Raum und spiele eine langsame, relaxte Version, gebe ihr einen bluesigen Anstrich. Ruby klingt wunderbar. Voller Trauer. Sie nimmt mich an die Hand, führt mich barfuß durch die kanadischen Weizenfelder.

Ich krächze ein bisschen Text dazu, lege ordentlich Whiskyfärbung hinein, was mir nicht so schwerfällt, weil ich tausend Stunden Schlaf nachzuholen habe und noch immer die verdammten Trauben nachschmecken kann. In erster Linie aber, weil ich »Here Comes the S-O-N« denke anstatt »S-U-N«.

Ich schließe mit einem arpeggierten Aufwärtsschlag. Lasse ihn nachklingen, süß und unheilvoll. Bis er in die Wände meines Zimmers hineinsickert.

Ich tätschle Ruby. Strecke den Arm aus, um sie in den Schaukelstuhl zurückzustellen. Da bemerke ich einen Schatten, der in der Tür lehnt.

Fast springe ich aus meinen Boxershorts.

»Heilige Scheiße!«

Er kommt hereingeschlendert, ein großer, zerzauster Fremder. Kein »Hallo«. Kein »Guten Morgen«. Kein »Sorry wegen dem ganzen Zirkuskram mit deiner Mom«.

Mit einem Kopfnicken deutet er auf Ruby. »Was dagegen?«

Da hab ich sehr wohl was gegen. Er ist ein Eindringling – übelste Sorte –, aber es kommt so plötzlich und so früh am Morgen, dass ich nur müde die Achseln zucke. Er hebt Ruby aus ihrem Schaukelstuhl und setzt sich auf meine Bettkante. »Ups«, meint er, als er das zusätzliche Klangloch sieht.

Er stimmt kurz nach und streckt die Hand nach meinem Plektrum aus. Ich gebe es ihm. Unsere Blicke treffen sich.

»So hab ich's noch nie jemanden spielen hören«, sagt er.

»Hast dich richtig reinversenkt. Dein eigenes Ding draus gemacht.«

Er sagt nicht, dass ich toll gespielt hätte, aber trotzdem fühlt es sich gut an. Niemand macht mir je Komplimente für mein Gitarrenspiel oder meinen Gesang. Das liegt wahrscheinlich daran, dass ich, meine Dickies ausgenommen, nie für andere Leute spiele. Vor Publikum erstarre ich. Telly und ich, wir haben immer stundenlang zusammen gejammt und anschließend ist er rausgegangen und hat gespielt, notfalls auch für die Oma an der Bushaltestelle. Er ist durch die West Seattle Junction spaziert und hat dabei auf der Gitarre geschrammelt. Ich? Auf keinen Fall!

Aber seit er gestorben ist, hat sich etwas verändert. Plötzlich ging es leichter mit der Musik. Ich wurde besser. Fast über Nacht. Ich bin nicht so gut wie Telly. Lange nicht. Aber definitiv besser als früher.

Wenn man auf die Musik die gleichen Prinzipien anwendet wie auf die Dichtung – brutale Ehrlichkeit, die Bereitschaft, das Innerste nach außen zu kehren –, wird man automatisch besser. Spiele nach diesen Prinzipien und du kannst mit einer Handvoll Akkorden verdammt weit kommen.

Die Worte dieses Fremden bringen irgendetwas in mir zum Schmelzen. Ich hab jetzt nicht mehr ganz so viel dagegen, dass er hier ist.

Er schnieft kurz, dann beginnt er einen alten Folk-Song zu spielen. Er lässt es leise angehen, aus Rücksicht auf das schlafende Haus. Dann spielt er einen Blues. Sein kleiner Finger wacht auf und es kommt einem vor, als würde er Ruby unter den Armen kitzeln, denn sie fängt jetzt an zu kichern. Er dehnt die Saiten. Ruby bringt Klänge hervor, die ich noch nie von ihr gehört habe – anzügliche, komm-her-und-reibe-mich-Klänge. Er spielt ein tänzelndes »Great Balls of Fire«, singt dazu mit gedämpfter, aber lebhafter Stimme. Zwischen den Strophen wirft er Läufe ein, zerrt an den Saiten, bis Ruby vor Entzücken ächzt. Schön, sie mal lachen zu hören, denn ich ziehe sie immer nur runter. Mache sie depressiv.

»Yeah«, sage ich, als er zum Schluss kommt. »*Wow!*«

Er bückt sich und hebt meine Haarbürste vom Boden auf. Es ist ein altes Teil mit angelaufenem Silberrücken. Indem er die Hand auf die Borsten hält und den Rücken auf die Saiten drückt, beginnt er Slide zu spielen.

»Mann«, sage ich. »O MANN!«

Ruby ist verändert. Sie ist keine blasse, grüblerische Poetin mehr. Sie ist jetzt ein braun gebranntes, blondes Countrygirl. Zwinkernd schwingt sie die Hüften auf einer Veranda in West Texas.

»*Holla!*«, sage ich.

Der Fremde lächelt. Legt die flache Hand auf die Saiten. »Habt ihr noch 'ne andere Gitarre hier irgendwo?«, fragt er.

Telly hat drei Gitarren, aber kein Mensch wird sie je anrühren.

Ich drehe mich um und starre aus dem Fenster. Alles stürzt in sich zusammen.

Er sagt: »Vielleicht können wir uns den Morgen mit einer kleinen Jamsession versüßen.«

»Sie sollten lieber gehen«, sage ich. Und um noch einen draufzusetzen: »Sie sind nicht der Erste, wissen Sie. Und Gitarre spielen können sie alle.«

Er schmunzelt. »Alle?«

»Alle.«

Er zuckt die Achseln.

»Sie wacht bestimmt bald auf«, sage ich. »Sie wird 'ne Scheißlaune haben. Glauben Sie mir, Sie möchten dann mindestens hundert Kilometer weg sein.«

Er schüttelt den Kopf. »Ich hab's nicht eilig. Du musst doch hier irgendwo noch 'ne andere Gitarre haben.«

Na ja, scheiß drauf. Noch mehr, als dass er weggeht, möchte ich, dass er dableibt. Ich weiß nicht, warum, aber es ist so.

Ich stehe auf und schleiche durch den Flur zu Tellys Zimmer, ein Ausflug, den ich schon eine Million Mal gemacht habe, aber kein einziges Mal in den vergangenen acht Monaten. Ich hole tief Luft, halte sie an und reiße die Tür auf. Das Licht in diesem Zimmer ist anders. Mindestens eine Abstufung heller als im übrigen Haus. Seine Gitarren stehen in der Ecke, so wie immer. Seine blaugrüne elektrische Fender. Sein E-Bass, ein Epiphone Thunderbird. Seine akustische Harmony Sovereign, die er rot, weiß und blau angemalt und mit Tränen in allen Farben besprenkelt hat.

Diese Gitarren warten auf Telly, als könne er jederzeit hereingestürmt kommen und sich eine davon schnappen. Gitarren sind in dieser Beziehung wie Hunde. Warten ewig, bleiben für immer treu.

Ich mehme die Harmony, meine zweitliebste Gitarre auf der Welt. Telemach hat sie zu unserem siebten Geburtstag bekommen. Geschenk von Opa, einem großen, langgliedrigen Mann mit weißem Schnauzbart und humpelndem Gang. Stand immer gern am Ufer des Longfellow Creek und sah Telly und mir beim Angeln zu.

Mimi hat er immer die Hölle heißgemacht.

Uns hat er immer zugezwinkert.

Telly hat sich auf die Gitarre gestürzt wie der Frosch auf das Seerosenblatt. Es war auch die erste Gitarre, auf der *ich* je gespielt habe.

Ich habe den Tunnelblick eingeschaltet, will mir das Zimmer nicht angucken. Will nicht die Bilder an der Wand sehen, die vertrauten gelben T-Shirts, die im Schrank hängen, die gestapelten Gitarrenzeitschriften, das Tony-Hawk-Poster mit Autogramm über seinem Bett.

Trotzdem spüre ich seinen Geist. Fühle, dass er da ist. Seine Energie ist so wahnsinnig stark, sie will einfach nicht sterben. Noch im Tod strahlt er einen wärmeren Glanz ab als alle Lebenden.

Fünf Sekunden nachdem ich reingegangen bin, bin ich wieder draußen.

»Dachte ich mir doch«, sagt der Mann, als ich zurückkehre. Er streckt mir die Hand hin. »Ich bin Frank.«

»Hey«, sage ich. »Jonathan.«

Händeschütteln.

»Um wie viel Uhr musst du los zur Schule, Jonathan?«

»Zehn nach sieben.«

»Da haben wir noch viel Zeit«, sagt er.

Er spielt einen Lick, der zu einem Blues in E führt. Sein kleiner Finger fängt wieder an herumzuwirbeln. Ich steuere die passenden Akkorde bei, von E nach A nach B7. Diesmal singt er aber nicht richtig, sondern verfällt in eine Art Sprechgesang zur Musik, dehnt die Wörter, reiht sie aneinander – ein bisschen wie ein Dichter.

»Bin nicht mehr der Schönste,
Werd alt, die Haare gehn zur Neige.
Bin nicht mehr der Schönste,
Werd alt … und lahm … und taub … und blind …
und die Haare gehn zur Neige.
Doch es stecken noch viele gute Songs
in einer alten Geige.«

Und in dieser Art geht es weiter, als Nächstes sitzt er im Schaukelstuhl an irgendwelchen Flüssen, zwinkert lüsternen Mädchen zu und muss mit einem tierischen Kater fertig werden. Zum Schluss gibt's noch einen schönen Riff und das war's. Klappe zu, die Kuh macht Muh. Aus die Maus, wir gehn nach Haus.

»Warum hast du nicht gesungen?«, frage ich.

»Das war ein Talking Blues, Jonathan. Manchmal kann man einen Song besser sprechen als singen.«

Er wackelt mit dem kleinen Finger. »Versuch demnächst mal, den hier zu benutzen. Der Kleine kann echt ein Geschenk des Himmels sein, macht aus jeder Note eine Süßigkeit.«

Er spielt einen A-Akkord und lässt dann seinen kleinen Finger um die anderen, die an ihren Plätzen bleiben, herumtanzen, streut dadurch melancholische Akzente ein.

»Siehst du, was ich meine?«

»Yeah.«

»Lass du mal was hören.«

Oje. Ich kenne bestimmt hundert Songs, zumindest einzelne Teile davon, aber jetzt in diesem Moment fällt mir absolut nichts ein.

»Ich kann nicht singen.«

»Blödsinn«, sagt er. »Du klingst wie der junge Tom Waits.«

»Ich hab keine heißen Licks drauf.«

»Vergiss die heißen Licks.«

Aber ich kann nicht vergessen. Ich muss auf dicke Hose machen. Anstatt also aus dem Bauch heraus zu spielen, versuch ich mich am Intro zu »Sweet Home Alabama«. Aber sofort gerät mein Motor ins Stocken und ich verfalle in meine übliche »Vorspielnervosität«. Meine Finger gefrieren. Was ich jetzt spiele, ist weit entfernt von meiner schwermütigen Version von »Here Comes the S-O-N«, die vorhin ganz natürlich aus mir herausströmte, die ich aber, hätte ich gewusst, dass Frank mir zuhört, ganz bestimmt nicht so hingekriegt hätte.

»*Holla!*«, sagt er. »Lass gut sein. Versuchen wir mal das hier.«

Er spielt die Eröffnungslicks zu etwas, das sich »God's Little Secret« nennt. Er macht es so, dass ich ihm leicht folgen kann, und bald kommen wir in Fahrt, ich spiele Rhythmus mit vier Akkorden, Grundtonart A, und Frank übernimmt mit seinen Bendings den Leadpart. Er beginnt zu singen und schon bald falle ich mit ein. Wir entwickeln einen blitzsauberen zweistimmigen Harmoniegesang. Mitten im ungefähr siebenundvierzigsten

»*Ooo eee, don't forget to pray …*«

beginnen die Wände zu erzittern. Wir hören:

»*Rrruuuuuhhhhheee daaaaaaa!*«

und brechen abrupt ab.

Frank grinst. »Schätze, unsere Fanbasis ist noch ausbaufähig.«

»Scheint so.«

»Ich verstehe das mal als Signal für meinen Abgang.«

Er stellt Ruby in den Schaukelstuhl zurück. Schüttelt mir noch einmal die Hand. »Hat mich gefreut, Jonathan. Bleib bei der Musik. Versuch nicht, wie andere zu sein. Mach's auf deine Art, du hast es in dir.«

Ich lausche, wie er auf Zehenspitzen die Treppe hinuntertappt, die Haustür öffnet, sie wieder schließt. Von meinem Fenster aus sehe ich ihn in sein Auto steigen – einen verbeulten, schneebedeckten roten Subaru – und dann die vereiste Straße entlangrollen.

»Jede Wette, dass ich dich nie wiedersehe«, sage ich.

Der Tag kommt herangeschlichen.

Irrelevant wie eh und je.

9. Kapitel

Ich nehme eine heiße Dusche, döse ein bisschen unter dem Wasserstrahl. Trockne mich ab, ziehe mich an, dann geht's nach unten in die Küche. Während ich meine Schüssel mit Special K fülle, sehe ich eine braune Visitenkarte auf der Arbeitsplatte liegen:

Frank Conway
Musiker/Musiklehrer
Klavier, Gitarre, Schlagzeug, Querflöte
Blues, Folk, Rock, Reggae

Plus alle Kontaktdaten.

Auf der Rückseite, mit Bleistift, drei Wörter: »Ruf mich an.«

Meint er mich oder Mimi?

Achselzuckend stecke ich die Karte ein.

Bald darauf kommt Mimi nach unten geschlurft. Sie trägt ihren weißen Drachenkimono aus Seide und sieht aus wie 'ne Hure aus der Hölle. Zerzauste Locken, blasse Wangen, harter Mund. Ihr Augen-Make-up – das gestern Abend noch geglitzert hat – sieht heute Morgen aus, als hätte sie sich bei einer Schlägerei ein Paar blaue Augen eingefangen. Ihre Hände zittern, als sie die Kaffeemaschine in Gang setzt. Ich halte die Klappe und den Kopf gesenkt. Darin habe ich jahrelange Übung. Andächtig knuspere ich mein Special K.

»*Goddogott*, du mampfst wie ein Pferd«, sagt sie. Dann, um das Terrain zu sondieren: »Wie hast du letzte Nacht geschlafen, Baby?«

Sie kehrt mir den Rücken zu.

»Wie ein Polarbär«, sage ich.

Ihre Schultern entspannen sich.

Aber ich kann es natürlich nicht dabei belassen. Ich muss mein großes Maul aufreißen. »Und wie hast *du* geschlafen, Mimi?«

Sie erstarrt, knirscht mit den Zähnen.

»Du tust den ganzen Tag nichts anderes, als deine verdammten Gedichte zu schreiben und deine verdammte Gitarre zu spielen. Wer zum Teufel bist *du*, dass du über *mich* urteilen willst?«

»Niemand«, sage ich. »Ich bin niemand.«

Sie streckt mir einen Finger entgegen. »Egal was Dr. Jacobson heute von dir verlangt, du wirst es tun! Eins sag ich dir: Wenn du deinen kleinen Poetenarsch nicht hochkriegst, dann kommst du schnurstracks wieder zu deinem Vater. Haben wir uns verstanden?«

Ich hebe die Müslischale an die Lippen und mache ein lautes Schlürfgeräusch.

Mimi zieht ihr Handy aus dem Kimono und fängt an die Nummer zu wählen.

»Stopp!«

Ich setze die Schale ab und sehe sie an. »Auf keinen Fall geh ich dahin zurück«, sage ich. »Eher lebe ich unter der Brücke mit den Punkern und Pennern.«

Sie nickt. »Ihr würdet prima miteinander auskommen, du und die Punker und Penner.«

Der Kaffee ist durchgelaufen. Mimi lässt ihr Handy über den Tresen schlittern, greift sich die Kanne, gießt sich einen Becher ein und gibt einen Schuss Irish Cream dazu. Sie ist auf hundertachtzig.

Ich erkenne meinen Fehler. Komme niemals Mimi in die Quere, wenn sie in Drohlaune ist.

Und es gibt keine schlimmere Drohung als meinen Vater.

Es ist unmöglich, dass Telly und ich seine Söhne sind. Sein Nacken ist zu dick. Seine Nase ist zu groß. Sein Gehirn ist zu klein. Sein haariger Handrücken ist so weich wie ein Vierkantschlüssel. Walt Whitman? Nie von gehört.

Mimi erhebt drohend ihren Finger. »Wenn du deinen Termin mit Dr. Jacobson schmeißt, dann bist du …«

Mimi tut sich ein bisschen schwer damit, Wörter in Dynamitstangen zu verwandeln.

»… geliefert.«

Mein Handy rülpst.

Ich schnappe mir meinen Rucksack und laufe raus zum Auto, dem antiken VW von Kyles Bruder. Der Wagen ist unzählige Male überlackiert worden, übrig geblieben ist am Ende eine irgendwie gräulich-weißlich-vogelschissige Farbe – die gleiche Schattierung wie beim Mond. Mit »Bondo«-Kitt gesprenkelt. Zusammengehalten wird das Ganze durch Kaugummi und Klebeband. Unter dem Gaspedal ist ein Loch. Einen zweiten Gang gibt es nicht.

Als ich einsteige, sagt Kyle: »Meine Damen und Herren, Batman ist soeben eingetroffen. Der Mann, der im Schneesturm von Brücken fliegt.«

Nick, der auf dem Rücksitz mit seinem Handy hantiert, ergänzt: »Der Herr der Lüfte.«

Das Auto riecht nach nassen, schamponierten Haaren und »Altoids«-Bonbons mit Zimtgeschmack.

»Wie geht's meiner Lieblings-MILF heute Morgen?«, erkundigt sich Kyle.

»Alter«, sage ich kopfschüttelnd. »Heute nicht.«

»Sag mir nur eins. Trägt sie diesen Kimono mit dem Feuer speienden Drachen auf dem Rücken?«

»Lass es sein, Mann«, sage ich.

Kyle sagt: »Falls du es vergessen haben solltest, bei der *Dickiesophie* geht es um Wahrheit, und die Wahrheit ist, dass deine Mom von Gott – mit ein wenig Hilfe vielleicht von Aphrodite und einer von Madonna vorgenommenen Endkontrolle – geschaffen wurde, eine MILF zu sein, eine *M*utter, die *I*ch *L*iebend gern –«

»Fick dich doch selbst«, sage ich.

»Respekt, bitte«, sagt Nick. »Läutert euch.«

Kyle verfällt in Schweigen. Sein ganzes Dasein wird durch den Zusammenprall von Demut und Testosteronen bestimmt. Man stelle sich einen Mönch mit 'ner Dauerlatte vor.

Wir gleiten auf profillosen Reifen die verschneite Straße entlang, rutschen hin und wieder über ein Stoppschild hinaus, was nicht ganz unriskant ist, da keiner von uns einen Führerschein hat. Etwas mehr Bodenhaftung gewinnen wir erst auf der Delridge, wo man Pottasche gestreut hat.

Nick tippt mir von hinten auf die Schulter. »Jonathan«, sagt er. »Versuch nicht wieder zu fliegen, okay?«

Ich nicke.

»Versprochen?«

»Yeah.«

Nick seufzt. Auch ich empfinde Erleichterung. Wie könnte ich je ein Versprechen an Nick brechen?

Kyle schnippt die Altoids-Dose mit dem Daumen auf und hält sie mir hin.

»Um wie viel Uhr ist dein Termin bei Gupti?«

»Vierte Stunde.« Ich angle mir einen Bonbon.

Er pfeift durch die Zähne. »Mann, bin ich froh, dass ich nicht du bin.«

Nick sagt: »Sag einfach Ja und Amen zu allem. *Ja, ja, ja, ja, ja*. Dann bist du aus dem Schneider.«

»Scheiße, nein«, erwidere ich.

Als wir bei der Taft ankommen, springen Nick und ich aus dem Auto, um den Wagen über die vereiste Bremsschwelle auf den Parkplatz zu schieben. Es läutet bereits.

»Tu einfach, was sie sagt«, sagt Kyle. »Komm ihr nicht blöd. Zitiere *nicht* Walt Whitman und mach keinen auf Yoda. Sonst reißt du unsere Gruppe auseinander. Willst du das?«

Ich schüttle den Kopf. Hebe die Faust. »Dickies für immer«, sage ich.

»Verdammt richtig.«

Wir stoßen ringsum die Fäuste zusammen.

* * *

»Na, sieh mal einer an«, sagt Mr Maestretti, als ich in den Physiksaal schlüpfe. »Der verlorene Sohn ist zurückgekehrt.«

Ich gleite auf meinen Sitz in einer der hinteren Reihen. Peguero beugt sich herüber. »Alter, bist du echt von ’ner Brücke gefallen?«

»Nee, bin geflogen«, sage ich.

Mr Maestretti erhebt die Stimme. »Wir haben uns zuletzt mit der Avogadro'schen Zahl befasst, Jonathan. Wärst du so freundlich für uns zu rekapitulieren, wer Mr Avogadro war und worin die Bedeutung seiner Zahl besteht?«

Zum Glück habe ich das betreffende Kapitel vor ein paar Tagen überflogen. Ich bin also ansatzweise vertraut mit Avogadro und seiner verschwuchtelten Zahl. Ich täusche Selbstsicherheit vor und spreche mit fester Stimme.

»Italienischer Physiker«, sage ich. »Hat eine Methode entdeckt, die Zahl der Moleküle in einem Stoff zu bestimmen.«

Mr Maestretti wedelt mit der Hand. »Genauer gesagt, in einem Mol eines bestimmten Stoffes. Aber du warst immerhin nahe dran.«

Puuh! Damit habe ich mir erst mal ein bisschen Schonzeit verschafft.

Peguero klopft mir auf den Rücken. Zwei Reihen vor mir dreht Lotus LeClerc sich um und zwinkert mir zu.

Nach wenigen Minuten beginnen die Sirenen des Schlafs zu tanzen. Sie strecken die Arme aus und greifen nach meinen Augenlidern. Diese kleinen Elfen sind ganz schön schwer. Ich muss alle Kraft aufwenden, um meine Augen offen zu halten. Ich strecke mich, wackle mit den Zehen, kritzle vor mich hin, mach mir sogar Notizen. Irgendwie bringe ich die Physikstunde über die Runden.

In der Pause verdrücke ich mich auf die Toilette, halte den Kopf unter den Wasserhahn, trockne mich mit Papierhandtüchern ab. In Spanisch III peinigen die Sirenen mich, indem sie mir Blicke auf Dekolleté und Oberschenkel gewähren. Die Vorwitzigste von ihnen spitzt die Lippen. »*Tu tiens dos bonitos ojos, Jonathan.*«

Miss Sosa starrt in meine Richtung und klopft zweimal auf meinen Tisch. »Warum grinst du so, Jonathan? Wach auf!«

Zwischen der zweiten und dritten Stunde laufe ich auf dem Flur Kyle über den Weg. »Mann, du siehst echt fertig aus.« Er zieht mich zu seinem Schrank, öffnet ihn, greift in den Fußraum eines alten »Dunk High«-Basketballschuhs und zieht einen »Atomic Fireball« hervor.

»Hier, lutsch 'n bisschen Lava«, sagt er.

Ich werfe die kleine rote Zimtbonbonkugel ein. Zwölf Sekunden später steht mein Mund in Flammen.

»Hiroshima ist ein Scheiß gegen einen Atomic Fireball«, sagt Kyle. »Damit kommst du locker durch die Französische Revolution.«

Locker nicht, aber so gerade eben.

Am Anfang der vierten Stunde führt Mrs Scranton mich in Guptis Büro. »Sie kommt gleich, Jonathan. Geht's dir gut?«

»Phänomenal.«

Sie guckt skeptisch. »Ich habe von deinem Sturz gehört.«

»Sieben Meter«, sage ich.

»Warst du beim Arzt?«

»Nicht nötig. Es waren nur sieben Meter.«

Mrs Scranton zeigt ein mütterliches Lächeln. Schließt die Tür. Jetzt bin ich allein in Guptis Büro.

Ich plumpse auf die Couch, die ziemlich niedrig ist und mir ewig lang erscheint. Der Atomic Fireball hat seine Wirkung aufgebraucht. Ich gähne, reibe mir die Augen. Stehe auf, gucke, ob ich etwas Süßes, Koffeinhaltiges sehe – irgendwas, das mich wach hält. Aber da ist nichts. Nur eine kleine Trommel aus dem Kaschmir.

Ich ziehe einen Vorhang zurück und spähe durchs Fenster in ein benachbartes Büro.

Clarence P. Tillmann Jr. sitzt an seinem Schreibtisch. Der hutzelige Jazzgott. Leiter der Taft-Bigband. An der Wand hinter ihm hängt die riesige Vergrößerung eines Zeitschriftencovers von anno Tobak. Es zeigt Mr Tillmann als jungen Mann, Rücken an Rücken mit einem anderen Jazzgott: Dizzy Gillespie. Sie tröten auf ihren Trompeten. Die Schlagzeile lautet »Junge Männer mit Hörnern«.

Mr Tillmann blickt auf, sieht mich. Ich ziehe den Vorhang schnell wieder zu.

Lasse mich erneut auf Guptis Couch nieder.

Da sind die tanzenden Sirenen wieder. Diesmal tragen sie Unterwäsche von Victoria's Secret. Sie legen einen kleinen Pole Dance auf der Innenseite meiner Augenlider hin. Als Nächstes fangen sie mich mit einem Lasso ein. Fesseln mich. Können sich gar nicht mehr einkriegen vor Kichern. Ich wehre mich, aber gegen diese Koboldinnen hast du keine Chance, wenn du total alle bist.

Ich sinke auf Guptis Couch. Mein Gesicht ist wie gemacht für das Kissen, das da liegt.

10. Kapitel

»Jonathan!«

Gupti rüttelt an meiner Schulter.

Ich stöhne auf. »Nur noch einen kleinen Moment.«

»Kriegst du die Augen auf?«

»Die Sirenen haben sie zugeklebt.«

»Die Sirenen?«

Ich rolle von der Couch und mache ein paar blinde Liegestütze. *Hopp hopp hopp!* Ungefähr nach dem zehnten fängt mein Herz an zu pumpen. Jetzt kann ich die Augen öffnen. Ich mache noch ein paar Liegestütze extra, um Blut in mein Gehirn zu pumpen. Dies ist eine wichtige Besprechung und ich will nichts verpassen.

Ich stehe auf, klopfe meine Knie ab und lächle Gupti an. Sie und Mrs Scranton wirken besorgt.

»Jonathan, bist du in der Verfassung, dieses Gespräch zu führen?«, fragt Gupti, jede einzelne Silbe betonend.

»Hey«, sage ich. »Es ist die vierte Stunde. Ich bin da. Hellwach.«

Gupti gibt Mrs Scranton ein Zeichen, dass sie gehen kann.

Ich setze mich mit Bedacht nicht auf die Couch, sondern auf einen harten Stuhl. Gupti zieht sich das Gegenstück dazu heran und setzt sich mir gegenüber.

Sie holt tief Luft, lässt sie wieder entweichen. »Du hast meinen Brief gelesen?«

»Yeah, hab ich.«

»Und du bist bereit über deine Erfolgsstrategie zu sprechen?«

Ich zucke die Achseln.

»Jonathan, das ist eine ernste Angelegenheit. Wir reden über deine Zukunft. Den Rest deines Lebens.«

»Yeah«, sage ich. »Mein Lieblingsthema.«

»Jonathan, du bist eines der größten Talente hier bei uns auf der Taft, aber wenn du nicht eine radikal andere Einstellung zur Schule an den Tag legst, wirst du nicht in die zwölfte Klasse versetzt werden.«

»Radikal?«

»Du weißt schon, was ich meine.«

Gupti trägt ein beigefarbenes Pyjama-Outfit, eine blaue, outdoortaugliche Daunenweste und einen drei Meter langen weißen Schal. Außerdem hat sie fette Schneestiefel an den Füßen. Mit Sandalen ist sie eins neunzig groß, aber in Schneestiefeln sind es eins fünfundneunzig. Sie greift nach irgendwelchen Papieren auf ihrem Schreibtisch.

»Das hier ist eine Zusammenstellung der von dir versäumten Arbeitsaufgaben. Man beachte, dass die Liste nicht auf der ersten Seite endet. Und man beachte ferner, dass sie auch auf der zweiten Seite noch nicht –«

»Lassen Sie mich raten«, sage ich. »Sie endet auf Seite drei.«

Triumphierend zeigt sie mir die drei Seiten, dann verliest sie eine Auswahl der spektakulärsten Versäumnisse meinerseits und macht schließlich eine kleine Pause, um alles hübsch sacken zu lassen.

»Kannst du das alles – nachholen?«

Ich schüttle den Kopf.

»Jonathan, ich bin keine hartherzige Person. Ich bin eine

mitfühlende Person. Ich empfinde Sympathie für dich, vielleicht sogar Empathie. Kennst du den Unterschied zwischen Sympathie und Empathie?«

»Der ist ziemlich subtil«, sage ich.

»Na schön«, sagt sie. »Ich schlage dir einen Deal vor.« Sie atmet aus. »Jonathan, du musst versprechen von jetzt an bis zum Ende des Schuljahres alle Kurse zu besuchen und die damit verbundenen Aufgaben zu erledigen –«

»Abgemacht!«

Ihr Gesicht verdüstert sich. »Lass mich ausreden.«

Sie schließt die Augen. Sucht ihren inneren Ruhepol. Ihr Chi. Als sie ihn gefunden hat, macht sie die Augen wieder auf.

Jetzt kommt's.

»Und du musst dich verpflichten das Projekt durchzuführen, das Dr. Bramwell vorgeschlagen hat.«

Ich stöhne auf. »Sie meinen, das verdammte Buch schreiben?«

»Ja.«

»Wie soll ich 'n das machen?«

Sie lächelt. Es ist ein Lächeln, das alles Leid des indischen Subkontinents in sich aufgenommen hat. »Wie du das machen sollst? Mit harter Arbeit und Hingabe, so und nicht anders. Das Schuljahr geht in viereinhalb Monaten zu Ende. Wenn du den Wunsch hast, versetzt du werden, und den Wunsch, deinen Abschluss zur gleichen Zeit wie deine Klassenkameraden zu machen und nicht zusammen mit ihren jüngeren Geschwistern, dann wirst du dich an die Arbeit machen. Du wirst dich voll einsetzen. Du wirst ein paar Gänge hochschalten. Man nennt das Selbstaktualisierung, Jonathan. Du wirst tatsächlich zu dem Du werden, das in dir angelegt ist.«

Eine Lüftungsklappe öffnet sich. Schwaden der Trübsal strömen in mein Inneres.

»Aber wie soll ich in viereinhalb Monaten ein ganzes Buch schreiben?«

»Jonathan, schreib einfach etwas, das eine Aussage hat. Etwas Wahres. Und Kostbares. Und Schönes. Wie du es in deinen Gedichten tust. Wie ist noch mal der Titel deines Gedichts über Abraham Lincoln – das du letztes Jahr beim Tag der offenen Tür vorgelesen hast?«

»›Affentheater‹.«

»Ja. ›Affentheater‹. Kannst du es für mich aufsagen?«

»Äh … nein«, sage ich. »Ich lerne meine Gedichte nie auswendig.«

Und das ist wahr. Auswendiglernen ist eine Form der Einkerkerung. Ich schreibe die Gedichte, dann befreie ich sie. *Simsalabim!*

Gupti geht zu ihrem Aktenschrank, blättert sich durch etlichen Papierkram, findet das Gedicht. Sie setzt ihre Brille auf. Nimmt ihre Gedichtlesehaltung ein. Hebt die Stimme:

»Affentheater
Der General schrieb an seine Frau:
›Liebling, unser Präsident ist das Urbild eines Gorillas.
Ein Pavian. Er weiß nichts.
Er bringt Schande über die Nation.
Blut fließt in Strömen
am Shiloh
und am Antietam,
während dieser Pavian
Bananen schält und schnattert.‹

Heute stand ich an der Bushaltestelle,
wartete auf den 22er.
Nebel schob sich durch die Delridge Avenue.
Strom der Geschichte.
Einen Fluss voll Blut
vergieße ich jeden Tag
auf meiner Zickzackreise
Richtung Tod.
Bevor ich einem General folge
in die Schlacht, folge ich lieber
einem Pavian auf einen Baum hinauf,
hoch oben im Blattwerk zu sitzen,
zu schnattern und Bananen zu schälen.«

Gupti nimmt die Brille ab. Macht ein nachdenkliches Gesicht.

»Für mich, Jonathan, sagt das etwas darüber aus, wie wir unsere Geschichte betrachten. Sowohl aus der Nähe als auch aus der Distanz. Die Geschichte lehrt uns, dass General McClellan ein dünkelhafter Schwadroneur war. Lincoln dagegen war vielleicht etwas ungehobelt, aber weise. Wenn du dich an dieses neue Projekt machst, möchte ich, dass du dich ganz einbringst, so wie du dich in dieses Gedicht eingebracht hast.«

Ich starre sie an. Sprachlos.

»Jonathan, wenn jemand dazu in der Lage ist, dann du. Abgemacht?«

Ich schüttle den Kopf.

Gupti legt die Stirn in Falten. Sämtliche Monsune Südasiens verdüstern ihren Blick.

Ich höre Nicks Echo – »Sag einfach Ja und Amen zu allem«.

Das Schütteln meines Kopfes geht in eine eher parabolische Bewegung über. Dann wird aus der Parabel ein Nicken. Ich weiß, dass ich das hier bereuen werde. Aber ein ganzes Jahr verlieren möchte ich auch nicht.

Dickigkeit geht über alles.

»Yeah, klar. Abgemacht. Ich mach's.«

Der Sturm löst sich auf. Die Sonne bricht durch die Wolkendecke über Kalkutta. Hare Krishna!

»Eine letzte Sache noch«, sagt Gupti.

Auweia.

»Ich werde deine Angelegenheit mit besonderem Wohlwollen betrachten, Jonathan, wenn …«

Sie beugt sich zu mir. Ihr Parfüm ist ein Tropfen aus dem Ganges, ein Hauch von gebuttertem Popcorn. Ich starre auf das rote Tilaka auf ihrer Stirn.

Gupti legt ein geheimnisvolles Lächeln auf. »Ich bin ein *Riesen*fan von Pinky Toe.«

»Von was?«

»Pinky Toe – die Band. Du weißt schon, benannt nach …« Sie zeigt auf die Zehenpartie ihres schneegestiefelten Fußes.

Ich verstehe nur Bahnhof.

»Die Abschlussfeier ist am Freitag, dem 1. Juni«, sagt Gupti. »Ich möchte, dass du eine Pinky-Toe-Nummer für uns aufführst.«

»Eine Nummer … aufführen? Sie meinen –?«

»Ich meine singen und dazu Gitarre spielen.«

»Vor der ganzen Schule?«

»Der ganzen Schul*gemeinde*, Jonathan.«

»*Holla!*«, sage ich. »Stopp mal! Das mach ich nicht. Ich bin kein Rockstar.«

»Ach, Unsinn.«

Ich schüttle den Kopf. »Sie verwechseln mich mit meinem Bruder. Er war der Frontmann. Ich bin der Schattenmann.«

Gupti lächelt. »Na ja, Jonathan, dann wird es Zeit, dass du aus dem Schatten deines Bruders heraustrittst. Außerdem habe ich gehört, wie du deine Gedichte vor Hunderten von Menschen vorgelesen hast. Du scheinst das ganz souverän zu machen.«

»Hey, da besteht ein großer Unterschied. Das ist Dichtung. Das ist Trance.«

»Musik ist auch Trance, Jonathan. Und ich habe dich bereits Gitarre spielen und singen hören.«

»Nie im Leben haben Sie das. Sie haben Telly Gitarre spielen und singen hören. Wir werden ständig verwechselt. Aber macht nichts. Ich vergebe Ihnen.«

Gupti sagt: »Erinnerst du dich an den letzten Schultag vor den Weihnachtsferien? Ein Freitag. Es war dunkel – hat in Strömen geregnet. Irgendwie seid ihr, Kyle und du, nach dem Schlussläuten in den Musikraum gelangt. Eingebrochen, würde ich mal sagen. Das ist eine ernste Sache, Jonathan. Ein Verstoß gegen die Schulordnung. Ich hätte euch beide bestrafen können, habe es aber nicht getan.«

»*Wow!* Das haben Sie gehört?«

Sie zieht eine Augenbraue hoch. »Ich glaube, ich verstehe, Jonathan. Es geht um diese Gitarre, nicht wahr?«

»Diese Gitarre« ist zufällig eine kirschrote Rickenbacker 360–6, eine Spezialanfertigung aus Bubinga-Holz, welches extra aus Afrika importiert wurde. The Vedder – wir sprechen hier von Eddie dem Großen – hat sie signiert und der Taft High School gestiftet, zu Ehren von Telemach. Auch zwei seiner akustischen Gitarren hat er der Schule als Schenkung überlassen: eine Martin Dreadnought und eine Alvarez Yairi mit einem Country-Gentleman-Cutaway.

Aber die »Ric« – o mein Gott! Sie ist locker das wertvollste, kostbarste Musikinstrument im gesamten Schulbezirk Seattle. Vielleicht im ganzen Land. Nick hat im Netz mal recherchiert. Normal liegt eine spezialgefertigte Ric 360–6 bei ungefähr fünf Riesen. Aber da The Vedder sie signiert hat – und dieses kleine Messingsschild draufschrauben ließ –, hat sie sofort den Status der Unsterblichkeit erlangt. Sie muss bestimmt zehn Mal so viel wert sein. Er hat sie mit Ruhm imprägniert. Ihr den Stoff von Legenden eingestanzt. Würde man sie bei eBay versteigern, könnte man ein Vermögen machen.

Kein Scheiß.

Guptis kleiner Gitarrenkommentar hat einen Zug in Gang gesetzt. Ich springe drauf. Tuckere zurück bis zu jenem regnerischen Nachmittag kurz vor Weihnachten. Ich verpasse dabei nicht das Geringste, denn Gupti redet derweil von nichts anderem als Ethik, Moral und Integrität.

Also rolle ich still und leise aus dem Bahnhof hinaus.

Puff puff puff.

* * *

Welchen Nutzen hat eine großartige Gitarre, wenn keiner auf ihr spielt? Und auf Anordnung des Fachbereichs Musik darf niemand die Ric 360–6 spielen. Sie ist verdammt noch mal zu heilig dafür.

Aber ich will mit Telemach in Kontakt treten. Es sind meine ersten Weihnachten ohne ihn.

Kyle zückt den Schlüssel, den Mr Takakawa an einem Haken hinter dem Sicherungskasten verwahrt. Er schließt den Musikraum auf. Dann öffnet er das Allerheiligste – die Tür zum Instrumentenraum. Jetzt stehen wir in einem dunklen Urwald aus riesigen Bässen und hängenden Fagotten, Saxofonen und Pauken. Die Saiteninstrumente sind in schweren schwarzen Koffern gestapelt.

Ganz hinten steht ein hoher schmaler Schrank. Mit einem Vorhängeschloss so groß wie ein Kaffeebecher. Kyle probiert alle Schlüssel aus. Greift dann zu seinem Taschenmesser. Kurze Zeit später – *voilà*.

Die Ric schläft in einem silbern glänzenden Gitarrenkoffer im oberen Regalfach. Ich ziehe den Koffer heraus, trage ihn in den Musikraum. Lasse die Schlösser aufspringen. Hebe Ricky aus ihrem schwarzen Plüschbett, wo sie in ihrem seidenen Pyjama gelegen hat, wie eine Prinzessin. Streiche mit den Fingern über das kleine Messingsschild:

Für Telemach: R.I.P. und bleibe in Verbindung. Eddie Vedder

Nicht der kleinste Kratzer drauf zu sehen. Absolut jungfräulich.

Genau wie ich.

Ah, Eddie, danke. Verrückter alter Skater-Rocker-Superstar. Obwohl du weltberühmt bist, bleibst du einfach Eddie. Ein zottiger Skater im flatternden Flanellhemd. Ein Millionär in zerschrammten Doc Martens. Das erste Mal haben Telly und ich den großen Eddie Vedder bei Easy Street Records in der West Seattle Junction getroffen. Um nicht abzuheben, arbeitet er zwischen den Tourneen dort am Verkaufstresen. Er hat diese einzigartige Stimme – tiiiieeeeef. Und er hat immer sein kleines Song-Notizbuch dabei, das in seine Hemdtasche passt. Wenn er nicht damit beschäftigt ist, Kunden behilflich zu sein, zieht er sich ans Ende des Tresens zurück, macht sich unsichtbar und kritzelt in seinem Notizbuch herum. Wie ein Dichter.

Ich brauchte ihn nur zu beobachten, um zu wissen, dass auch ich ein kleines Notizbuch haben musste. Und einen Stummelbleistift. Damals begann ich sie überall mit mir herumzutragen – nachdem ich gesehen hatte, wie Eddie alle möglichen Ideen aufschnappte und sie schnell notierte, bevor sie sich wieder verflüchtigten.

Rat an aufstrebende Dichter: Tragt immer ein kleines Notizbuch bei euch. Und einen Bleistift oder Kugelschreiber.

Und schreibt hinein: regelmäßig, zwanghaft – und lesbar.

Eddie nannte uns die »Chiaroscuro-Zwillinge«. *Chiaroscuro* ist italienisch und bedeutet »hell und dunkel«. Er meinte damit Haar- und Augenfarbe und vielleicht, unbewusst, auch noch mehr.

Er wohnt in einem schlossartigen Haus, das sich in erhöhter Lage an einen Wald aus Gifteichen und Erlen schmiegt und auf den Puget Sound hinausblickt. An Halloween vor zwei Jahren hatten Telly und ich es uns in den Kopf gesetzt, ihn mal zu besuchen.

Unsere Strategie: uns an den Wachleuten vorbeischleichen, über die Mauer klettern, an die Tür klopfen.

Dann – am allerwichtigsten – das richtige Passwort parat haben:

»Gitarre.«

Ratet mal, wer uns die Tür aufmachte? Im offenen Flanellhemd und so?

Aber The Vedder war nicht übermäßig erfreut uns zu sehen.

Er grummelte irgendwas über Sicherheit, vor allem wegen seiner Kids, die im ersten Stock schliefen.

»Hey, Eddie«, sagte Telly. »Süßes oder Saures.«

»Geht nach Hause«, sagte Eddie.

»Wir sind geschäftlich hier«, meinte Telly.

Eddie schien drauf und dran die Tür zuzuschlagen. Aber dann sagte Telly das Passwort:

»In *Gitarren*... geschäften.«

Telly zieht seine Masche ab: »Hey, ich bin grad auf der Suche nach 'ner neuen. Die Auswahl ist so groß ... Da haben wir uns gedacht, fragen wir doch einfach den größten Gitarristen, den wir kennen. Und da sind wir.«

Eddie knirscht mit den Zähnen. Dann winkt er uns »für eine Minute – keine verdammte Sekunde länger« hinein. Wir gehen auf Zehenspitzen nach oben, an den Zimmern seiner schlafenden Kinder vorbei, bis ins Musikstudio im dritten Stock. Es ist strahlend hell dort drin, helle Möbel, an der Wand hängende Gitarren. Ein gerahmtes Riesenposter von Bob Dylan. Ein mächtiges Mischpult. Eine tiefe Couch. Harte Stühle. Notenständer.

Es ist, als würde man ins private Allerheiligste eines Grunge-Rock-Einsteins spazieren. Sein persönliches Musiklaboratorium. Ein Ort des Trostes, aber auch der Verwirrung.

Eddie deutet auf eine Wand voller Gitarren.

»Meine erste.« Er nimmt eine akustische Washburn in die Hand.

Telly springen inzwischen schon die Augen aus dem Kopf. Fast tropft ihm der Sabber vom Mund. Er hat die glänzend rote Rickenbacker 360–6 gesehen.

»Grade gestern eingetroffen«, sagt Eddie. »Spezialanfertigung. Die F-Löcher habe ich selbst designt.«

Telly steht vor dem Instrument. Legt die Hand auf den lackierten Korpus. Streicht mit den Fingern über den Hals. Lässt sie bei den eingelegten Perlmuttmarkierungen verweilen.

»Nur zu«, sagt Eddie. »Du wirst der Erste sein. Ich bin noch gar nicht dazu gekommen, sie zu spielen.«

Das ist wie eine Einladung, mit Cinderella zu tanzen, doch da wird Telly plötzlich schüchtern. Und so schüttelt er den Kopf und nimmt ein unscheinbareres Mädchen bei der Hand, eine akustische Alvarez Yairi. Eddie tauscht die Washburn gegen eine Martin-D-28-Dreadnought. Auf dem Couchtisch steht ein Goldfischglas voller Plektra und es liegen auch reichlich Kapodaster herum.

Beide setzen sich auf Hocker, stimmen die Instrumente und beginnen herumzuklimpern. Ich sitze auf der Couch. Ohne Gitarre. Unwürdig.

Telly ist in jeder Beziehung ein besserer Gitarrist als ich. Und ein besserer Sänger. Sollte ich daran je gezweifelt haben, dann weiß ich es jetzt. Er kennt zehn Mal so viele Akkorde und er kann viel besser zupfen. Mein Stil ist eher langsam, mit vielen Bendings. Ich bin ein schlampiger, abgemotzter Kleinstadtgitarrist, die Deppenversion eines Stevie Ray Vaughn. Liegt vielleicht daran, dass ich nicht Tellys langgliedrige Finger oder seinen technischen Glanz besitze. Ich verstecke mich hinter dem Prinzip Schlichtheit.

Wir wissen es beide. Wir wissen es jetzt und auf ewig, weil ich mir keine Gitarre nehme. Hab den Schneid nicht. Nicht in Gegenwart von The Vedder.

Also versinke ich in der Couch der Schüchternen. Aber das macht mir nichts. Dort gehöre ich hin, wenn Eddie der Große in der Nähe ist.

Aus Eddies und Tellys Improvisationen bilden sich langsam Strukturen und diese Strukturen klingen bald vertraut. Eddie übernimmt die Führung mit Blicken, die so viel sagen wie »hier lang« oder »Tonart G«. Telly ist immer sofort dabei. Eddie sitzt über seine Dreadnought gebeugt und verfällt in eine Art Trance. Dann fängt er an zu singen.

Ich habe den großen Vedder tausendmal auf CDs gehört, aber nichts klingt so direkt, so ungeschönt und schmerzhaft wie der Mann in persona.

Seine Stimme ist Thors Hammer und Jesu Samthandschuh in einem. Und er benutzt noch nicht mal ein Mikrofon.

Der Song, den sie spielen, ist Dylans »Masters of War«, eine Volldampf-Tirade gegen den militärischen Wahnsinn. Gegen all die holzköpfigen Generäle und die Politiker, die ihnen nach dem Mund reden.

Beim Hören dieses Songs macht sich das starke Gefühl in mir breit, das es nur eins gibt, was Amerika tun kann – ein globales Friedenspicknick an den Ufern des Mississippi veranstalten.

Danach spielen sie Eddies eigenes »Society«, welches das genaue Gegenteil ist, ein sparsamer, sanfter, schwermütiger Song über seelische Isolation. In Tellys Rhythmusbegleitung hinein spielt Eddie einen Leadriff, bei dem jede Note demütig und rein klingt, bis auf eine, bei der er die Saite dehnt. Und dieses eine Bending verzaubert den ganzen Song. Es ist der Schrei aller Menschen nach Liebe.

Gute Gitarren, mit frisch aufgezogenen Saiten, kannst du richtig zum Schwingen bringen. Ich mache mir Gedanken über die schlafenden Kinder ein Stockwerk tiefer, aber Eddie hat das Studio höchstwahrscheinlich schalldicht gemacht.

Als sie fertig sind, hängt Eddie müde über seiner D-28.

»Hast du noch was?«, fragt er Telly.

Das ist, als würde man einen Vogel bitten am Morgen ein Lied anzustimmen.

Telly wirft einen Blick auf die Ric. »Hey, wenn du wirklich nichts dagegen hast …«

Eddie zuckt die Achseln. »Nur zu.«

Telly springt auf und tauscht die Gitarren aus. Jetzt hält er die Ric im Arm. Wiegt sie wie ein frisch gewickeltes Neugeborenes, mit zarter Ehrfurcht. Er verbindet sie mit einem Kabel, dreht den Volume-Regler so, dass der Sound grad mal ein bisschen lauter ist als eine akustische Gitarre. Klemmt ein Kapo weit oben auf den siebten Bund. Drückt die Ric fest an seine Hüfte. Spielt einen arpeggierten D-Akkord. Sofort hört man die unverwechselbare Stimme der Ric. Sanft und trotzdem kraftvoll. Wie Hannibal, der auf einem Berg in den Alpen steht und ins Tal hinunterflüstert.

Telly nimmt sich ein stärkeres Plektrum. In Gegenwart von The Vedder sind dicke Eier gefragt. Wenn man sich für ein hartes Plektrum entscheidet, ist man auf einen klaren, selbstbewussten Sound aus. Dann sollte man aber auch jeden Ton treffen. Denn wenn man sich verhaspelt, ist alles vorbei. Ich hätte ein dünnes Plektrum genommen, weil man damit seine Fehler ein bisschen kaschieren kann.

Aber Telly geht aufs Ganze.

Er sammelt sich.

Wartet darauf, dass Gott sein Okay gibt.

Dann legt er los mit dem Engelstöne-Intro zu »Here Comes the Sun«.

Es strömt einfach aus ihm heraus. Strahlend hell.

Ein vollkommener Sonnenaufgang.

Ein goldener Tautropfen.

Keine Spur von Nervosität, obwohl es The Vedder ist, vor dem er hier spielt.

EV – Eddie der Große.

Mr Wes C. Addle.

Aber in diesem Moment ist Eddie einfach irgendein Typ, der an einem mondlosen Halloween-Abend über seiner Gitarre hängt.

Und die Sonne geht auf. Wärmt seine Wangen.

Tellys Stimme findet ihren Weg. Er ist ein besserer Sänger, wenn er leise singt. Wenn er die Sau rauslässt, ist er nur Durchschnitt. Aber auf die sanfte Tour, da kann er praktisch alles ausdrücken. Du glaubst ihm, wenn er davon singt, wie lang und kalt und wie verdammt einsam der Winter war.

Breitbeinig steht er auf dem D, zupft dann den Lauf nach unten.

Spielt das kontrapunktische Zeug auf den tiefen Saiten, den aufstrebenden Basslauf.

So gut war er noch nie. Seine Spinnenfinger rasen auf dem Hals der Ric hin und her.

Es ist, als wüsste die Gitarre haargenau, wo es langgeht, und würde Telly sicher zum Gipfel geleiten. Er kann gar keine Fehler machen. Keinen einzigen. Die Ric lässt es nicht zu.

Dann ist Telly durch.

Tsching!

Stille im Raum, während das abschließende D erhaben nachklingt.

Telly ist genauso von den Socken wie ich. Ehrfurchtsvoll starrt er die Ric an. Ein irres, heiligenmäßiges Lächeln legt sich über sein Gesicht.

The Vedder sitzt immer noch über seine Dreadnought gebeugt. Nachdenklich. Alles ist irgendwie in der Schwebe. Dann fängt er an zu grinsen.

»Alter«, sagt er. »ALTER! Wie alt bist du eigentlich?«

* * *

An jenem Nachmittag in der Taft High School stöpselt Kyle mein Kabel ein. Aber nicht in irgendeinen Babyverstärker, sondern in den, der bei Football-Spielen zum Einsatz kommt. Fat Phyllis. Sie hat noch eine unwesentlich kleinere Zwillingsschwester: Big Bertha. Diese beiden Verstärker sind ungefähr so groß wie ein Ford- oder Toyota-Pick-up. Gott sei Dank lässt Kyle Bertha erst mal auf der Ersatzbank.

Nachdem ich die Gitarre kurz gestimmt habe, gleite ich ins Intro von »All Apologies«, ein Power-Riff Marke Kurt Cobain. *Holla!* Das ist gigantisch, selbst bei nur zu fünf Prozent aufgedrehter Lautstärke! Ein Erdbeben der Stärke zwölf auf der Richterskala. Kyle zappelt vor Vergnügen.

»Ah nee, Mann«, sage ich. »Dreh runter.«

Kyle ändert die Feineinstellung, dann stellt er ein Mikrofon vor mir auf.

»Spiel ›Desecration Smile‹«, sagt er.

Ich fange mit einem cis-Moll-Akkord an, weil ich John Fruscantes Fingerspreizung über vier Bünde nicht hinkriege.

Was ich aber immerhin mitspiele, ist seine hinzugefügte None auf E, die ungefähr die gleiche Wirkung hat, als wenn man eine gute Prise Paprikapulver über seine pochierten Eier streut. Ich spiele die Nummer knackig, aber sanft. Singe mit Flüsterstimme, in der Hoffnung, dass es keiner hört.

Kyle schnappt sich Mr Takakawas Cowboyhut von einem Haken, drückt die Krempe bis knapp über die Augen und fällt in den Refrain mit ein, wobei er im Bongostil auf einen Trommelkoffer klopft.

Die Saiten der Ric sind wie aus Seide. Ich verhaspele mich ein paarmal, aber die Ric ist so nett, so nachsichtig, sie überspielt meine Fehler.

Eine Gitarre, die klüger ist als du selbst, ist nichts anderes als ein Kunstwerk.

Die Ric ist Michelangelos *David.*

* * *

»Das haben Sie gehört?«, frage ich Gupti, als sie ihren Vortrag über Schuldisziplin und deren insbesondere von Shiva und Vishnu abzuleitenden Prinzipien beendet hat.

»Oh, mein lieber Junge«, sagt sie. »Jeden einzelnen Ton habe ich gehört. Du warst … wie soll ich es ausdrücken? Fabuloso.«

»Fabuloso?«

»Weißt du, Jonathan«, sagt Gupti, »Talent ist wie die Traube am Rebstock. Reifen tut es nur, wenn wir es hegen und pflegen, wenn wir dafür sorgen, dass es Sonnenlicht bekommt. Wenn wir es aber im Dunkeln lassen, wird es verkümmern. Du musst die Welt an deinen vielen Gaben teilhaben lassen.«

»Yeah«, sage ich, »ich will schließlich nicht, dass sie sich in Rosinen verwandeln.«

Gupti haut mir aufs Knie. »Ich habe vollstes Vertrauen zu dir, Jonathan. Besiegeln wir unser Abkommen doch mit einem Händedruck.«

»Warum nicht.«

Wir reichen uns die Hände. Ihre würden jedem Trucker zur Ehre gereichen.

»Gut«, sagt Gupti. »Damit steht dann also unsere Erfolgsstrategie. Ist das nicht ein gutes Gefühl?«

Sie erhebt sich, wirft sich den Schal über die Schulter. »Ab in den Unterricht mit dir.«

Ich schleppe mich zur Tür, strecke gerade die Hand nach der Klinke aus, da:

»Ach, Jonathan.«

»Ja?«

Gupti lächelt. »Wenn du mir wirklich eine Freude machen willst, dann spiel doch mein absolutes Lieblingslied von Pinky Toe, ›Crossing the River Styx‹. Wirst du das für mich tun?«

Ich habe von dem Song noch nie gehört. Doch im Universum der Unkenntnis ist ein Song so gut wie jeder andere.

»Warum nicht«, sage ich.

»Fabuloso«, sagt sie.

Als ich durch die Tür trete, flüstere ich:

»Fabuloso.«

11. Kapitel

Als Nächstes steht das Mittagessen an, doch das Einzige, wonach ich hungere, ist Schlaf. Im Flur begegne ich José, dem Hausmeister, und unsere Blicke treffen sich. Man sieht nicht viel mehr von ihm als seinen Overall und den buschigen Schnauzbart.

»Amigo«, sagt er kopfschüttelnd. »Du siehst aus wie 'n Zombie aus der Hölle.«

Ich packe ihn am Arm. »Alter, du musst mich unbedingt ein bisschen im Heizungsraum pennen lassen.«

»Klar, Amigo, sicher.«

»*Gracias, gracias.*«

Ich habe mich kaum hinter dem Heizkessel auf den warmen Betonboden gelegt, in einer schmalen Nische, die angenehm unter dem Summen und Brummen der Anlage vibriert, da falle ich schon in einen traumlosen Schlaf. Fünfundvierzig Minuten später, der Pausengong ertönt gerade, stupst mich José mit einem Besenstiel an, fegt mir den Staub vom Hintern.

Ich habe meinen Akku um ungefähr zwei Prozent aufgeladen, doch fürs Erste reicht das. José macht ein tragisches Gesicht. »*Amigo, amigo*«, sagt er.

Wir stoßen traurig die Fäuste aneinander. »Du hast mir das Leben gerettet, José. *Usted guardó mi vida.*«

»Jederzeit, Jonathan. Du und Telly. *Yo lo adore.*«

»Yeah«, sage ich. »Er liebt dich auch.«

»*Con dios, amigo.*«

»*Con dios, Mann.*«

Ich verfüge über gerade genug Strom, um durch die Chemiestunde zu kommen. Anschließend, in der letzten Stunde, hätte ich noch *Study Hall*, also Stillbeschäftigung, aber ich gehe mal davon aus, dass ich nicht gegen meine Abmachung mit Gupti verstoße, wenn ich das ausfallen lasse.

Ich springe auf den 128er-Bus nach Norden. Der Schnee ist ein bisschen geschmolzen, dann wieder gefroren, dann noch ein bisschen mehr geschmolzen. California Avenue ist eine einzige Matschsuppe. Der Himmel eine schmutzige Tennissocke. Die Welt ist keine strahlend reine Jungfrau mehr, sondern eine zahnlose alte Schlampe in Lumpen.

Von der Haltestelle aus stapfe ich den letzten halben Kilometer zu Fuß zum Delphi. Auf der Brücke über Schmitz Park bleibe ich stehen. Starre hinunter auf den normalerweise rauschenden Bach, der jetzt unter einer fluffigen Schneedecke verborgen ist. Es sind vielleicht fünfzehn Meter bis nach unten. Ich könnte ewig dort liegen.

Ich stoße die Tür zum Delphi auf und atme sofort wieder den Körpergeruch des Todes ein. Inhaliere das geruchsneutralisierende Zitronenspray, mit dem er überspielt werden soll. Höre das Game-Show-Gelächter im Aufenthaltsraum. Sehe die krebszerfressenen Gäste auf Sofas oder in Rollstühlen sitzen. Der Fernseher lacht sich einen Ast.

Falls es eine Hölle gibt, dann ist sie das hier.

Ich bleibe im Empfangsbereich. Ziehe Notizbuch und Bleistift hervor. Lasse mich in einen Sessel sinken. Kritzle drauflos:

Chaos XV

Das ganze Jahr hab ich
Zäune errichtet
auf der fadenscheinigen
Grenze des Todes.
Gerade als ich so weit bin
die Hände abzuwischen und mich zu schleichen,
öffne ich das Tor,
trete ein.
Mache es ordentlich wieder zu
(guter Rancharbeiter, der ich bin).
Yippee-aye-oh-cuy-ay!
Da bin ich wieder
in Death County, USA.

Gedichte sind dann am besten, wenn man Helles mit Dunklem vermischt, wenn man Ironisches unter Pappbechern versteckt, wie einen Knallfrosch.

Während ich durch den Flur des Delphi gehe, fühle ich das Blut von Telly in mir aufsteigen.

Zwillingsblut. Stärker als gewöhnliches Bruderblut.

Jene besagte Nacht ist ein alter Film, von dem flackernde Bilder im Gedächtnis bleiben. Telly zählt zerknitterte Ein-Dollar-Scheine ab. Stopft sie in einen Ziploc-Beutel. Schnappt sich sein Longboard. Skatet davon. Es ist der 17. April, kurz nach 23:30 Uhr. Typische nebelverhangene Seattle-Nacht. Er trägt seine Flip-Flops, die blauen Boardshorts, den Seahawks-Kapuzenpulli.

Der Walgreens-Markt ist sechs Blöcke entfernt.

»Bin in zwanzig Minuten wieder da. Höchstens.«

Berühmte letzte Worte.

Aber seine allerletzten Worte waren diese …

»Adios, Alter.«

* * *

Heute sitzt eine neue Empfangskraft hinter dem Tresen im Delphi. Aber auch die hat komische Haare, genau wie Rastalocke. Scheint hier Einstellungsvoraussetzung zu sein. Hochglanzblau. Topfschnitt. Große Brille. Schwarze Ränder.

Sie fasst mich scharf ins Auge. *Boing!*

»Feigling!«, sagt sie und springt von ihrem Stuhl auf. »Warum bist du weggelaufen?«

Es ist Rastalocke. Sie hat sich die Haare geschnitten. Und geglättet. Der Rollstuhl ist auch verschwunden.

»Deine Kinderlähmung ist anscheinend geheilt worden«, sage ich.

»Niemand kriegt heutzutage noch Kinderlähmung. Gott, was für ein Feigling!«

Holla!

Ich nehme sie genauer unter die Lupe, was ich bisher, solange sie im Rollstuhl saß, unterlassen habe, aus Gründen des Respekts. Sie ist durchschnittlich groß, vielleicht ein, zwei Zentimeter drunter. Dünn und drahtig, wie eine Schwimmerin. Kleine Brüste. Mandelaugen hinter der Brille. Weiß der Geier, ob sie aus Äthiopien stammt oder aus dem Land der Todesfeen. Ihre Haut – makellos, nicht der kleinste Pickel. Wahrscheinlich mischt sie ihre Peelingcreme mit Meersalz oder so was. Aber sie ist eine Spur zu blass, vor allem um die

Augen rum. Vielleicht zu viel nächtliche Lektüre, genau wie bei mir.

Nase, Hals, Kieferknochen – die königliche Linie. Ihr Mund, wie ein Diamant, bringt's auf eine glatte Zehn auf der Härteskala.

Sie ruckt mit dem Kopf. »Komm.«

Ich folge ihr durch den Flur. Als wir an Zimmer 101 vorbeikommen, sehe ich David Cosgrove in seinem Rollstuhl sitzen und fernsehen. Dann fällt mir ein: Er sieht ja nicht, er hört.

Rastalocke bleibt vor Zimmer 114 stehen – Agnes' Zimmer. Drinnen trübes Licht. Der kleine Wasserfall gurgelt in der Ecke. Der Stehventilator bläst unverdrossen in die Runde. Eins muss ich dem Inneneinrichter lassen: Man kommt sich vor, als wäre man soeben aus dem Gang eines Costco-Supermarkts geradewegs auf den Strand von Waikiki spaziert. Alles, was noch fehlt, ist Ukulelenmusik.

Agnes guckt sich eine Soap-Opera an. Die Szene spielt im Krankenhaus. Ein Mann liegt im Koma, an seinem Bett ist eine kurvenreiche Blondine am Schluchzen. Die Blondine spielt unheimlich schlecht und völlig übertrieben, sie schmeißt ihre Arme in alle Richtungen. Sogar der komatöse Mann ist übertrieben komatös.

Agnes sieht so alt aus wie die Schriftrollen vom Toten Meer. Ihr Haar ist weißer als das Kissen.

Rastalocke sagt: »Sie hatten Recht. Er ist wieder da.«

Agnes blickt auf. Ein Glanz legt sich auf ihr Gesicht. Sie greift nach meiner Hand. Ihre Finger sind so zart und brüchig, als könnte ich ihr mit einem kräftigen Druck alle Knochen zerquetschen. Sie streichelt mir großmütterlich über die Hand.

»Nimm die Straße hinunter zum Meer«, sagt sie.

Ich sehe Rastalocke an, die einen Finger auf die Lippen gelegt hat.

»Befreie die Schwimmer«, sagt Agnes. »Sie sind so lange unter Wasser gewesen. Zeig ihnen den Weg.«

»Welches *ist* der Weg?«, frage ich.

Agnes lässt meine Hand los und bohrt mir ihren Finger in die Brust.

»Du weißt es«, sagt sie. »Wo ist deine Laute?«

»Meine Laute?«

Rastalocke sagt: »Du solltest eine Laute mitbringen, weißt du nicht mehr?«

»Hey, was glaubt ihr, wer ich bin? Romeo? Seit fünfhundert Jahren hat kein Mensch mehr eine Laute!«

»Wie auch immer, nächstes Mal bring jedenfalls eine mit«, sagt Rastalocke. Sie wendet sich Agnes zu. »Er verspricht, dass er nächstes Mal eine Laute mitbringt. Und er wird für Sie spielen. Stimmt's, Jonathan?«

»Klar, warum nicht?«

Agnes sagt: »Ich bin neunundneunzig Jahre alt.«

Rastalocke strahlt sie an. »Das ist wunderbar, Agnes.«

»Ich möchte ein Engel sein.«

Rastalocke reibt ihr den Arm. »Das werden Sie, Agnes.«

»Seil einen ab«, sagt Agnes.

Ah, da haben wir's wieder.

Glasscherbe und Schmetterling.

Kein Zweifel, Agnes ist eine Dichterin.

* * *

Ich klopfe an David Cosgroves Tür. Schlüpfe ins Zimmer.

David schnüffelt. »Bist du das, Jonathan?«

»Yeah, ich bin's.«

Seine Haut sieht gelb aus heute. Wie der Nachrichtenmoderator auf CNN. Er greift nach der Fernbedienung und schaltet den Fernseher aus.

»Gibt's irgendwas, das du dir von der Seele reden möchtest?«

»Eigentlich nicht.«

»Irgendwas, das du von mir wissen möchtest?«

»Sind Sie wirklich blind?«

»Blinder als ein Maulwurf.«

»Woher? Ich meine ...«

»Schwere, chronische Makuladegeneration«, sagt er, »zigsten Grades.«

»*Wow!*«

»Schlechte Gene, Jonathan. Zum Glück haben sie die ersten siebzig Jahre über Winterschlaf gehalten, da konnte ich tadellos sehen.«

»Was fehlt Ihnen denn sonst noch?«

Er lacht in sich hinein. »Machen wir mal eben Inventur. Da wäre einmal das große K – Krebs, oder präziser: ein aggressives Mantelzellenlymphom. Ich habe eine schwache Pumpe, oder genauer gesagt: eine Stauungsherzinsuffizienz. Letztes Jahr habe ich eine neue Hüfte bekommen und die Operation nur knapp überlebt. Jetzt habe ich eine nagelneue künstliche Hüfte, aber keine Kraft, sie zu benutzen. Meine Prostata ist so groß wie Texas. Ich nehme jeden Tag ungefähr fünfzig Tabletten ein, von der Hälfte davon bin ich abhängig. Sie bewirken, dass ich andauernd pinkeln muss. Das sind jetzt nur die groben Pinselstriche. Falls du dich für Pointillismus interessierst, reiche ich die feineren Punkte später mal nach.«

»Jesus.«

»Amen, Bruder.«

»Allein schon, dass Sie blind sind – das muss echt scheiße sein.«

»Blindheit ist die geringste meiner Sorgen, Jonathan. Jeder sollte mal die Erfahrung machen, blind zu sein, und sei es nur für ein paar Tage. Das Licht der Welt kann manchmal ganz schön aufdringlich sein.«

Aufdringliches Licht. Ich zücke mein Notizbuch und schreibe das auf.

»Die Welt kann ein furchtbar leerer Ort sein, Jonathan.«

»Da sprechen Sie was an.«

»Machen wir mal einen Versuch. Schalt das Licht aus.«

Ich drücke den Schalter. Es wird schummrig im Zimmer.

»Und lass die Jalousie runter.«

Ich tue, was er sagt, und drehe die Lamellen der Jalousie fest zu. Jetzt ist es richtig dunkel – Maulwurfsatmosphäre. Nur unter dem Türspalt schimmert noch etwas Licht und auf dem Lichtschalter ist ein kleiner orangefarbener Leuchtpunkt. Ich kann David Cosgrove nicht sehen, kann ihn allenfalls als klumpigen schwarzen Schemen erahnen. Die Uhr beginnt laut zu ticken.

»Jetzt sind wir beide blind«, sagt er. »In der Dunkelheit ist alles anders. Die Zeit, der Raum, der Ton.«

»Der Ton?«

»Ja, besonders der Ton«, sagt David. »Die Welt ist stiller, nicht so hektisch. Die Fantasie erwacht und beginnt die Leinwand zu füllen. Man begreift allmählich, dass Blindheit keine verschlossene Tür ist, sondern nur eine andere Tür. Denk dran, ich konnte in den ersten siebzig Jahren meines Lebens einwandfrei sehen, daher habe ich immer ein Erinnerungsalbum in meinem Kopf parat.«

»Aber Sie können nicht mal sehen, wohin Sie pinkeln«, sage ich. »Sie können nicht sehen, dass es draußen schneit.«

»Schneit es jetzt draußen?«

»Nein, aber während des Unwetters –«

»Ich habe das alles gesehen, Jonathan.« Er tippt sich an die Schläfe. »Das geistige Auge. Ein, zwei beschreibende Sätze vom Personal. O ja, das Unwetter habe ich sehr real erlebt.«

»Hören Sie«, sage ich, »eine Sache müssen Sie wissen, was mich betrifft: Ich sage immer die Wahrheit.«

»Selbstverständlich«, sagt David. »Ich möchte, dass du ehrlich mit mir bist.«

»Na ja, die Wahrheit ist: Ich hasse diesen Ort.«

»Ich hasse ihn auch, Jonathan.«

»Ich sag's Ihnen lieber gleich, Mann. Sie tun mir leid.«

Seine Stimme wird etwas frostig. »Warum? Weil ich alt und krank bin?«

»Nein, weil Sie krampfhaft versuchen gute Miene zum bösen Spiel zu machen, sogar zum Blindsein.«

»Nicht immer nur gute Miene, Jonathan. Es gibt auch unerfreuliche Erinnerungen. Eine vor allem. Hast du irgendwelche Erinnerungen, die dich belasten?«

»Sagen wir mal so«, antworte ich. »Es vergeht kein Tag, an dem ich nicht überlege, ob ich mich von einer Brücke stürzen soll.«

David sagt: »Ich habe selbst auch auf dieser Brücke gestanden.«

»Wenn ich Sie wäre, würde ich in meinen Rollstuhl steigen und aus der Tür rausrollen und dann einfach immer weiter. Egal ob ich blind bin oder nicht.«

»Wo würdest du hinwollen?«

»Ich würde in den ersten Bus rein – Linie einundfünfzig oder fünfundfünfzig oder hundertachtundzwanzig – und dann ganz bis zur Endhaltestelle fahren. Die haben da so Sachen für Rollstühle, wissen Sie.«

»Angenommen, ich nehme diesen Bus, Jonathan. Wo soll ich dann hin, wenn ich an der Endhaltestelle angekommen bin?«

»Wieder zurückfahren. Den ganzen Tag im Bus bleiben. Umsteigen. Den Nachtbus nehmen. Egal was. Alles ist besser als das hier.«

»Fühlst du's jetzt?«

»Fühle ich was?«

»Dein Blindsein.«

»Alles, was ich fühle, ist Müdigkeit, Mann. Hab seit Monaten keine Nacht mehr durchgepennt.«

»Wie kommt das, Jonathan?«

»Drachen.«

»Ahh«, sagt David. »Machen wir das doch zu unserer Regel Nummer eins: absolute Ehrlichkeit. Hier muss irgendwo ein frisches Kissen liegen. Und der Lehnstuhl dort ist sehr bequem. Gönn dir ein ordentliches Nickerchen. Ich halte Wache gegen die bösen Drachen.«

»Nein, danke.«

Das verwirrt ihn. Ich spüre, dass er es gewöhnt ist, alles unter Kontrolle zu haben. Tja, da hat er sich bei mir geschnitten.

»Wie alt bist du, Jonathan?«

»Fast siebzehn. Wie alt sind Sie, David?«

»Fast achtundachtzig.«

»Verdammt jung«, sage ich, »im Vergleich zu Agnes.«

»Ja, verglichen mit ihr bin ich noch ein echter Jungspund.«

»Sie ist verrückt.«

David gluckst. »Wir sind alle ein bisschen verrückt, Jonathan. Wären wir's nicht, wäre das Leben ziemlich öde.«

»Sie redet die ganze Zeit nur von Lauten und dunklen Schwimmern.«

»Ja«, sagt David. »Von diesen dunklen Schwimmern habe ich gehört.«

»Aber hey, vielleicht ist Demenz ja irgendwie cool. Man müsste sich an nichts erinnern.«

»Wohl wahr«, sagt David. »Woran erinnerst du dich denn gerade?«

»Na ja, da wir hier ja absolut ehrlich sind, Mann: Ich erinnere mich daran, wie sehr ich *nicht* hier sein will. Weil Sie nichts weiter sind als ein kranker, blinder, alter Mann.«

Meine Worte versetzen ihm einen Stich. Ich höre ihn förmlich zusammenzucken.

»Krank, ja«, sagt er. »Alt, auch. Aber nicht blinder als du, Jonathan.«

Ich drücke den Schalter. Das Licht haut mich fast um. David Cosgrove zeigt keine Reaktion, blinzelt nicht, kneift nicht mal die Augen zusammen. Knorrig und krebsgebräunt sitzt er in seinem Rollstuhl.

Ich stehe auf. »Nett Sie kennengelernt zu haben, Mann.«

»Jonathan, ich möchte dir einen Job anbieten.«

»Hey, Sie kapieren's nicht. Ich möchte nicht hier sein.«

»Ich glaube, du solltest unbedingt ein bisschen hierbleiben.«

»Ach ja? Und warum glauben Sie das?«

Er tippt sich an den Kopf. »Intuition eines alten Mannes.«

Er zeigt auf eine Tür in der Zimmerecke.

»In dem Wandschrank da findest du einen Koffer. Ich möchte, dass du den mit nach Hause nimmst.«

Ich öffne die Schranktür. Drinnen befinden sich einige auf Bügeln hängende Pyjamas, eine ausgeblichene Mariners-Baseballkappe, frische Handtücher. An der Rückwand steht ein alter Lederkoffer. Voller Schrammen und Dellen. Über und über geschmückt mit Aufklebern, die eine glanzvolle Geschichte altmodischen Reisens erzählen: Malediven, Patagonien, Wake Island, Tahiti. Niemand hat heutzutage noch solche Koffer. Er scheint direkt aus einem Film mit Humphrey Bogart zu kommen. Ich packe den Ledergriff und hebe ihn hoch. Meine Fresse, der muss um die dreißig Kilo wiegen.

»Guck dir alles genau an«, sagt David. »Falls du irgendetwas darüber wissen willst, wie die Dinge hier gehandhabt werden, frag Katie.«

»Katie?«

»Deine neue Freundin.«

»Sie meinen –?«

»Von jetzt an werden wir uns zweimal die Woche treffen, jeden Mittwoch und jeden Sonntagnachmittag. Auf diese Weise habe ich zwischendurch Zeit, in meinem Gedächtnis zu stöbern. Meine Batterien aufzuladen. Jetzt bin ich müde. Ich muss dich bitten zu gehen.«

Seine Hände tasten nach dem PEE-Buddy auf dem Nachttisch. Die Flaschenfee zwinkert mir zu.

Verdammt! Was mache ich denn? Ich will diesen Job doch gar nicht!

Und nach der Bezahlung habe ich auch nicht gefragt. Jetzt schleppe ich mich hier mit einem schweren Koffer ab und sehe nicht einen müden Cent dafür. Wieder einmal werde ich massiv ausgebeutet.

Als ich am Empfang vorbeikomme, schnippe ich mit den Fingern Richtung Rastalocke.

»Lebe kurz«, sage ich. »Stirb jung.«

Sie wirft einen Blick auf den Koffer. Schenkt mir ein Piratenlächeln. Das Entermesser funkelt.

»Bring nächstes Mal deine Laute mit, Jonathan.«

»Adios, *Katie!*«

12. Kapitel

Ich erwische den 128er nach Süden. An der Junction steige ich aus, schleife den Koffer in einen 7-Eleven und kaufe mir ein Viererpack Red Bull und eine Flasche NoDoz-Koffeintabletten. Maximale Stärke. Während ich auf den 22er warte, schlucke ich drei NoDoz-Pillen und schlürfe ein Red Bull weg.

Als ich zu Hause ankomme, hat die Wirkung von Koffein und Taurin voll eingesetzt. Ein Loch reißt auf im dunklen Zirkuszelt meines Bewusstseins. Ich sehe etwas vom blauen Himmel.

In meinem Zimmer stapele ich alle meine Schulbücher aufeinander. Nehme mir vor, eine halbe Stunde auf jedes Fach zu verwenden. Auf diese Weise viel Stoff in kurzer Zeit abzuarbeiten. Ich bin ein guter Querleser.

David Cosgroves Koffer steht in der Ecke. Oben auf einem Haufen schmutziger Klamotten. Ich sehe ihn mir näher an. Auf einem der Aufkleber steht MURCHISON FALLS, UGANDA.

»Murchison«, murmle ich.

Ich schnappe mir Ruby Tuesday. Stimme einen kleinen Song an.

»Hey, Murchison, wie soll das gehn,
Wie soll ich das alles schaffen?
Hey, Murchison,
Ich mach mich hier zum Affen.«

Dann fällt mir noch ein anderer Song ein. Einer, an dem ich schon seit Wochen rumwerkele. Ich greife in meine Plektrumschale und nehme mir eins von den leichteren heraus.

Die Nummer beginnt weit oben auf dem zehnten und zwölften Bund, hüpft dann nach unten, jeweils zwei oder drei Bünde. Dann haue ich einen simplen A-Akkord raus, der, neben all das andere gestellt, richtig geil klingt. Danach einen E-Akkord, weil die beiden gut zusammenpassen. Abgerundet wird das Ganze mit einem Basslauf – E, F#, G.

Vom Zupfen gehe ich zum Schrammeln über, es wird ein bisschen funky, allerdings dämpfe ich leicht mit dem Handteller. Dann spiele ich einen total sehnsuchtsvollen Akkord – ich glaube, es ist ein F#7 –, den ich aber mit einem eher rotzig punkigen Akkord ausbalanciere – weiß der Geier, wie der heißt. Aber diese beiden Akkorde sind die reine Poesie. Die Wirkung, wenn sie aufeinanderprallen, ist perfekt. Glasscherbe und Schmetterling. Hell und dunkel. Chiaroscuro.

Für einen Moment ruht die ganze Welt auf der Bogenbrücke zwischen F#7 und diesem geheimnisvollen Akkord.

Es ist ein guter Song und er ist von mir. Er hält das fest, was Telly ausmacht, seine Anmut, seine Komplexität. Eine in Balsamico-Essig getauchte Erdbeere.

In null Komma nichts ist eine halbe Stunde vergangen. Die gestapelten Schulbücher gucken mich an.

»Zwei Minuten«, sage ich.

Ich starte meinen Laptop. Während er hochfährt, mache ich noch ein Red Bull auf und kippe es hinunter. Aah, süßes Taurin.

Gut ist, dass das Taurin mein Gehirn durchspült. Nicht so

gut ist, dass ich von Glukose und Saccharose Zahnschmerzen kriege.

Auf YouTube gebe ich Guptis Lieblingsband Pinky Toe ein, plus deren Song »Crossing the River Styx«, und finde reihenweise Versionen davon, manche von Pinky Toe, viele aber von einer ganzen Zirkustruppe von Darstellern: einer sexy Tänzerin, einem zehnjährigen Klaviervirtuosen, der Cartoonfigur Eric Cartman aus *South Park* und sogar der Michigan Marching Band.

Ich klicke auf das Bild, wo Pinky Toe »Crossing the River Styx« live bei einem Konzert in Englewood, New Jersey, spielen.

Die Kamera fährt auf den Keyboarder. Er ist ein alter Rocker mit – *Schluck!* – ist das ein Toupet? Meine Fresse, der muss um die sechzig sein! Seine schweißnasse Stirn glänzt unter der Bühnenbeleuchtung. Er singt mehr oder weniger im Falsett.

»I'm crossing the River Styx.
From Charon I wrest the oar,
To speed my soul to the Plutonian Shore.«
(Ich überquere den Totenfluss Styx.
Dem Charon entwind' ich das Ruder,
Dass meine Seele schneller an des Hades' Ufer gelange.)

Ich beuge mich näher heran. Meine Nase klebt fast am Bildschirm.

»'cause I got to be free,
To lie upon the breast of Persephone

In the land of nevermore …«
(Denn frei sein muss ich,
An Persephones Brust zu liegen
Im Lande Nimmermehr …)

Langsam lehne ich mich wieder zurück.

Als er zum Finale kommt – es wird noch mal voll in die Tasten gehauen, die erlesen gebräunte, modisch gealterte Rock-'n'-Roll-Stirn in die Kamera gehalten, auf dass sie ein letztes Mal glänze –, bemerke ich, dass ich die Red-Bull-Dose zerquetscht habe. Sie ist nur noch ein flacher Metallkeks. Der in meiner Hand schwitzt.

Herzlichen Glückwunsch, Pinky Toe! Euch kommt das Verdienst zu, den mit Abstand SCHLAPPSCHWÄNZIGSTEN Song der Musikgeschichte produziert zu haben.

Gar nicht mal, dass »Crossing the River Styx« zu tausend Prozent Murks wäre. Es ist schon irgendwie eingängig, auf eine klebrig-süße Weise.

Aber es ist alles Fake. Unwahr. Nicht gelebt.

Auf Papier gekritzelte Worte zur Musikbegleitung, ohne jedes Blut, um sie zu beglaubigen.

Schmerz kann man sich nicht ausdenken. Er muss empfunden sein.

Es ist ausgeschlossen, dass ich diesen Song aufführe.

Nicht vor der ganzen verdammten Schul*gemeinde.*

Tut mir leid, Gupti.

Überquer den Styx mit jemand anders.

Lieber bleib ich sitzen. Mache meinen Abschluss in zehn Jahren zusammen mit Nicks kleinem Bruder.

Meine Schulbücher starren mich vom Fußboden aus an.

Ich greife mir das Mathe-Buch *Integralrechnung* und schleudere es an die Wand. Gehe nachgucken, finde eine Delle in Halbmondform.

Meine Bücher machen den Abflug, eins nach dem anderen.

Grundzüge der Physik – Rumms!

Aus der Sicht von Monsieur Talleyrand – Rumms!

Spanisch III – Rumms!

Als Letztes kommt Birdwells Text dran – *Die Kunst der Dichtung und Prosa*. Ich reiße beide Einbände ab und gebe den Baseball-Pitcher. Ein zischender Fastball.

Von Steroiden befeuert.

Dritter Strike!

Jetzt bleiben nur noch Murchison und ich.

David Cosgroves Koffer ist zu groß, um ihn an die Wand zu werfen. Also geb ich ihm einen Tritt. Er kippt um und – haste Töne? – beide Verschlüsse springen auf.

Ich schiebe meinen Zeh unter den Deckel und stoße ihn auf.

Jetzt sehe ich, warum der Koffer so schwer ist. Er ist vollgestopft mit gerahmten Bildern, Fotoalben, gebündelten Briefen, Notiz- und Tagebüchern. Alles mit gelblichen oder bräunlichen Altersflecken. Ganz unten liegt ein dunkler Anzug. Eine Uniform. An den Ärmeln zwei Goldstreifen. Messingknöpfe, angelaufen. Eine zerdrückte Offiziersmütze.

Ein Geruch von modrigen Mottenkugeln und alter Wolle steigt mir in die Nase.

Ich habe eine Tür in die Vergangenheit geöffnet. In eine Zeit, in der alte Leute noch jung waren. Und das Licht noch anders – unschuldiger und trauriger.

Eins der gerahmten Bilder zeigt einen jungen Typen in

Marineuniform. Die gleichen zwei Streifen. Ich frage mich, ob es David O. H. Cosgrove II. ist, aber das Gesicht ist so ausdruckslos, dass man es schwer sagen kann.

Ich blättere das Fotoalbum durch. Lauter Bilder von Marineszenen.

Matrosen in weißen Uniformen säumen das Deck.

Matrosen stehen neben großen Flakgeschützen.

Matrosen spielen Softball unter Palmen. Tragen T-Shirts und ihre Erkennungsmarken um den Hals.

Bilder von der Schlacht gibt es auch. Kleine Punkte am Himmel, die sicherlich feindliche Flugzeuge sind. Rauchwolken. Sinkende Schiffe.

Ich lese die Bildunterschriften.

»Pearl Harbor, 4. Jan. 1942. Der Tag, an dem ich an Bord der *Gabriel Trask* gehe.«

»Korallenmeer, 7. Mai 1942. Die *Lexington* ist tödlich getroffen. Wir haben Netze ausgeworfen und zweiundachtzig Männer eingeholt. Viele mit schweren Verbrennungen. Sieben Mann in der ersten Stunde verloren.«

»Santa-Cruz-Inseln, 26. Okt. 1942. Der Himmel über der *Enterprise* ist voll von Flakgeschossen. Sie wird bald wieder einsatzfähig sein, aber die *Hornet* hat es nicht geschafft. Wir können es uns nicht leisten, noch weitere Trägerschiffe zu verlieren.«

»Auf dem Weg nach Wellington, NZ, 29. Nov. 1943. Freue mich auf den ersten Landgang seit sechs Monaten.«

Und so weiter.

Ich schleife den Koffer hinüber zu meinem Bett. Ziehe die Lampe näher heran.

Dann nehme ich einen Stapel der Fotoalben in die

Hand. Das Papier ist brüchig. Ich bin vorsichtig beim Umblättern.

Nach wenigen Seiten greife ich nach der nächsten Red-Bull-Dose. Ich habe die ganze Nacht noch vor mir. Muss meinen Taurintank auffüllen.

Die Hausaufgaben kann ich später machen. Sagen wir, gegen vier Uhr.

Aber zuerst muss ich mit Murchison abhängen. Eine kleine Reise in die Vergangenheit unternehmen.

Nach Pearl Harbor.

Und ins Korallenmeer.

13. Kapitel

Es ist Mittwochmorgen. Mit Hilfe von NoDoz und Red Bull nähere ich mich der Einstellung meines Ohne-Schlaf-Rekordes. Wenn man das eine oder andere kurze Nickerchen und einzelne Momente der Weggetretenheit nicht zählt, bin ich jetzt seit drei Tagen und drei Nächten wach.

Und ich bin noch nicht mal müde. Im Gegenteil – ich bin voll drauf.

Mein Gehirn läuft auf Hochtouren.

Ich habe letzte Nacht ein Gedicht geschrieben: »Bild des Meeres«.

Danach war ich so richtig warmgelaufen, um noch zwei Stunden lang an »Träume von Telemach« zu feilen. Vom Gefühl her ist Schreiben einfach das Geilste, was es gibt, abgesehen von Sex, den ich aber noch nie gehabt habe. Außer mit mir selbst. Ich probe praktisch täglich für die große Premiere.

Ich habe schon viertausenddreihundertzwölf Mal geprobt.

Um vier Uhr heute Morgen habe ich geprobt. Beim Lesen über die Französische Revolution musste ich irgendwie an Marie Antoinette denken und als Nächstes dachte ich dann an Lotus LeClerc, die in Mr Maestrettis Kurs zwei Reihen vor mir sitzt. Das wiederum brachte mich auf Lotus' Mutter, die sie immer in einem Dodge Durango von der Schule abholt, dabei mit Vorliebe Zigeunerröcke trägt und einen wunderbaren Arsch hat.

Die perfekte Mischung aus Festigkeit und Wackelpudding.

Früher stand ich mehr auf Brüste, doch heutzutage stehe ich mehr und mehr auf Ärsche.

Es heißt, dass man, wenn man älter wird, natürlicherweise eine Vorliebe für Ärsche entwickelt. Das sei eine höhere Stufe der Evolution.

Wenn das stimmt, habe ich mich evolutionär weiterentwickelt, ohne je eine einzige Brust angefasst zu haben.

Oder einen Arsch.

Wenn Taurin auf Testosteron trifft und man außerdem noch künstliche Geschmacksstoffe hinzufügt, kommen solche Gedanken dabei heraus.

Ich habe auch an Rastalocke gedacht. Aber dann habe ich diesen Gedanken beiseitegeschoben und mich auf den Zigeunerarsch von Lotus' Mom konzentriert.

Mehr brauchte es nicht.

Später habe ich zügig meine Hausaufgaben durchgezogen und die Mindestmenge an Wissen eingesaugt, die ich brauche, um mich in der Schule über Wasser zu halten. Und meiner Vereinbarung gegenüber Gupti nachzukommen.

Was Pinky Toe betrifft …

Hoffnungsloser Fall.

* * *

Unten in der Küche baue ich in meiner Müslischüssel mit Special K den Mount Rainier nach. Irgendwie sieht der Haufen aber doch eher aus wie eine prall mit Milch gefüllte Brust. Ich schnipple noch eine etwas angedetschte Banane darüber, wegen des Kaliums.

Setze dem Ganzen mit dem extrareinen C&H-Rohrzucker aus Hawaii die Krone auf.

Ich schlinge die Cornflakes hinunter, und als ich gerade den milchigen Bodensatz wegschlürfe, rülpst mein Handy. Kyle ist da.

Ich schnappe mir meinen Rucksack. Dann hänge ich mir Ruby Tuesday über die Schulter. Lange her, dass ich sie zuletzt mitgenommen habe.

Heute geht sie auf Reisen.

Yippee-aye-oh-cuy-ay.

Als ich die Tür des VWs aufmache, fragt Kyle: »Wozu die Gitarre?«

»Das ist keine Gitarre, Mann. Sondern eine Laute.«

Ich zwänge Ruby auf den Rücksitz neben Nick, der wie bekloppt am Simsen ist und nicht mal herüberguckt.

Kyle sagt: »Was zum Teufel ist eine Laute?«

Nick sagt: »Mittelalterliches Saiteninstrument. Da haben die Höflinge drauf gespielt, für Heinrich VIII.«

Ich sage: »Höflinge in spitzen, nach oben gebogenen Schuhen.«

»Ach ja«, sagt Kyle wissend, »ich glaube, in *Braveheart* wurde auch auf Lauten gespielt.«

Durch das Loch unter dem Gaspedal sehe ich die Welt als matschig graue Unschärfe. Der Motor des VWs führt einen ohrenbetäubenden Kampf.

Kyle mustert mich schon wieder mit komischem Blick. »Mann«, sagt er, »haste letzte Nacht im Sarg geschlafen?«

»Hab gar nicht geschlafen.«

»Wie kommt's?«

»War zu sehr damit beschäftigt, 'n paar Sachen über mich rauszufinden.«

»Was denn für Sachen?«

»Zum Beispiel: Schlaf stört nur.«

»Was stört er?«

»Alles – die Kunst, das Leben, die Wahrheit.«

Kyle schüttelt den Kopf. »Noch ein Tag im Paradies, Alter.«

Es läutet gerade, als wir auf den Parkplatz fahren. Nick und ich stolpern aus dem VW und schieben ihn über die Bremsschwelle. Dann reiße ich mich am Riemen und stelle mich guten Mutes den Herausforderungen des Tages, mit anderen Worten: Ich werde mich entweder dösend oder schwadronierend durch sämtliche Unterrichtsstunden kämpfen.

Aber immerhin bin ich da.

Nur noch zweiundachtzig Tage durchhalten.

Danke, Gupti. Recht herzlichen Dank.

14. Kapitel

Normalerweise zeige ich mich nicht mit Gitarre in der Öffentlichkeit. Zu klischeemäßig. Jeder zweite Siebtklässler oder Nachwuchspopcornverkäufer stolziert mit einer Gitarre über der Schulter durch West Seattle und hält sich für Jimi Hendrix junior.

Heute aber ist Ruby eine Laute. Daher macht es mir nichts aus, sie im Bus mitzuschleppen.

Und schon wandere ich wieder im Delphi über den Flur. Schwimme durch die berüchtigte Sargassosee, wo unter dir der Tod lauert und an deinen Zehen knabbert.

Aber irgendwas ist heute anders.

Rastalocke sitzt wie üblich hinter dem Empfangstresen. Ihre Haare sind nicht clownesk und auch nicht rastaesk, sondern lang und glatt. Beyoncé-braun. Halb Mädchen-von-nebenan, halb Pop-Prinzessin. Da sie eine Brille trägt, sieht sie auch noch halb nach Sexy-Bibliothekarin aus.

Es ist ein verwirrend-schöner Anblick. Aber ich versuche, nicht hinzustarren. Weil ich mir ausrechne, dass es eben darum geht.

Trotzdem denke ich: *Zeig uns deine echten Haare. Sei kein Fake. Etwas vorzuspiegeln macht die Seele kaputt.*

Die Bewohner, die im Aufenthaltsraum vor dem Fernseher sitzen, schenken mir keine Beachtung. Aber auch Drew Carey, der bei *Der Preis ist heiß* hemmungslos in die Kamera schwallt, schenken sie keine Beachtung.

Weil der Preis heute nämlich ganz und gar nicht heiß ist.

Der Sensenmann kann das bestätigen. Er kommt gerade durch den Flur, eine gorillaartige Gestalt, die eine Rollbahre aus rostfreiem Stahl vor sich herschiebt.

Immer näher kommt er gerollt.

Alle spüren seine Anwesenheit. Sie halten die Köpfe in einem komischen Winkel geneigt.

Auf der Rollbahre liegt ein Mensch. Ehemals lebendig.

Jetzt in einem grauen Sack mit Reißverschluss.

Die zentrifugale Gewalt dieser Tatsache schleudert mich gegen die Wand. Mir ist plötzlich kalt. Ich kann mich nicht bewegen.

Der Sensenmann rollt weiter. An der Empfangsinsel biegt er ab und steuert den Seitenausgang zum Parkplatz an. Er muss sich ziemlich mit der Tür abmühen.

Rastalocke springt herbei und hält die Tür für den Sensenmann auf. Sie begleitet ihn und den grauen Reißverschlusssack auf der Rollbahre nach draußen. Als die Tür wieder zufällt, ist die Zentrifugalkraft neutralisiert. Ich atme tief durch und folge ihnen nach draußen.

Der Sensenmann öffnet die Hecktüren eines Transporters. Im grauen Tageslicht ist er kleiner. Weniger imposant. Sein Haar ist orange. Sein Gesicht rosa mit Sommersprossen.

Er rammt die Rollbahre gegen die Stoßstange, daraufhin fällt das ganze Ding zusammen und gleitet blitzsauber auf die Ladefläche. So ähnlich, als wenn man einen Einkaufswagen in die Reihe seiner Artgenossen schiebt.

Der ehemalige Mensch in dem grauen Sack ruht jetzt ganz bequem im Innern des Transporters.

Der Sensenmann schließt die Türen. Wischt sich die

Hände an den Hüften ab. Zündet sich eine Zigarette an. Er ist ein Marlborofreund.

»Danke, Katie.«

»Danke, Gary.«

Der Sensenmann steigt ein und fährt ab.

»Jemand, den ich kenne?«

Sie kickt ein bisschen Schneematsch beiseite. Schüttelt den Kopf.

»Was ist das?« Sie zeigt auf Ruby.

»Das ist eine Laute«, sage ich.

Sie lächelt. Ein trauriges Lächeln.

* * *

Der Fernseher in Agnes' Zimmer flackert stumm. Rastalocke dreht die Lamellen der Jalousie zu. Sie drückt auf einen Knopf, woraufhin das Krankenhausbett Agnes in Sitzstellung hebt.

»Tja, Agnes, endlich hat er seine Laute mitgebracht«, sagt Rastalocke. »Wie Sie es prophezeit haben.«

Agnes' Aufmerksamkeit erwacht. Sie strahlt mich an. »Seil einen ab«, sagt sie.

Aaahh!

Was sie sagt, ist so dermaßen abwegig, dass ihre Worte in irgendwelche unbekannten Grenzregionen des Sinns vorstoßen und dadurch, sozusagen hintenherum, eine poetische Bedeutung bekommen.

»Danke gleichfalls, Agnes.«

Rastalocke nimmt eine Bürste vom Beistelltisch und kämmt damit Agnes' Haare. Die alte Frau seufzt hingebungsvoll. Für einen Moment kann ich sehen, wer sie gewesen sein mag. Man muss sich nur eine Million Falten wegdenken. Ein paar Zähne hinzufügen. Die Haare dunkel färben. Sie mit einem Zauberstab berühren.

Vor fünfundachtzig Jahren muss es einen inzwischen längst verstorbenen Bauernjungen gegeben haben, der sich hinter einem Baum in irgendeinem Obstgarten versteckt und sie mit Stielaugen und Stiel in der Hose beobachtet hat.

Die Zeit richtet ihre Verwüstungen an, aber sie bringt nicht alles zum Verschwinden. Nicht für den, der genau hinguckt.

Agnes wedelt mit den Händen. »Spiel – spiel!«

Ich ziehe den Reißverschluss meines Gigbags auf. Nehme meine verschämte Ruby in die Arme. Ruby, die Laute. Ich angle eine alte Sonnenbrille aus der Seitentasche. Setze sie auf. (Da dies ein öffentlicher Auftritt ist, brauche ich etwas, hinter dem ich mich verstecken kann.) Ich nehme ein paar Plektra in die Hand, wähle dann ein dünnes aus, um den etwas dünneren Sound hinzukriegen, der wahrscheinlich näher dran ist am Klang einer Laute.

Ich nehme, mit dem Rücken an der Wand, auf dem Fußboden Platz.

Führe eine Grobstimmung auf dem fünften Bund durch. Zupfe ein paar Töne.

Dann wiege ich meine mittelalterliche Schönheit im Schoß. Rufe vor meinem geistigen Auge Bilder von Heinrich VIII. und Mel Gibson im Kilt auf.

Hmmm.

Was spielst du für eine neunundneunzigjährige Frau, die der Meinung ist, deine Gitarre sei eine Laute? Die von dunklen Schwimmern redet? Die ein Engel sein möchte?

Ganz bestimmt nicht »Californication«.

Und von Barry Manilow kenne ich nichts.

Ich kenne nur ein einziges Lied, das zu passen scheint, eine uralte Rock-Poetry-Nummer mit orakelhaften Untertönen namens »Knight Flight«.

Das Geheimnis liegt im Anschlag. Zwei Beats. Halber Beat. Fünf Beats. Halber Beat. Drei Beats.

Ich finde mich rein. Nehme mir die Akkorde vor. Von C nach e-Moll ... C nach e-Moll.

Hämmere eine Basslinie dazu.

Immer wieder spiele ich diese Folge, schaffe eine Stimmung, die sich zwischen Weltall und dem Hof Heinrichs VIII. bewegt. Irgendwie scheint mir diese surreale Kreuzung angemessen für das Orakel im Delphi.

Inzwischen hab ich mich mehr oder weniger in Trance gespielt. Ich öffne den Mund zum Singen, gebe meiner Stimme ein bisschen von diesem Synthesizersound:

»Tell the lords the King is dead.
The astronauts have gone to bed ...«
(Sagt den Lords, der König ist tot.
Die Astronauten sind zu Bett gegangen ...)

Ich schiele zu Agnes und Rastalocke hinüber. Sie starren mich mit aufgerissenen Augen an. Ich habe keine Ahnung, wie ich in ihren Ohren klinge, aber in meinen klinge ich ganz okay. Vielleicht hätte Jimmy Crockett, der den Song geschrieben hat, Probleme mit meinem Arrangement. Ich habe jedenfalls keine.

Agnes sitzt plötzlich kerzengerade. Noch bevor ich zu der Stelle mit den multiplen Vitaminen und Gottes Liebe komme, fängt sie an mitzusingen. Genauer gesagt ist sie immer einen Beat hinter mir, so dass sie wie ein Echo rüberkommt.

»Tell the lords the King is dead.
The astronauts have gone to bed …«

Sie beginnt zu schunkeln, hält sich an der Lautenliane fest und schwingt zwischen C und e-Moll hin und her.

Und dann entreißt sie mir den Song. Singt jetzt ihren eigenen Text. Ihre Stimme wechselt ins Flüsterregister. Was herauskommt, ist teils Poesie. Teils Klagelied. Teils Orakel. Teils Quatsch.

»Tief im Meer ertrinken die Schwimmer,
Dunkelheit umfängt sie für immer.
Die Wasser steigen, ich hör ihre Schreie.
Befreit die Schwimmer in der Finsternis.
Befreit die Schwimmer in der Finsternis.«

Immer und immer wieder. Ein feierlicher Gesang:

»Befreit die Schwimmer in der Finsternis.
Befreit die Schwimmer in der Finsternis.«

Mit Irrsinn gewürzt.

Prophetie.

Erleuchtung.

Dementes Kauderwelsch.

Tausende von Stunden habe ich in meinem Leben schon an der Gitarre gehangen, aber etwas so Seltsames ist mir dabei noch nicht untergekommen. Ich habe nicht die geringste Ahnung, was Agnes antreibt, aus welchem Quell sie trinkt. Aber ihr Lied ist hundert Prozent reiner Stoff. Ohne Fake.

Es ist genau die Art von Musik, die ich selber machen möchte.

Nach dem Unbekannten greifen. Nach dem Schmerzvollen und Drängenden. Das Lied könnte leicht langweilig werden, daher streue ich ein paar Akkordvariationen ein – C nach F nach G nach A. Plus eine Septime hier, eine None dort.

Agnes schunkelt mit.

Nach ungefähr zehn Minuten Jammen ist sie schwer am Schwitzen. Das Funkeln in ihren Augen wird immer schwächer. Sie sinkt in ihr Kissen zurück.

Rastalocke hat die ganze Zeit ihre Hand gehalten. Jetzt streicht sie über den alten Baumwollkopf.

Sie lässt das Bett wieder herunter. Zieht die Laken straff. Deckt Agnes ordentlich zu.

»Schlafen Sie jetzt, Agnes.«

»Ihr Lieben«, murmelt Agnes. »Ihr Lieben.«

Ich komme zum Finale, lasse es ruhig ausklingen. Stelle ein vorletztes A in den Raum. Runde ab mit einem hungrigen D7 und einem teilnahmsvollen E.

Das Universum vibriert.

Alles Klingeln ist stumm gestellt.

Tsching!

15. Kapitel

»Nun denn, Jonathan, hast du in den Koffer hineingesehen?«

»Yeah«, sage ich zu David O. H. Cosgrove II. »Hab ihn aufgemacht.«

»Irgendwelche Kommentare dazu?«

»Was ist mit dem Rest von Ihrem Leben – all die anderen Jahre?«

»Die sind in anderen Koffern verstaut«, sagt David. »Dies sind die Jahre, die ich dir nahebringen will.«

»Der Zweite Weltkrieg?«

»Ja. Der Zweite Weltkrieg.«

»Was ist damit?«

»Seit langer Zeit, Jonathan, ist es mir ein Bedürfnis, meinen Frieden mit einer bestimmten Sache zu machen. Das ist es, wobei du mir helfen kannst.«

»Ich?«

Er nickt. »Jonathan, vor langer Zeit ist etwas geschehen …«

Sein blinder Blick ist auf mich gerichtet, beziehungsweise ungefähr zwölf Grad östlich an meinem Gesicht vorbei.

»Etwas Schlimmes?«

»So einfach ist das nicht.«

»Aber Sie hatten, sagen wir mal, sechzig Jahre Zeit, sich darüber klar zu werden. Was soll ich da in ein paar Tagen ausrichten?«

»Einfach zuhören. Notizen machen. Schreiben.«

»Was schreiben?«

Er zuckt mit den Achseln. »Was immer du für die Wahrheit hältst.«

»Hey, die Wahrheit ist einfach nur die Wahrheit«, sage ich. »Und vielleicht ist sie nicht mal das.«

»Jonathan, zu all dem kommen wir noch früh genug. Kannst du dich mit altmodischem Papier und Kugelschreiber anfreunden?«

»Yeah, ich glaube, ich weiß noch, wie man einen Kugelschreiber benutzt.«

Er deutet auf eine Schublade. Darin befinden sich eine Schachtel Kulis – keine billigen Plastikteile, sondern edle, metallverstärkte Druckkugelschreiber – und ein Stapel kanariengelber, in Zellophan verpackter Notizblöcke. Er hat sich gründlich vorbereitet, das muss man ihm lassen.

Ich reiße die Packungen auf, nehme mir einen Kugelschreiber und einen Block. Richte mich auf meinem Stuhl ein.

»Also gut«, sagt David, »Leinen los!«

Wir haben's hier mit dem klassischen Fall des Blinden, der den Einäugigen führt, zu tun, denn ich habe keinen blassen Schimmer, in welche Richtung wir uns bewegen. Ich fange einfach an draufloszukritzeln. Hin und wieder geht ihm – krebsbedingt – die Luft aus, dann hat er entweder Lungenrasseln oder er ist einfach völlig fertig.

Bei solchen Gelegenheiten warte ich ein, zwei Minuten, bis David seine Batterie wieder aufgeladen hat. Ungefähr alle halbe Stunde sagt er: »Ich muss mal eben ein kleines Geschäft mit Mr PEE-Buddy abwickeln.« Dann greift er nach der roten Flasche mit dem Bild der zwinkernden Elfe.

Ich verschwinde solange im Flur, grinse Rastalocke zu, die hinter dem Empfang sitzt, und gehe dann zurück ins Zimmer.

Während ich mir Notizen zu Davids Lebenslauf mache, füge ich gleich ein paar eigene Kommentare hinzu.

Geboren in Grosse Pointe, Michigan. (Verdammt lang her.)

Vater: Elektroingenieur. Nicht reich. Nicht arm. (Irgendwo in der goldenen Mitte.)

Mutter: Lehrerin in der Sekundarstufe. Spezialität: Karfreitagsbrötchen mit Korinthen. (Was sind Korinthen?)

Ältere Schwester: Anne. Mollig. Brillenträgerin. Hat nie gelacht. Nie geheiratet. 1972 an Langeweile gestorben.

Jüngere Schwester: Sarah. Dünn. Sommersprossen. Lacht viel. Lebt in Coral Gables, Florida. Achtundzwanzig Enkelkinder. (Was lehrt uns das? Lachen und Magerkeit sind der Schlüssel zu einem langen und fruchtbaren Leben.)

Familienhund: Gil. Borstige Promenadenmischung. Wurde von einem Wäschereitransporter überfahren. »Traurigster Tag meiner Kindheit.«

Pfadfinder. Zeitungen austragen. Baseball.

Im Winter: Auf zugefrorenen Teichen Schlittschuh gelaufen. Eishockey gespielt. Ein Zahn abgesplittert.

Im Sommer: Angeln auf der Upper Peninsula. Hütte am Walloon Lake. Mücken. Schießen gelernt. Vögel. Eichhörnchen. Zuteilung von drei Patronen am Tag, um Treffgenauigkeit zu lernen.

Schuhgröße sechsundvierzig mit zwölf Jahren.

Mit vierzehn eins zweiundneunzig groß. Spitzname: Bohnenstange. Lulatsch. Später: Shafty.

Auszeichnungen für besondere Leistungen im Schwimmen. Highschool-Rekorde im Freistil und Delphin verbessert.

Abschluss: Grosse Pointe High School. Zeugnisse »mit geschönten Dreien und dubiosen Vieren übersät«. Einsen allerdings in Geschichte und Englisch.

Erste »offizielle« Freundin: Lillith Sparks aus Grosse Pointe.

Erste »inoffizielle« Freundin: Blue Feather Chang, eine irokesische Chinesin, die in einer Hütte außerhalb von Petoskey lebte, Alter unbestimmt. (Verdammt, ich brauch auch eine »inoffizielle Freundin«.)

Besuch der University of Michigan mit einem Schwimmstipendium. Hauptfachwechsel von Journalismus zu Medizin und wieder zurück.

Helden: Abraham Lincoln, Teddy Roosevelt, Lawrence von Arabien.

Lieblingsbücher: Große Erwartungen *(Dickens), die* Jefferson Bibel, Das Pfadfinder-Handbuch.

Und so weiter.

Bis zum 7. Dezember 1941.

Ich fange alles mit meinem Schmetterlingsnetz ein. Alles. Nicht nur die Höhepunkte – auch die Tiefpunkte, die So-la-la-Punkte und sämtliche Dazwischenpunkte.

Als Dichter weiß ich, dass die Wahrheit sich zwischen den Zeilen verbirgt.

In dem einen Goldstückchen in einem Eimer voller Sand.

Man muss sieben.

Es aus einer Million Sandkörnern herauswaschen, um es zu finden.

Im Moment habe ich noch nicht viel gefunden.

David Cosgroves Leben besteht praktisch nur aus Sand. Der erste Teil jedenfalls.

Gerade als es interessant wird, als die japanischen Piloten ihre Fliegerbrillen aufsetzen und donnernd von den Flugdecks der *Kaga* und der *Sōryū* abheben, mit Ziel Pearl Harbor, da sagt David: »Genug für heute, Jonathan.«

Er öffnet die Schublade seines Nachttisches und entnimmt ihr einen Umschlag.

»Für dich«, sagt er.

Ich nehme den Umschlag aus seiner zitternden Hand.

»Bis Sonntag, Jonathan.«

»Adios, Mann.«

»Dir auch Adios«, sagt er. »Mann.«

16. Kapitel

»Heilige Scheiße!«

Der Umschlag enthält drei druckfrische Hundertdollarscheine. Das ist mehr als zehn Mal so viel, wie ich erwartet habe.

Endlich bezahlt mir mal jemand das, was ich wert bin.

Ich rausche an Rastalocke vorbei.

»Wie ist's gelaufen?«

»Phänomenal«, sage ich, ohne mit dem Rauschen aufzuhören.

Vor dem Umsteigen von einem Bus in den nächsten gehe ich noch schnell in den 7-Eleven, um mir ein Zwölferpack Red Bull zu kaufen. Diesmal gehe ich in die Vollen und nehme die großen 0,5er-Dosen anstatt der pupsigen kleinen 0,2er. Außerdem kaufe ich noch eine große Flasche NoDoz-Pillen der Maximalstärke.

Truckergröße. Mit der Durchhaltegarantie für die Fernstrecken.

Ich fühle mich ziemlich gut: Ruby über der Schulter, Red Bull in meinen Armen, ein Vermögen in der Tasche.

Ich stehe in der Schlange vor der Kasse, vor mir drei Typen.

Der Typ ganz vorn bestellt ein Lotterielos. Groß und klobig gebaut, hat er eine riesige Target-Tasche unter den Arm geklemmt. Graue Haarbüschel quellen unter seiner Baseballmütze hervor. Er trägt die verschmierten, ausgeleierten Klamotten eines Kfz-Mechanikers.

Uh-oh.

Ich lege den Kopf auf die Seite.

Begutachte ihn Stück für Stück.

Ohr – könnte sein.

Kieferpartie – könnte sein.

Ich lehne mich noch weiter zur Seite und kann dadurch bis zum Kinn sehen. Die buschigen Augenbrauen.

Ach, du Scheiße!

Es ist Vic.

Ich ziehe mir die Kapuze über den Kopf. Stemme Ruby an meiner Schulter weiter nach oben, damit sie einen schönen Schatten wirft.

Dann verziehe ich mich hinter ein Regal und beobachte ihn über die Spaghettipackungen und Salatdressings hinweg.

Biologisch und technisch gesehen ist Vic mein Vater. Aber damit stellt sich die Frage: Was ist eigentlich ein Vater? Ein Sperma schießendes Schrotgewehr? Oder ein Hirte, der die kleinen Lämmer aus dem Treibsand zieht und die Wölfe fernhält?

Ich stimme für den Hirten. In welchem Falle der Typ, der dort das Lotterielos kauft, definitiv *nicht* mein Vater ist.

Ich habe ihn seit fast acht Monaten nicht mehr gesehen – seit der Beerdigung. Er saß zwei Reihen weiter hinten, an der Seite, allein, ein düster grübelndes Pastrami-Sandwich mit Sonnenbrille und fleckiger Krawatte.

Hinterher kam er auf mich zu. Nahm die Sonnenbrille ab.

»Warum?«, fragte er.

Warum!

»Wie?« – das wäre leicht gewesen. Hätte man nur die *Seattle Times* zu zitieren brauchen:

»Ein Jugendlicher aus West Seattle wurde am späten Dienstagabend von einem Metro-Bus erfasst und schwer verletzt … ›Er kam plötzlich aus dem Dunkel geschossen auf seinem Skateboard‹, berichtet der erfahrene Busfahrer Griffin Delmorio. ›Ich habe ihn nicht gesehen.‹«

Was die *Seattle Times* nicht erwähnte, war dies: dass der betreffende Bus jeden anderen Menschen auf der Stelle getötet hätte. Aber in Telly steckte zu viel Leben, als dass er auf der Stelle sterben konnte.

Oder dies: dass Telly unterwegs war, um eine Flasche Erkältungsmittel für mich zu kaufen.

Als er anbot eben rüberzuskaten, sagte ich: »Yeah.«

Ich hätte »Nein« sagen können.

Aber ich habe »Yeah« gesagt.

Sein ganzes Leben und seine Zukunft hingen an diesem einen, von mir ausgesprochenen Wort.

Ein achselzuckendes »Yeah«.

Wie unser aller Leben an achselzuckenden Worten und den seidenen Fäden der Sterblichkeit hängt.

»Warum?«

Ich habe mich damals umgedreht und Vic stehenlassen.

Jetzt schiebt er sich die riesige Target-Tasche unter den anderen Arm, lässt Münzen und gefaltete Geldscheine auf den Tresen fallen.

Der Angestellte übergibt ihm das Lotterielos, packt zwei kleine Nusskuchen und eine Autozeitschrift in eine Papiertüte.

Ich stelle den Zoom auf Vics Hände. Wurstfinger.

Ich erinnere mich, wie er diese Hände erhoben hat. Um angetäuschte Backpfeifen zu verteilen. Und echte.

Wollte uns immer bremsen, uns nach seinem Cro-Magnon-Bilde formen. Konnte er aber nicht.

Ich sehe meine eigenen Hände an. Werden sie etwa schon ein bisschen feist?

Er geht zum Ausgang des 7-Eleven. Ich versinke noch tiefer in meiner Kapuze.

Als er an mir vorbeikommt, riskiere ich einen schnellen Blick in die Target-Tasche.

Da sind Windeln drin. Ein Achtundvierziger-Pack von Huggies.

Auweia! Das Letzte, was ein Baby gebrauchen kann, ist Vic als Vater.

17. Kapitel

Als ich nach Hause komme, mache ich als Erstes ein Red Bull auf. Das Taurin knallt sofort rein.

Ah, Taurin. Wie wird das eigentlich geschrieben: T-A-u-r-i-n?

Deckt die grundlegenden Dinge ab: Titten, Arsch und Pisse.

Na ja, ansatzweise jedenfalls.

Ich mache eine Aufstellung all meiner Projekte. Breite sie vor mir aus, wenigstens in Gedanken:

Schularbeiten: Pauken für einen Spanisch-Test. Vier Kapitel *Talleyrand* lesen und einen dreiseitigen Essay schreiben, Abgabetermin nächste Woche. Zweiundfünfzig Seiten Physik lesen, Klausur am Dienstag.

Murchison: mich auf die Tagebücher stürzen und reichlich Notizen dazu machen. Und außerdem weitere Fotoalben durchsehen. Positive Erkenntnis: Dieses Zeug kommt von außen zwar alt und verblichen daher, ist innen aber roh und frisch. Sobald du ein Tagebuch oder Album aufschlägst, bist du mittendrin. Kannst die Sonne auf deinem Gesicht spüren und den Wind, der über die Wellen peitscht.

»Träume von Telemach«: Das Einzige, woran ich wirklich arbeiten möchte, ist dieses Gedicht. Wenn ich den ganzen anderen Mist einfach in einen Graben kippen, paarmal mit 'm Bulldozer drüberfahren und dann an meinem Gedicht weiterarbeiten könnte, wäre ich glücklich.

Freundin: Dieses Projekt torkelt auf einem grandiosen Holzweg zwischen Kopf und Schwanz hin und her. Vom Kopf her mag ich den einen Typ Mädchen, nämlich den mit poetischen Neigungen und Gefühlen, doch mein Schwanz mag den anderen Typ, den mit poetischen Kurven. Nur selten kommen diese beiden Qualitäten in ein und demselben Mädchen zusammen. Das Ergebnis: Verwirrung. Ich bin so rein und jungfräulich wie ein »Extra Vergine«-Olivenöl.

Das Pinky-Toe-Projekt: Nimmt keine Formen an. »Crossing the River Styx« ist immer noch genauso schlappschwänzig wie eh und je. Und der bloße Gedanke, vor all diesen Leuten singen und spielen zu müssen, macht mir eine Scheißangst. Im Grunde kann ich's nicht. Ich will und werde es nicht tun. Das sage ich Gupti bei nächster Gelegenheit – oder schreibe ihr eine Nachricht.

Schlaf: Ich nehme auch Tag vier ohne ihn in Angriff. Trotzdem stehe ich – dank Taurin und Koffein sowie großzügiger Zufuhr von Saccharin und Glukose – total unter Strom. Andererseits könnten mir jeden Moment die Sicherungen durchbrennen.

Um all das auf die Reihe zu kriegen, muss ich ein System finden – irgendeine neue Ebene der Hypereffizienz. Aber wie und wo und was?

Ich bin noch am Grübeln über dieser Frage, als es an meine Tür klopft. Mimi kommt herein. Sie trägt ihre knallengen Levi's. Sie ist barfuß und gerade dabei, sich die Bluse zuzuknöpfen. Ich kann die Rüschen ihres Spitzen-BHs und den tiefen Einblick erkennen, der die Daddys im Supermarkt immer ganz verrückt macht. Heute ist Grün die Augen-Make-up-Farbe ihrer Wahl.

»Hör mal, Jonathan, du musst unbedingt am Haus weiterarbeiten. Wir eröffnen in viereinhalb Monaten.«

Ach ja, wie konnte ich nur die »Kapelle des Größten Glücks« vergessen? Die muss natürlich noch mit auf meine Liste. Mimis romantischer kleiner Traum. Wohl wahr, ich habe seit zwei Wochen keinen Fuß mehr auf das Gerüst gesetzt. Die Südseite des Hauses schreit danach, von alter Farbe befreit zu werden. Das ganze Haus schreit danach, grundiert und neu gestrichen zu werden.

»Später«, sage ich.

»Später soll heißen: in zehn Minuten?«

»Später soll heißen: irgendwann.«

»So lange können wir nicht warten, Jonathan. Die Saison beginnt am 1. Juni. Außerdem möchte ich, dass du mir eine Anzeige schreibst für den *West Seattle Herald*. Nur ein paar kleine Infos über die Kapelle.«

»Schreib deine blöde Anzeige doch selbst.«

»Aber du bist der Schriftsteller.«

»Hey, Mimi, guck mal.«

Ich wedele mit meinen beiden verbliebenen Hundertern und den vier Zwanzigern.

Mimi bleibt die Luft weg. Wenn es einen Gott gibt, den sie anbetet, dann ist es der Gott Cash. Und ich rede nicht von Johnny.

»Wirst du mir hier zum Jesse James oder was?«

»Mein neuer Job«, sage ich.

»Dieser Schreibjob?«

»Yeah.«

Sie grinst. »Was hab ich dir gesagt, Baby. Das ist was Besseres.«

Sie beugt sich vor, wie um besser sehen zu können. Dann schlägt sie zu wie eine Klapperschlange. Reißt mir eins von den beiden Benjamin-Franklin-Porträts aus der Hand. Stopft es sich in den BH.

Ich wollte ihr den Schein schon wieder entreißen, aber wenn es etwas gibt, wo ich nicht rangehe, dann das.

»*Ha!*«, sagt sie triumphierend. »Wenn du ihn zurückhaben willst, musst du drei Stunden am Haus arbeiten, und zwar ab sofort.«

Wie konnte ich nur so bescheuert sein!

Ich werfe einen Blick aus dem Fenster. Perfektes Wetter, um sich eine Lungenentzündung einzufangen. Es wird schon dunkel. Welche Mutter würde ihr Kind unter solchen Umständen nach draußen schicken? Und ich habe auch noch tonnenweise Hausaufgaben zu erledigen.

»Du fiese Sch… Hexe.«

»Ja, sag lieber *Hexe*«, sagt Mimi. »Aber keine fiese, sondern eine gute Hexe – wie Glinda in *Der Zauberer von Oz*. Ich verspreche, dass wir's immer warm und gemütlich haben.«

»Hey, Mimi«, sage ich, »hat, äh, Vic eine Freundin oder vielleicht eine neue Frau?«

Ihr Gesicht verdüstert sich. »Woher soll ich das wissen?«

Ich zucke mit den Achseln.

»Also los, Baby«, sagt sie, »hiev deinen Hintern hoch.«

18. Kapitel

Um meinen Kopf fürs Farbeabkratzen fit zu machen, schlürfe ich eine Dose Bull und schlucke drei NoDoz-Pillen. Ein Nebeneffekt von dem ganzen Taurin und Koffein ist der, dass ich abnehme. Ständig muss ich meinen Gürtel enger schnallen.

Letzten Frühling, vor dem Unfall, waren Telly und ich ungefähr gleich groß und schwer – eins achtundsiebzig und vierundsechzig Kilo, plus/minus ein halbes.

Inzwischen bin ich ein bisschen gewachsen, vielleicht eins achtzig, aber was das Gewicht betrifft …

Ich gehe ins Bad und steige auf die Waage. Der Zeiger schwankt träumerisch hin und her, dann bleibt er bei fünfzig … fünfund- … sechsundfünfzig stehen. Ich stoße mit dem Zeh gegen das Glas, um zu prüfen, ob die Nadel klemmt, aber es scheint alles in Ordnung zu sein.

Sechs Kilo abgenommen. *Meine Fresse!*

Ich gucke in den Spiegel. Meine Wangen sind eingefallen. Mein Gesicht sieht aschgrau aus. Aber das liegt vielleicht an den Haaren, die einen Schatten werfen.

Um mal wieder etwas Gewicht draufzupacken, spiele ich mit dem Gedanken an Apfeltorte zum Mittagessen. Eine ganze. Und als Beilage eine satte Zweiliter-Packung bestes Vanilleeis.

Denn dass Mimi mir einen schönen, fetten Auflauf macht, davon wage ich nicht mal zu träumen.

Ich schlüpfe in meine Malerschuhe, werfe meinen farbklecksigen Kapuzenpulli über, schlinge einen alten Wollschal um den Hals. Ein Paar Halbfinger-Handschuhe ziehe ich auch noch über. Kurz entschlossen rufe ich Dickie Nickie an.

»Ey, Alter, willste ’n bisschen Kohle verdienen?«

»Bin gleich da.«

Tatsache ist, dass Nick schon für das bloße Vergnügen, mit mir abhängen zu können, arbeiten wird. Warum zum Teufel er mich so sehr mag, ist ein Rätsel. Ich mag mich nicht halb so gern. Aber Nick, der sieben Monate jünger ist, hat sich schon vor etlichen Jahren, noch in guten alten Sandkastenzeiten, an Telly und mich rangehängt. Ist uns überall nachgelaufen wie ein schwanzwedelndes Hündchen. Dachte anscheinend, Telly wäre die strahlende Sonne, die alle wärmt.

So klug er eigentlich ist – hohe technische Intelligenz, die von einem gesunden Menschenverstand gespeist wird –, so leicht kann man Nick ausnutzen. Weil er so vertrauensselig ist. Ich tue das nicht gern. Irgendwann *werde* ich ihn bezahlen. (Glaub ich jedenfalls.)

Ich stehe auf dem Gerüst und es nieselt. Korrigiere: Es dunselt, was eine Mischung aus Dunst und Nieselregen ist. Vorhin hat es geschnieselt. Dies sind wichtige Unterscheidungen, denn wenn man schreibt, sind es die kleinen Details, die einem Flügel verleihen. Birdwell zitiert gern Mark Twain: »Der Unterschied zwischen dem richtigen Wort und dem fast richtigen ist derselbe Unterschied wie der zwischen dem Blitz und dem Glühwürmchen.«

Daher ist es also kein Nieseln, sondern ein Dunseln.

Ich kratze mir einen ab, komme gut voran. Höre dabei Pinky Toe auf meinem iPod. Zu meiner Überraschung sind die Stücke gar nicht so übel. Geboren in einem Strudel des

Bauchgefühls, da wo alle guten Songs und Gedichte geboren werden.

Alle außer »Crossing the River Styx«, Guptis Lieblingssong. Diese Perle wurde in einer Plastikmuschel geboren. Sie ist so echt wie eine Silikontitte.

Nie im Leben würde ich das Introlick vor Publikum hinbekommen. Es ist viel zu schnell und verschnörkelt. Es müsste runtergefahren und dafür anderweitig aufgemotzt werden. Aber wie?

Und wie soll ich den Gesangspart hinkriegen? Ich singe in der mittleren Lage, Stimmumfang ungefähr eine Oktave, und das hier ist mindestens ein Zwei-Oktaven-Song, mit einem eierabquetschenden Falsett zwischendurch.

Und wie soll ich meine Nerven vor all diesen Leuten in den Griff kriegen? Beim bloßen Gedanken an das mit zwölfhundert Tortengesichtern vollgestopfte Kenny G – so heißt das Auditorium der Taft High School – kriege ich das Grauen.

Ich grabe in meiner Hosentasche. Unter Plektra und Wechselgeld kommt dort ein Stück Papier zum Vorschein. Ich entknittere die Visitenkarte von Frank Conway, Musiker und Musiklehrer.

In diesem Moment taucht Nick auf.

Er hat Kyle mitgebracht. Ebenso Jordan. Und Javon. Sie zwängen sich aus dem VW-Käfer heraus.

Sie tragen ihre Fußball-Klamotten – weiße Trikots, rote Hosen. Nur Nick – der beste Fußballer von allen – hat seine Arschhängejeans und ein Flanellhemd an.

»Hey, was ist das denn hier?«, rufe ich über den nassen Rasen hinweg. »Haben wir Rodeowoche?«

Was ich in Wirklichkeit denke, ist: *Super! Mein ganzes Team. Jetzt können wir die Südseite des Hauses klarmachen.*

Sie trotten in halb geschnürten Schuhen und losen Schienbeinschützern heran. Ich stehe auf dem Gerüst wie Jesus auf dem Ölberg. Es ist Zeit für eine Predigt. Ich räuspere mich.

»Unser Vater, der du bist in der Delridge Avenue, unser täglich Brot gib uns heute. Es soll aber Pumpernickel sein und du kannst gern ein bisschen von French's gelbem Senf und ein paar Gurkenscheiben drauftun.«

Sie lachen nicht. Sie lächeln nicht.

»Heiliger Vater«, sage ich, »vielleicht wäre Focaccia doch besser.«

»Halt die Klappe!«, sagt Kyle.

Keiner von denen scheint irgendwie zum Scherzen aufgelegt. Düster starren sie mich an wie ein weggetretener Haufen von Gerichtsdienern.

»Okay, Leute«, sage ich und strecke meine Handgelenke vor. »Ich bin schuldig.«

In Zeiten des Schweigens, wenn Abgründe sich auftun und Anführer geboren werden, ergreift keiner das Wort. Das kommt daher, dass ich der Anführer bin. Telly war es und in rechtmäßiger Erbfolge bin ich es jetzt.

Nur dass ich nicht Telly bin. Ich bin kein Anführer. Ich habe die große Klappe, aber nicht die Disziplin oder den Ehrgeiz. Und ein Gefolgsmann bin ich auch nicht. Zwischen Anführern und Gefolgsleuten erstreckt sich eine weite leere Prärie, in der Nichtanführer und Nichtgefolgsleute allein zwischen den Steppenläufern wandeln. Weltentrückte Nomaden.

Ich bin einer von denen.

Nick sagt: »Alter, wir machen uns Sorgen um dich.«

Nick kann nicht taktieren, kann keine Halbwahrheiten aussprechen. Er ist der schüchtern lächelnde Kompass, der immer nach dem wahren, geografischen Norden zeigt, nicht nach dem gefakten, magnetischen. Alle respektieren ihn. Alle nicken.

Javon sagt: »Die ganze Zeit, seit –«

»Ja, ja«, sage ich.

»Als wenn du auf Drogen wärst, Mann«, sagt Jordan.

»Ich bin nicht auf Drogen. Es sei denn, ihr zählt Taurin dazu.«

»Taurin?«, fragen sie.

»Eine Sulfinsäure«, sagt Nick, »die man in Rindermägen vorfindet. Was er sagen will, ist, dass er Unmengen von Red Bull trinkt.«

»Yeah«, bestätige ich. »Hochleistungszeug. Steigert meine kognitiven Fähigkeiten. Und es beinhaltet alle wesentlichen Nahrungsgruppen – Koffein, Zucker und Bullensperma.«

Niemand lacht.

Jordan sagt: »Das ist der Grund, warum du so ausgemergelt und blass bist? Warum deine Stimme zittert? Warum du nachts nicht schläfst – und dich tagsüber kaum wach halten kannst?«

»Nichts für ungut, Alter«, sagt Kyle, »aber du siehst tatsächlich ausgemergelt aus.«

»Hager«, sage ich. »Das korrekte Wort ist *hager.*«

Javon sagt: »Du wirst voll sitzenbleiben, wenn du noch mehr Unterricht versäumst.«

»Hey, ich hab die ganze Woche keine einzige Stunde verpasst.«

Jordan sagt: »Wir fühlen es doch auch. Wir müssen auch

irgendwie damit fertig werden. Aber es ist jetzt fast ein Jahr her, Mann. Reiß dich zusammen. Fang wieder an zu leben.«

»Tu ich ja. Ich lebe. Auf meine Weise lebe ich.«

Ich starre zu ihnen hinunter. Anstatt wie Jesus auf dem Ölberg komme ich mir jetzt wie Jesus am Kreuz vor.

»Hey, ich vergebe euch«, sage ich. »Denn ihr wisset nicht, wovon zum Teufel ihr redet.«

»Oh, wir wissen genau, wovon wir reden«, sagt Kyle.

Nick nickt. »Ja, das tun wir.«

Meine Kopfhörer baumeln aus meiner Tasche. Während dieser ganzen Unterredung, begleitet vom Tropf-tropf-Plopp des Regens, kann ich Pinky Toe spielen hören. Der Klang ist dünn und blechern. Die anderen hören es jetzt auch. Ein Stück geht gerade zu Ende und als nächstes folgt – na, wer sagt's denn – Guptis Lieblingssong.

Kyle zeigt auf meine Kopfhörer. »Was zum Henker ist das?«

»Ein Song namens ›Crossing the River Styx‹.«

»Was?«

Nick lacht. »Perfekt.«

»Was soll daran perfekt sein?«, fragt Kyle.

»Styx – der Name des Flusses im Hades«, sagt Nick. »Erinnert ihr euch an Miss Scardinos Kurs über *Die Odyssee*? Wenn man den Styx überquert, dann setzt man über vom Leben in den Tod.«

»Yeah«, sage ich. »Ich würde jetzt gern in diesen Fluss springen. Hat jemand Lust, sich ein Handtuch zu schnappen und mitzuspringen?«

»Also, ich nicht«, sagt Javon. »Ich möchte nicht sterben.«

»Und was habe ich da über die Abschlussfeier gehört?«, meint Kyle. »Du sollst einen Song aufführen?«

»Ja. Und zwar genau diesen hier.«

Ich werfe ihm meinen iPod zu, er steckt sich die kleinen Knöpfe in die Ohren. Zuerst ist sein Gesicht von konzentrierter Ausdruckslosigkeit, dann verdüstert es sich.

»Ey, das ist 'ne tuntige Altmännerkapelle«, sagt Kyle.

»Jawoll«, sage ich.

»Er tut es für Gupti«, sagt Nick. »Das ist ihr Lieblingssong.«

»Dann solltest du es auch richtig machen«, sagt Jordan, »wenn du nächstes Jahr weiter mit uns am Start sein willst.«

»Bin noch nicht sicher, was ich nächstes Jahr machen will«, sage ich. »Vielleicht geh ich zum Zirkus. Oder besteige den Mount Everest.«

»Wirst du auf der Ric spielen?«, fragt Kyle.

Holla! Das ist eine Frage, über die ich mir noch überhaupt keine Gedanken gemacht habe. Die Ric – die spezialgefertigte, kirschrote E-Gitarre, die klüger ist als ich und alle anderen Menschen. In meiner äußerst reduzierten gedanklichen Beschäftigung mit dem Thema hatte ich mir vorgestellt, dass ich Ruby spielen würde, entweder mit Pick-up oder über Mikro. Aber Ruby – meine süße kleine Prinzessin aus Saskatchewan, so hübsch sie ist und so wahrhaftig ich sie liebe – ist doch ein schüchternes Mauerblümchen im Vergleich zu der Ric.

»Ich ziehe es in Erwägung«, sage ich.

»Wartet mal!«, sagt Kyle. Er klatscht mit der Faust in die flache Hand. »Leute, ich habe gerade einen Geistesblitz!«

Wir sehen zu, wie der Blitz seine grauen Zellen erleuchtet.

»Hört zu«, sagt er. »Es liegt ziemlich deutlich auf der Hand, dass Jonathan unsere Hilfe und unser Know-how braucht, also werden wir alle zusammen diese kleine Show für ihn inszenieren. Ich persönlich werde als Regisseur und ausführender Produzent fungieren. Javon, du machst das Licht.«

Javon nickt. »Klar, kann ich machen.«

Kyle und Javon sind beide in der AG »Theater für Fortgeschrittene« bei Miss Yan-Ling. Und zwar nicht allein deshalb, weil der Name Yan-Ling so viel wie »Sinnliches Klingeln von Jadeanhängern« bedeutet. Als versierte Computerspielzocker haben sowohl Kyle als auch Javon das absolute Händchen für das Schaltpult. Sie bringen das mit, worauf es ankommt, nämlich Schnelligkeit und Intuition – ich habe sie in Aktion erlebt. Beide denken in kühnen Theaterkategorien, vor allem Kyle, der es sich zum Ziel gesetzt hat, einmal im Leben die Halbzeit-Show des Super Bowl zu inszenieren, unter Beteiligung von Janet Jackson und ein paar rappenden Schimpansen.

Hier eröffnen sich ungeahnte Möglichkeiten.

»Wir sprechen hier vom Kenny G – die ganz große Bühne, Leute«, sagt Kyle. »Bühnenportal. *Wow!*«

Javon sagt: »Alter, ich könnte einen Punktstrahler auf dich richten, dann glitzerst du wie 'n Stück Gold.«

»Leute!«, sagt Kyle. »Das wird ein Riesending.«

»Halt mal die Luft an«, sage ich. »Ich bin Minimalist.«

Kyle nickt. »Das Maximum des einen ist das Minimum des anderen. Aber hey, ich respektiere dich trotzdem als Künstlerkollegen. Allerdings wirst du Hilfe brauchen, um deinen Stern richtig zum Leuchten zu bringen.« Nochmals klatscht er sich in die Hand. »Ah, das ist doch perfekt.«

»Ist es gar nicht«, sage ich.

Mir rutscht das Herz in die Hose. Der bloße Gedanke an all die Leute, die mich anstarren werden, verursacht mir Schweißausbrüche.

Wäre die Delridge Avenue der Styx, ich würde reinspringen und auf die andere Seite schwimmen.

»Worauf es ankommt –«, sagt Kyle.

»Worauf es ankommt«, schneidet Nick ihm das Wort ab, »ist: Dickigkeit kann nie vergehen.«

Nicks Worte sickern in unser Bewusstsein.

Schweigend erinnern wir uns. Im schnell schwindenden Tageslicht auf dem Gerüst oder dem nassen Rasen stehend denken wir an Telly. Wenn du um meinen Bruder geweint hast, dann bist du mein Dickie. Du kannst ruhig losziehen und schwere Straftaten gegen deine Großmutter begehen, trotzdem bleibst du ein Dickie fürs Leben. Das kannst du nicht rückgängig machen.

»Hey«, sage ich. »Schnappt euch ein paar Spachtel und macht euch an die Arbeit.«

»Geht nicht.« Kyle streicht mit der Hand über sein Fußballtrikot. »Das Team ruft.«

»Yeah«, sagt Jordan, »wir haben ’n Flutlichtspiel.«

Sie stapfen über den Rasen und quetschen sich wieder in den VW-Käfer.

Alle außer Nick, der ihnen lächelnd nachblickt.

»Musst du nicht auch zum Fußball?«

Nick schwingt sich aufs Gerüst. Plötzlich ist er größer als ich. Dünn wie ein Gerippe, aber mit breiten Schultern. Einwandfreie aerodynamische Voraussetzungen für das enorme Laufpensum, das er auf dem Fußballplatz hinlegt. Er nimmt mir den Spachtel aus der Hand.

»Das Einzige, was ich noch lieber mache als Fußball spielen«, sagt er, »ist Häuser spachteln im Regen.«

Der Rest meines Teams ist weg.

Aber Dickie Nick …

Bleibt zurück.

19. Kapitel

Nick und ich spachteln wie die Bekloppten. Es ist schon längst dunkel und wir spachteln immer noch. Blind. In der dunseligen, mondlosen Tinte der West Seattler Nacht erheben wir das Durchnässtsein zur Kunstform. Bucklige Glöckner des Gerüsts. Brüder der Klinge. Nichts kann uns stoppen – nicht mal vier Anrufe von Nicks zusehends genervter Mutter, die ihn nach Hause zum Abendessen einbestellt.

Jedes Mal wenn sie anruft, bekomme ich Bauchschmerzen. Nick hat ein nettes Zuhause, in das er zurückkehren kann. In der warmen Küche wartet eine leckere selbst gemachte Lasagne auf ihn, wahrscheinlich mit Extrakäse drauf. Er hat eine Mutter, die weiß, wofür Mütter da sind. Einen Vater, der weiß, wofür Väter da sind.

Er hat einen kleinen Bruder und eine kleine Schwester. Alle seine Leute sind da, wo sie hingehören.

Wie er das achselzuckend abtut, kommt mir gedankenlos, fast schon grausam vor.

Wenn ich so ein Zuhause hätte, ich würde meinen Spachtel hoch in den Himmel schleudern und auf mein Nomadentum scheißen.

Ich wäre so verdammt glücklich.

Aber ich habe nur Mimi.

Wir machen die Südseite des Hauses fertig und dann ist Nick verschwunden, bevor ich den Apfelkuchen kaufen kann. Das deprimiert mich und mir vergeht der Appetit.

Ich gehe hinauf in mein Zimmer, schäle mich aus meinen nassen Klamotten, ziehe ein trockenes T-Shirt und Boxershorts an und krieche unter meine Decke. Sofort schreien sie alle nach mir. Meine Bücher. Murchison. Meine Gedichte. Es ist, als hätte jeder seine eigene klägliche Stimme und mein Zimmer hätte sich in den Turm von Babel verwandelt.

Ich mache ein Red Bull auf und greife nach meinem Spanisch-Text. Während ich es mir gemütlich mache, drücke ich auf die Fernbedienung. *Rush Hour 3* fängt gerade an. Jackie Chan und Chris Tucker sind in Paris gelandet. Ich entscheide mich fürs Multitasking.

In den folgenden zwei Stunden bin ich verblüffend effizient. Mein Durst nach Taurin öffnet meinen Geist für neue Realitäten. Was ich dabei entdecke, ist Folgendes: Alles Wissen basiert auf Übergängen. Ob es Spanisch ist oder die Französische Revolution oder Physik, es geht letztlich immer um Wandel, um Veränderung.

Beim Lesen bringe ich also mein Gehirn immer dann auf Touren, wenn ein Kapitel auf seinen Angelpunkt zusteuert – ob's um die Konjugation spanischer Verben, um die Hauptströmungen der politischen Theorie im Frankreich des achtzehnten Jahrhunderts oder um Wellenmuster geht.

Das Fremdwort, habe ich letztens gelesen, für Übergang, Wandel etc. heißt Transition. Deshalb nenne ich meine Entdeckung »Transitionstheorie«.

Den Prinzipien der Transitionstheorie folgend schaffe ich mir Spanisch, Physik und Talleyrand drauf, wobei ich große Textabschnitte, die ich für trivial oder doppelt gemoppelt erachte, mehr oder weniger überspringe.

Meine Theorie lässt sich auch auf *Rush Hour 3* anwenden.

Sämtliche Schlüsselszenen sind hoch konzentrierte Action, alles andere ist nur Dialoggeplänkel oder dient der Vorbereitung des Eigentlichen. Wenn man den Film, das wird mir jetzt klar, streng nach der Transitionstheorie schneiden würde, dann blieben ungefähr achtzehn Minuten Kernhandlung aus Dialog- und Actionszenen übrig. Diese achtzehn Minuten sind alles, was man wirklich braucht – die reine Essenz des Films. Die restlichen fünfundsiebzig Minuten kann man getrost vergessen – die Witzchen, die Szenen im Taxi, der Sex. Alles unnötig.

Na gut, der Sex ist vielleicht nicht unnötig.

Die Transitionstheorie könnte sich als Schlüssel zu meinem Überleben erweisen.

Yippee-aye-oh-cuy-ay.

Kurz nach Mitternacht schmeiße ich meine Bücher in die Ecke und ziehe mir den Murchison-Koffer ans Bett.

Diesmal grabe ich eine dicke graue Mappe mit der Aufschrift »Untergang der USS *Gabriel Trask*« aus. Die Mappe ist voll mit offiziellen Akten und Dokumenten. Und noch mehr Fotos. Wie üblich sind es Schwarz-Weiß-Schnappschüsse von Seeleuten. Inzwischen erkenne ich einige von ihnen wieder.

Der große Matrose mit den dunklen Locken.

Der untersetzte Matrose mit den hellen Haaren.

Der Matrose, der vom Bauchnabel aufwärts wie Arnold Schwarzenegger und vom Bauchnabel abwärts wie Mickymaus aussieht.

Wind pfeift durch nahezu alle Fotos. Man kann ihn in den Haaren und den Uniformen sehen. Andere Fotos sind in Hafenstädten aufgenommen, deren Namen mit Tinte darunter vermerkt sind: Wellington, Sydney, Nouméa.

Nouméa? Wo zum Teufel ist das? Ich google gleich mal – Hauptstadt von Neukaledonien, ein französisches Territorium im südlichen Pazifik.

Matrosen mit jungen Mädchen im Arm, in die Kamera grinsend. Matrosen, überall Matrosen.

Man muss nur genug Taurin trinken, dann erwachen diese körnigen Schwarz-Weiß-Bilder zum Leben, wie eine von diesen alten Wochenschauen, die unser Geschichtslehrer Mr Mandelbaum uns manchmal zeigt.

Ich fange an mir diese Leute als Dickies vorzustellen. So wie meine eigenen Dickies. Locke, Kurzer und Arnold sind wahrscheinlich nicht so viel anders als Kyle, Nick und Javon.

Wenn meine Dickies und ich in der Zeit zurückschwimmen könnten, geradewegs aufs Deck der USS *Gabriel Trask*, wir würden da voll reinpassen. Zeit und Mode mögen sich verändern; Dickigkeit tut es nicht. Dickigkeit ist eine der wenigen Konstanten im Universum.

Was macht einen dicke miteinander? Es sind verschiedene Sachen: dass man einschneidende Erfahrungen teilt, aber auch das ganze Alltagszeug, über Jahre hinweg, und dass man all dem – und sich gegenseitig – mit instinktiver Ehrlichkeit begegnet. Man fetzt sich und vergibt einander dann wieder.

Dass man Tacheles reden kann, wenn es angebracht ist. Und dass man ein Gespür dafür hat, wann es nicht angebracht ist. Und natürlich, dass man sich an die Fürze der anderen gewöhnt.

Dickigkeit ist überall, unter Jungen und Alten, an Straßenecken und auf Schulhöfen. Ich nehme sie ständig wahr. Ich sehe sie sogar als Farbe – ein weiches Blau.

Die Leute im Fort Alamo waren dicke.

Odysseus und seine Gefährten waren dicke.

Die Matrosen auf den Bildern sind wahrscheinlich tot oder neunzig Jahre alt, aber ihre Dickigkeit lebt fort.

Dickigkeit weist über den Tod hinaus. Ist eine Fackel, die ewig brennt.

Wenn man nicht mit jemandem dicke ist, ist man sehr allein auf der Welt.

Doch selbst der Dickigkeit gelingt es nicht immer, eine wahrhaft dunkle Seele zu erleuchten.

Und meine Seele ist wahrhaft dunkel.

In den Tiefen der Akten kommt ein Dokument zum Vorschein, das den Titel »Untersuchung des Kriegsministeriums« trägt. Der Untertitel lautet: »Ermittlungen zum Tod von dreizehn Besatzungsmitgliedern der USS *Gabriel Trask*, 7. April 1945. Auf der Grundlage der Aussage von Lt. David O. H. Cosgrove, USN.«

Das Dokument umfasst 152 Seiten.

Die letzte Seite, als Anhang D betitelt, ist eine Liste von dreizehn Seeleuten, inklusive Name, Alter, militärischer Rang, Dienstnummer, Adresse und nächste Angehörige. Sie bilden einen ganz guten Querschnitt des Landes ab: Bozeman, Montana; Truro, Massachusetts; Wink, Texas; Los Angeles, Kalifornien.

Und so weiter.

Ich schlucke noch eine NoDoz. Spüle mit Red Bull nach. Ziehe die Lampe näher heran. Richte mich auf meinem Kissen ein.

Dann lade ich eine Einheit Transitionstheorie in mein Gehirn hoch. Mag der Rest der Welt auch schlafen – ich begebe mich zurück in den April 1945.

20. Kapitel

Draußen vor Davids Fenster regnet es. Der Nachmittag ist dunkel und feucht. Ein bisschen Charles-Dickens-isch. Ein bisschen Styx-isch. Sehr Seattle-isch. Die Birken auf der anderen Straßenseite winken mir mit ihren Rankenfingern zu. Alle paar Sekunden dreht der dritte Baum von links sein Handgelenk und zeigt mir den Stinkefinger.

»Jonathan, du Arsch … Du kannst mich mal, Jonathan … Komm, spring von der Brücke, Jonathan!«

Seit wir unser kleines Projekt hier in Angriff genommen haben, konnte ich zusehen, wie diesen Rankenhänden grüne Handschuhe gewachsen sind.

Ich konnte zusehen, wie Davids Schultern immer weiter nach unten gesackt sind – niedergedrückt vom Absolutheitsanspruch seiner Krankheit und seiner Jahre.

Ich konnte zuhören, wie sein verschleimter Husten gegen seine Rippen gewütet hat, bis sie kurz vorm Durchbrechen waren.

Das Delphi ist der faulige Rinnstein der Hölle. Aber tiefer in seinem Innern gibt es auch Türen zu anderen Orten, zu Agnes' Welt zum Beispiel oder zum südlichen Pazifik.

Und mit diesen Orten kann ich umgehen. Tatsächlich wäre ich dort sogar fast lieber als irgendwo sonst.

Heute sitzt David in seinem Rollstuhl. Gekleidet in seinen zerschlissenen Altmännerpullover. Er versucht mühsam wieder zu Atem zu kommen. Starrt blicklos zu Boden.

Nach einer Weile hebt er seinen Becher zum Mund. Saugt Eis, das im Elektromixer zerkleinert wurde, durch einen Strohhalm ein, um seine Stimmbänder zu »schmieren«. Dann beginnt er wieder zu sprechen. Viele Wörter erreichen mich in gesprungenem oder zerkratztem Zustand.

Ich mache wieder reichlich Notizen auf dem kanariengelben Schreibblock.

Im Durchschnitt schreibe ich pro Sitzung einen ganzen Block voll. Bis jetzt komme ich auf einunddreißig Schreibblöcke. Habe sie in meinen Rucksack oder in Rubys Seitentasche gestopft. Aber ich habe noch kein Wort von Davids geplantem Buch geschrieben. *Nicht ein einziges Wort!*

Vielleicht könnte ich einfach meine Notizen abtippen. Sie hier und da mit ein bisschen poetischer Petersilie garnieren. Ich könnte mich mit Zwölferpacks Taurin hochpowern und das verdammte Buch in einer einzigen Marathonsitzung fertig schreiben. Die ganzen zweiundvierzig Kilometer durchsprinten.

Aber Gupti würde die Sache durchschauen.

Birdwell würde die Sache durchschauen.

Ich würde die Sache durchschauen.

»Etwas fertig zu bekommen, das ist es, was du zu tun hast«, hat Ernest Hemingway irgendwo gesagt. »Wenn du das nicht schaffst, hat alles andere keinen Sinn.«

Unglücklicherweise stimmt das wahrscheinlich.

Telly meinte: »Mach nie halblang. Mach immer ganzlang. Zehn von zehn Punkten. Angelina Jolie.«

Ernest und Telly haben beide Recht.

Was genau aber bedeutet »fertig bekommen« und »ganzlang«?

David Cosgroves Leben ist eine endlose Reihe von Fakten und Details, in der jedoch etwas fehlt. Ein Puzzle, das rundum einwandfrei zusammengesetzt ist, in der Mitte aber klafft ein Loch.

Eine Höhle, in der er irgendwas versteckt hat. Seit vier Monaten versteckt er es schon vor mir. Jetzt will er es hervorholen, ans Tageslicht bringen, aber er weiß nicht, wie. Er steckt einfach irgendwie in den Tiefen dieser Höhle fest.

Aber hey, mit Höhlen kenne ich mich selber ein bisschen aus.

Ich kann nicht ganzlang über Telly reden, weil Wörter der Sache einfach nicht gerecht werden. Die Seele ist eine tiefe Schlucht und die Sprache ein Seil, das nur bis zu einem gewissen Punkt reicht, danach baumelst du hilflos in der Luft.

Vielleicht, wenn ich schlafen könnte, richtig tief, und nicht immer nur an der Oberfläche kratzen würde.

Yeah, Schlaf.

Der einzige Ort, wo ich schlafen *kann* – in die REM-Phase versinken, wenn auch nur für fünfundvierzig Minuten –, ist der Heizungsraum in der Highschool, in diesem schmalen Spalt – ungefähr so breit wie ein Sarg – zwischen Wand und Heizkessel. Wenn ich weiß, dass José in der Nähe ist. Ein Auge auf mich hat. Dafür sorgt, dass der alte Kessel immer schön summt und brummt.

José – Hausmeistergott des Schlafes, Schutzherr aller komatösen Teenager.

Ein Mann im Overall, der die Arbeit des Zeus erledigt. Der gerade mal über die Runden kommt mit dem Hungerlohn, den sie ihm zahlen. Obwohl er von Rechts wegen der bestbezahlte Angestellte im ganzen Schulbezirk sein müsste.

Im Moment fühle ich mich nicht müde, weil ich gerade 340 Gramm Taurin in meinen Blutkreislauf gekippt habe. Aber ich weiß, dass mein Körper nach Schlaf lechzt – Schlaf so tief wie der Marianengraben. Wo eulenäugige Fische stumm und wirbellos dahingleiten. Tiefer, als alles Licht reicht.

21. Kapitel

Als ich gegen Viertel vor zwei am Sonntagnachmittag das Delphi betrete, ist Rastalockes Platz unbesetzt. Das bringt mich etwas durcheinander, weil sie sonst immer da ist, und ich vermute, dass sie nur mal kurz weg ist. Vielleicht um ihre »Dreads« nachzudrehen.

Also setze ich mich ins Aufenthaltszimmer zu den Todeskandidaten und lausche dem lachenden Fernseher. Gibt es ein hohleres Geräusch auf der Welt? Kann der Tod schlimmer sein als das hier?

Ich warte auf sie. Warte zwanzig Minuten, aber immer noch keine Rastalocke.

Keine Rastalocke heißt keine Agnes. Keine Agnes heißt keine Ruby, die Laute.

Ruby ruht traurig auf meiner Schulter. Eingepackt in ihre Gitarrentasche.

Eine schöne Gitarre will, ebenso wie ein schönes Mädchen, ausgepackt und angefasst werden.

Das ist mein Motto. Lateinisch: *Gitarrus auspackus anfassus.*

Ich gewöhne mich langsam daran, für Agnes zu spielen. Wenn alles gut und harmonisch läuft und ich stimmlich gut drauf bin, verfällt Agnes in ihren Sprechgesang. Es spielt keine Rolle, was ich spiele – die Titelmusik von SpongeBob Schwammkopf oder irgendwas von Green Days *American Idiot* –, Agnes steigt ein. Legt mit ihrem Mantra los. Klatscht im Takt. Singt:

»Befreit die Schwimmer in der Finsternis.
Befreit die Schwimmer in der Finsternis.«

Wir könnten eine ganze CD aufnehmen mit Agnes' Singsang, begleitet von meinen eingestreuten Gitarrenlicks, die von Folk bis Funk reichen.

Ein garantierter Nonseller.

Was mir daran gefällt, für Agnes zu spielen, ist dies: Sie sieht nicht *mich*, wenn ich spiele. Sie hört nur die Musik. Deshalb gelingt es mir nach kurzer Zeit, mich ganz darauf einzulassen. Alles andere zu vergessen. Mein Ego zu vergessen, die Frage, ob ich gut bin oder nicht. Einfach zu spielen.

Flacharsch kommt angewatschelt und setzt sich auf Rastalockes Platz. Sie ist ganz Kartoffel, ohne jede Soße. Wenn die Flachärsche dieser Welt das Zepter von den Knackärschen übernehmen, muss doch wohl irgendein Gott irgendwo das große Heulen kriegen.

So verabschiede ich mich denn von dem lachenden Fernseher, verabschiede mich von dem Gedanken an Rastalocke und Agnes, an Gitarren und Lauten, und gehe zu David Cosgroves Zimmer. Stelle die traurige Ruby in eine Ecke. Ziehe einen frischen Schreibblock in Kanariengelb und einen Druckkugelschreiber hervor.

Und werfe mich in die Kritzelschlacht.

* * *

Für David gibt es nur einen Krieg: »den Krieg« – nämlich den Zweiten Weltkrieg.

Nicht Irak. Nicht Afghanistan. Nicht Vietnam. Nicht Korea.

Ein Krieg.

David spricht vom Leben auf einer »tin can«. Im Besonderen vom Leben auf seiner »Blechbüchse«, DD-414, dem Zerstörer USS *Gabriel Trask.*

»Das ist nicht wie ein Film, Jonathan, mit John Wayne in der Hauptrolle oder, wie heißt er gleich, George Clooney. Auf jeden Tag mit Action kamen Hunderte Tage Langeweile, an denen wir nichts weiter gemacht haben, als zu warten. Oder zu drillen. Drill und Drecksarbeit, Jonathan, das ist das, worum das Leben des Matrosen sich im Wesentlichen dreht. Aber dann, in den letzten Kriegsmonaten ... mein Gott, mein Gott ...«

»Erzählen Sie mir vom 6. April 1945.«

Davids Kopf zuckt. Seine blinden Augen peilen mich an.

»Die Zeit dafür ist fast gekommen, Jonathan.«

»Hey«, sage ich, »die Zeit ist schon fast wieder weg.«

»Wenn es einen Tag gibt, der mich definiert, Jonathan, der mich erklärt, dann ist es der 6. April und der Morgen des 7. April. Hast du je einen Tag erlebt, der dich definiert? An dem die Welt, wie du sie kanntest, untergegangen ist? Eine Art Armageddon?«

»Yeah, vor dreizehn Monaten.«

»Dein Bruder?«

»Yeah.«

»Welches Datum war das?«

»Der 17. April – das ist der Tag, an dem er angefahren wurde. Gestorben ist er fünfundzwanzig Tage später, am 12. Mai. Alle diese Tage waren Armageddon.«

»Das tut mir leid, Jonathan.«

»Was ist jetzt mit dem 6. April 1945?«

»Alle Fakten dazu stehen im Untersuchungsbericht.«

»Die Fakten kenne ich«, sage ich. »Ihr Schiff wurde zerbombt und ein paar Männer sind gestorben. Aber es gibt da noch eine Menge, was ich nicht weiß.«

»Das ist wahr, Jonathan. Der Untersuchungsbericht, die Artikel in den Zeitungen – die erzählen nicht die ganze Geschichte, nicht mal annähernd.«

»Weil Worte es nicht können«, sage ich. »Wir wollen, dass sie es tun, aber Worte sind für 'n Arsch.«

David nickt. »Ja, Worte können einem in die Quere kommen. Wir schießen auf die Ente, aber sehr oft verfehlen wir sie.«

»Wir schießen auf die Ente?«

»Wir suchen die wahre Bedeutung, Jonathan.«

»*Holla!*«, sage ich. »Ich hab diese Ente auch noch nie getroffen. Kein einziges Mal. Die Leute sagen, ich hätte sie in meinen Gedichten getroffen, aber das stimmt nicht.«

»Vielleicht kommt es gar nicht darauf an, die Ente zu treffen, Jonathan. Vielleicht kommt es nur darauf an, dass wir das, was wir zu sagen haben, ein Mal aussprechen, einem anderen Menschen gegenüber, offen und ehrlich, mit Demut und Reue. Vielleicht reicht das schon.«

Ich denke darüber nach. »Ja, vielleicht.«

»Jonathan, ich möchte, dass du dir den Untersuchungsbericht noch einmal vornimmst und dein Augenmerk dabei besonders auf die Seiten einhundert bis einhundertvierzig richtest.«

»Sie meinen die Schlacht?«

»Ich meine die *Nachwehen* der Schlacht.«

Die Nachwehen.

Damit würde ich mich eigentlich lieber nicht so gern beschäftigen. Ich habe diesen Teil des Berichts weitgehend übersprungen – bin per Transitionstheorie gleich zum nächsten Abschnitt gewechselt. Aber David scheint bereit die Sache anzugehen, und ich weiß, dass es nicht zu vermeiden ist. Er hat lange genug drum herum geredet. Jetzt ist er bereit auf die Ente zu schießen.

Na ja, fast jedenfalls.

»Nächstes Mal«, sagt er, »werden wir über die Nachwehen sprechen.«

»Yeah«, sage ich. »Nehmen wir diese Ente aufs Korn.«

»Ja«, sagt David.

»Versprochen?«

»Versprochen.«

»Heute aber«, sagt er, »werden wir über ›Iceberg‹ sprechen.«

Also begeben wir uns zurück zum 1. April 1945.

Die *Gabe* hat Kurs auf Okinawa genommen, als Teil einer gigantischen Streitmacht – Teil dessen, was unter dem Codenamen »Operation Iceberg« in die Geschichtsbücher eingegangen ist.

»Wir landeten unweit der Bucht von Hagushi«, erinnert sich David. »Diesmal fühlte sich alles irgendwie anders an. Es stand mehr auf dem Spiel. Wir brauchten Okinawa unbedingt. Es sollte uns als Sprungbrett zu den japanischen Hauptinseln dienen – zur großen Invasion. Der Feind wusste das und war genauso verzweifelt entschlossen uns zurückzuschlagen. Am ersten April patrouillierten wir nördlich von Ishima. Am dritten, vierten und fünften April eskortierten wir einen Konvoi, der Richtung Ulithi unterwegs war.«

David redet und redet. Bis seine Stimme – wie eine Taschenlampe, die immer schwächer wird – den Geist aufgibt.

Schließlich krächzt er: »Genug.«

Ich stopfe den Schreibblock in meinen Rucksack. Stehe auf und schultere Ruby. David greift in seine Tischschublade, zieht einen Umschlag hervor.

»Jonathan …«

Seine Hand zittert.

Ich nehme den Umschlag. Werfe einen Blick hinein.

Schüttle den Kopf. »Das ist viel zu viel, Mann.«

»Auf Wiedersehen, Jonathan.«

»Na ja, danke jedenfalls.«

»Oh, Jonathan?«

»Yeah?«

»Katies Zustand hat sich verschlechtert.«

»Meinen Sie Katie vom Empfang?«

Er klopft auf seine Stimmbänder. Lädt sie wieder ein bisschen auf. »Katie arbeitet nicht am Empfang. Sie lebt hier.«

»Lebt hier?«

»Ja, sie gehört zu uns. Wusstest du das nicht?«

»Nein – ja! Ich meine, sie ist weiß Gott keine gewöhnliche Empfangsdame. Was hat sie denn?«

»Sie hat das Mutter-Teresa-Gen«, sagt David.

»Ist das eine bestimmte Sorte Krebs?«

»Das ist ihre Art, auf das Leben zu blicken, Jonathan. Es hilft ihr über alles hinweg, einschließlich der neuen Chemo.« Er lächelt. »Sie hat das Zimmer 147. Schau doch mal rein, bevor du gehst. Und bestell ihr herzliche Grüße von mir.«

22. Kapitel

Die Tür zu Zimmer 147 steht offen. Eine Krankenschwester ist drinnen zugange, kontrolliert Monitore, schreibt irgendwelche Sachen auf.

Katie liegt im Bett, an Schläuche angeschlossen.

Kahl wie eine geschälte Kartoffel. Großer blauer Fleck auf ihrem Infusionsarm.

Ihre Perücken ruhen auf Schaufensterpuppenköpfen auf einer kleinen Fensterbank. Eine besteht aus schwarzen Dreads. Eine aus hochglanzblauen Haaren im Topfschnitt. Und eine ist im Beyoncé-Look gehalten.

Die Schwester blickt von ihrem Klemmbrett auf.

»Wer sind Sie?«

»Gute Frage«, sage ich.

»Das ist schon okay«, sagt Katie.

Ich zwänge mich mit Ruby und Rucksack durch die Tür. Eigentlich bin ich viel zu abgewrackt, um mich in einem so klemmbrettfunktionstüchtigen, ordentlichen und gut beleuchteten Zimmer aufhalten zu dürfen.

Bevor die Schwester geht, streckt sie mir fünf Finger entgegen. »Aber nur *fünf Minuten.*«

Katie schickt ihr eine Grimasse hinterher, imitiert die Mundbewegung: *fünf Minuten.*

Genau wie David hat sie einen durchsichtigen Sauerstoffschlauch in der Nase, der mit einem kleinen grünen Behälter auf dem Boden verbunden ist.

»Glotz ruhig, so viel du willst.«

»Nein, danke.«

Ich trete ans Fenster.

Der Ausblick geht auf Schmitz Park – tiefe Schlucht, hohe Bäume, verschlungene Wege. Ein Löffel voll Telly lebt im Schmitz Park, wohin unser Opa uns immer mitgenommen hat, um der Vegetation beim Verblühen zuzugucken. Die Brombeeren des Augusts zu pflücken.

Opa – er hat seine letzten achtzehn Monate in einer Altenpflegestätte verbracht. Nannte es »ein Heim für Senioren«, worauf die anderen Senioren immer mit den Zähnen knirschten. Er war ein passionierter Raucher, ein Schleimhuster vor dem Herrn, immer von einem verrußten Lungenflügel in den anderen. Trug seine weißen Haare lang, im Hippiedichter-Stil, wie Walt Whitman.

»Es gibt nur drei Sachen auf der Welt, die mir am Herzen liegen«, pflegte er zu sagen. »Jasper und ihr Jungs.«

Jasper war sein Border Collie, ein fettes, humpelndes Wrack von einem Hund.

Opa verbrachte einen guten Teil eines jeden Morgens damit, auf einem Rasenstück an der Delridge Avenue zu stehen und darauf zu warten, dass Jasper seinen Haufen machte. Er wartete … und wartete.

Liebe ist geduldig, schätze ich mal.

Oder leidet an Verstopfung.

Vom Aufsammeln hielt er nicht so viel. »Seit den alten Neandertalern scheißen Hunde aufs Gras. Glaubt ihr, dass diese Höhlenmenschen Hundekacke aufgesammelt und entsorgt haben? Wozu mit der Tradition brechen?«

Opa war bei seinen Nachbarn nicht übermäßig beliebt.

Ich glaube, dass Mimi ihm auch am Herzen lag, aber es ist nicht so einfach, wenn zwei Leute aus demselben Holz geschnitzt sind – oder aus derselben Rolle Stacheldraht.

»Eins weiß ich sicher«, meinte Opa zu uns. »Ihr Jungs, ihr werdet mal viel größere Sprünge in der Welt machen, als ich es getan habe.«

Ich bin Gott, den sieben Parzen und den dreizehn Furien dankbar, dass Opa das mit Telly nicht mehr miterlebt hat.

Es hätte ihn umgebracht.

»Welcher von meinen Köpfen gefällt dir am besten?«, fragt Katie.

Ich betrachte die drei gesichtslosen Puppenköpfe. Fasse das lange Beyoncé-Haar an, befühle eine Strähne zwischen meinen Fingern.

»Der hier.«

»Typisch.«

»Wieso typisch?«

»Schon gut. Spiel mir was vor.«

»Auf keinen Fall. Die Schwester bringt mich um.«

»Wir müssen alle mal sterben, Jonathan.«

»Yeah«, sage ich. »Stimmt.«

Ich ziehe Ruby aus ihrer Tasche. Keine guten Stühle im Zimmer, daher schiebe ich einen der Schaufensterpuppenköpfe beiseite und pflanze meinen dürren Arsch auf die schmale Bank des Erkerfensters. Fische ein Plektrum aus der Pennysammlung in meiner Hosentasche.

Mein Repertoire ist nicht so groß, dass ich Publikumswünsche annehmen könnte, aber es gefällt mir, Musik zu spielen, die zur Stimmung des Augenblicks passt. Am besten fängt man einfach an zu improvisieren und lässt sich von seiner Eingebung leiten. Also spiele ich einen C-Akkord und sofort stolpere ich auf einen uralten Pfad, auf etwas, das ich seit Urzeiten nicht mehr gespielt habe, aus dem Lehrbuch für Anfänger: »Oh! Susanna«.

Ich zupfe es einmal durch, verrostet und unordentlich. Dann zupfe ich's noch mal, um es aufzumöbeln. Beim dritten Mal klopfe ich ein paar Töne, dehne eine Saite. Verabreiche dem alten Stephen Foster einen guten Schuss Blues.

Die Sache beim Saitendehnen ist die: Wenn du alle dehnst, klingt es scheiße. Wenn du eine oder zwei dehnst, klingt es geil.

Mehr ist weniger, weniger ist mehr.

Das gilt auch für die Dichtung.

Vielleicht für das Leben selbst. Aber diese Frage habe ich noch nicht abschließend geklärt.

Während ich so vor mich hin wurstele, werden Katies Augen glasig. Anscheinend hat sie nichts gegen den Song. Beziehungsweise, ich kann sogar erkennen, dass er ihr gefällt. Weil sie ungefähr zwei Prozent lächelt.

Ich zupfe, klopfe, schlage Akkorde, dehne Noten.

Als ich fertig bin, sagt sie: »Jonathan, jeder im Delphi hat gute Tage und schlechte Tage. Genau wie du.«

»Yeah«, sage ich. »Aber bei mir sind die meisten Tage schlecht.«

»Bei mir sind die meisten Tage gut«, sagt Katie. »Spiel's noch mal.«

Diesmal lasse ich's langsamer angehen.

Wenn du »Oh! Susanna« langsam spielst und hier und da mal eine Saite dehnst, fühlt es sich nach dem alten Amerika an – Sümpfe und Schlangen, Kutschen, unbefestigte Straßen und Küsse im Mondschein. Walt Whitman, der pfeifend an den Magnolienbeeten entlangspaziert. Abe Lincoln, der seine Axt in den Wäldern von Illinois schwingt. Kurt Cobain, der die Eröffnungslicks zu »All Apologies« spielt. Du hörst tausend geisterhafte Stimmen in dieser Melodie.

Du kannst sie als Folk spielen, als Rock, Grunge, Hip-Hop, Blues, ganz wie du willst.

Aber langsam ist am besten.

Nicht dass ich das vor zehn Minuten schon gewusst hätte. Aber jetzt weiß ich's.

Während ich spiele, halte ich die ganze Zeit anderthalb Sinne in Bereitschaft, die mir das Nahen der Schwester melden sollen.

Doch schon bald kümmert es mich nicht mehr. Soll sie doch kommen.

Soll sie ruhig »Oh! Susanna« hören.

Könnte sie garantiert gut vertragen, so eine Dosis schlampigen alten Blues, im West-Seattle-Stil gespielt, auf einer Gitarre aus Saskatchewan, die glaubt, sie wär 'ne Laute.

Überhaupt könnte »Oh! Susanna« sogar zur Genesung beitragen. Ist doch genau das, was das Delphi braucht. Musik, die über Zeit, Ort und Krankheit erhaben ist.

Katie hält eisern an ihrem Zwei-Prozent-Lächeln fest.

Sogar dann noch, als sie schließlich einnickt, den Atemschlauch übers eine Ohr gewickelt.

23. Kapitel

»Alter«, sagt Kyle. »Überlass mir das Reden.«

Wir stehen im Kenny G und warten auf Miss Yan-Ling. Das Kenny G ist das Hauptquartier der Darstellenden Künste an der Taft High School. Benannt ist es nach Kenneth Gorelick, einem aus Seattle stammenden Saxofonisten, der dafür bekannt ist, dass er den längsten je aufgezeichneten Ton auf einem Saxofon gespielt hat, ein Es, fünfundvierzig Minuten und siebenundvierzig Sekunden lang gehalten, 1997 in der J&R Music World in New York City.

Das Kenny G ist mehr als doppelt so groß wie das Quincy Jones an der Garfield High School. Es bietet eintausend Zuschauern Platz. Aber man kann zusätzlich auch noch ein paar Hundert Klappstühle aufstellen, ohne die Notausgänge zu blockieren.

Das Kenny G wurde von Riesen-Egos für Riesen-Egos entworfen.

Ich habe kein Riesen-Ego. Wenn ich schon vorspielen muss, dann bitte in einem Auditorium ohne jede Technik, das für zwölf Zuschauer ausgelegt ist, alles taube Omas.

Ich folge Kyle die Treppe hinauf auf die Bühne. Es sind noch ein paar Wochen bis zum Auftritt, aber verdammt, ich kriege schon jetzt das große Schlottern. Mein Körper, meine Stimme, mein ganzes Wesen zittert.

Javon ist oben im Kontrollraum und macht mit der Lichtanlage rum. Er wirft einen Punktstrahler auf mich. Plötzlich erstrahle ich ganz in Blau, sogar mein oranges T-Shirt. Dann bin ich auf einmal ganz grün. Dann ganz rot.

»Ey, Mann«, rufe ich ins grelle Licht hinein. »Das reicht mit dem Regenbogen.«

»Hör zu, Alter«, sagt Kyle. »Ich möchte dich über der Bühne schweben lassen. Um maximale Wirkung zu erzielen.«

»Über der Bühne?«

»Bleib locker«, sagt Kyle. »Javon steht tausendprozentig dahinter. STIMMT'S, JAVON?«

Aus der oberen Kabine, durch das blendende Licht hindurch, dringt Javons Stimme nach unten, recht dünn, aber deutlich.

»Eintausend Prozent, Alter.«

Kyle wirft die Arme in die Luft und ruft: »Fahr die Kulissen hoch.«

Motoren und Seilrollen beginnen zu ächzen. Langsam, eine nach der anderen, heben sich die Bühnenkulissen: die gemalte Feuertreppe aus *West Side Story*, das gemalte Kornfeld aus *Oklahoma*, die gemalte Jukebox nebst Milchbar aus *Grease*. Schließlich blicken wir in die Tiefen des ganzen Bühnenraums, vorbei an all den Seilen und römischen Schilden, an Besen und Eimern und Pferdeattrappen.

Ganz hinten an der Rückwand, so groß wie der höchste aufgerollte Vorhang, steht eine Statue von King Kong. Kyles Finger ist direkt auf ihn gerichtet.

»Siehst du, was ich sehe?«

»Den Klett-Flausch-Kong?«

Er nickt. »Den Klett-Flausch-Kong, Alter.«

Kong starrt uns mit orangefarbenen Augen an. Nach all den Jahren im staubigen Hinterbühnendunkel hat er's immer noch drauf: das urzeitliche Mysterium, das Potenzial, dich durchzukauen und wieder auszuspucken, Stück für Stück.

Diese Riesenrequisite ist das Einzige, was von einer Musical-Version von *King Kong* übrig geblieben ist, welche die Taft High School im Jahre 1999, im letzten Jahrtausend, aufgeführt hat. Kong ist mit schwarzem, flauschigem Klettband bedeckt, damit die Speere mit ihren Schaumstoffspitzen an ihm haften bleiben.

»Guck dir diese linke Pranke an, Mann«, sagt Kyle.

»Alter, das ist eine Hand.«

»Was auch immer. Ich werde dich und die Ric da oben raufstellen.«

Kongs einer Arm hängt bis zu seinem Knie herab. Den anderen hält er in Brusthöhe, die Handinnenfläche nach oben gedreht. Das ist deshalb so, damit er das Mädchen in der Hand halten kann, aber eigentlich sieht er in dieser Haltung eher aus, als sei er der Fernsehwerbung für Dove-Seife entsprungen.

»Du willst, dass ich da oben stehe und die Ric spiele?«

»Ja, und singen auch«, sagt Kyle.

»Alter«, sage ich, »du lebst hundertprozentig im Wahn.«

Kyle packt mich an der Schulter. Massiert sie. Langsam und nachdrücklich, Auge in Auge, sagt er: »Es ist ein schmaler Grat zwischen Genie und Wahnsinn.«

»Hallo, Jungs.«

Da kommt Miss Yan-Ling durch den Gang geschritten. Sie ist jung und sexy. Das Wort unter den siebenhundertzweiundsechzigtausend Wörtern der englischen Sprache, das sie am besten beschreibt, heißt: keck. Diese *Keckheit* definiere ich folgendermaßen: Sie bezeichnet den Zustand, völlig angemessen gekleidet zu sein, während der Körper gleichzeitig danach lechzt, völlig unbekleidet zu sein.

Miss Yan-Ling erklimmt die Bühne. Späht hinauf zur Kontrollkabine, schirmt ihre Augen gegen das grelle Licht ab. Theatralisch erhebt sie ihre Stimme. »Hallo, Javon.«

Aus seinem Techno-Nest hoch oben macht Javon ein *Hallo*-Lichtzeichen.

Sie wendet sich uns zu, schaut auf ihre Armbanduhr. »Ich habe noch sieben Minuten, bis die Improvisations-AG anfängt. Also legt los.«

Kyle tritt von einem Bein aufs andere. »Ömm … äh …«

Sie hebt die Hand. »Kyle, noch mal von vorn. Und diesmal streiche doch bitte alle prähistorischen Grunzlaute aus deinem Wortschatz.«

Kyle nickt. »Yeah, also, sehen Sie, Dr. Jacobson möchte, dass Jonathan so ein kleines Lied auf der Abschlussfeier spielt.«

»Ja, das ist mir bekannt«, sagt Miss Yan-Ling mit einem Seitenblick auf mich. »Du wirst ›Crossing the River Styx‹ von Pinky Toe aufführen. Eine wunderbare Wahl. Was braucht ihr von mir?«

»Tja, sehen Sie, ich habe einige Ideen für die Inszenierung – also, so wie dieses philosophische Theaterzeug, das Sie uns verklickert haben.«

»Könntest du dich bitte etwas genauer ausdrücken?«

Kyle reibt sich das Kinn. »Na ja, dass man, wie dieser Typ Stanislawski sagt, seine Rolle leben muss. Sein Höhlenmenschen-Ich wachrufen. Ich meine, wir wollen, dass es echt und spontan rüberkommt. Wer will schon Jonathan einfach mit der Gitarre da stehen sehen?«

Miss Yan-Ling lächelt. »Es ist großartig, dass du Initiative zeigst, Kyle. Konstantin Stanislawski war einer der bedeutendsten kreativen Köpfe des Theaters. Ideen sind nichts, solange sie nicht durch physische Handlungen Wirkung erlangen. Seid ihr da alle auf der gleichen Wellenlänge?«

Kyle nickt. »Javon und ich sind uns zu eintausend Prozent einig.«

»Die Frage lautet, ist auch Jonathan sich zu tausend Prozent mit euch einig?«

Alle Augen richten sich auf mich. Die von Miss Yan-Ling sind freundlich und keck, die von Kyle sind zwei parallele Laser. Ich kann sogar fühlen, wie Kong mich aus dem Schatten heraus anstarrt. Javon hat zwischenzeitlich tatsächlich aufgehört mit dem Licht zu spielen. Es strahlt konstant violett.

Verdammt! Im Spiel des Lebens ist Dickigkeit die höchste Trumpfkarte.

»Eintausend Prozent«, sage ich.

Kyle schaltet die Laser aus.

Miss Yan-Ling lächelt mütterlich, obwohl sie nur schätzungsweise acht Jahre älter ist als wir.

»Wunderbar!«, sagt sie. »Kyle, dann bist du jetzt der Produzent von Jonathans Beitrag zur Abschlussfeier. Muss ich irgendwelche Storyboards sehen?«

»Nöö«, sagt Kyle. »Ist nicht so kompliziert.«

»Na schön, haltet mich aber auf dem Laufenden, wenn größere Entscheidungen anstehen. Ist das alles?«

»Ähm«, sagt Kyle. »Jonathan würde gern auf der Ric spielen.«

»Der Ric? Oh, du meinst die Rickenbacker-Gitarre. Aber das ist eigentlich nicht möglich … es ist ja mehr ein … nicht wahr, sie ist ziemlich wertvoll … ein Museumsstück im Grunde … hmm … wenn da irgendwas passieren würde … wer würde dafür haften … ich sehe nicht, wie … andererseits …« Sie seufzt. »Lasst mich darüber nachdenken.«

Dank der sagenhaften Akustik des Kenny G kann Javon alles mithören, auch noch die letzte gestotterte Silbe. Jedes Mal wenn Miss Yan-Lings Gedanken eine andere Richtung einschlagen, verändert er das Licht. Im Verlaufe von fünfzehn Sekunden taucht er sie in das gesamte Spektrum, doch sie ist so sehr in Gedanken versunken, dass sie es nicht bemerkt.

»Bei allem Respekt«, sagt Kyle, »aber wenn jemand die Ric spielen sollte, dann Jonathan.«

Miss Yan-Ling sieht mich traurig an. »Ja, das stimmt.« Sie streckt die Hand aus und drückt mir die Schulter. »Jonathan, wie fühlst du dich?«

»Phänomenal.«

Sie seufzt. »Ich fand es immer schön, wenn Telly Gitarre spielend durch den Flur gestromert ist. Aber dich habe ich noch nie spielen hören.«

Ich will gerade sagen: »Ich spiel total scheiße«, da schaltet Kyle sich ein.

»Glauben Sie mir, selbst ein Carlos Santana würde die Ohren spitzen.«

»Wunderbar«, sagt Miss Yan-Ling. »Ich kann's kaum erwarten, dich zu hören.« Dann atmet sie dramatisch aus. »Ach, macht nur. Nehmt die Ric. Aber beschädigt sie nicht.«

»Garantiert nicht«, sagt Kyle.

Sie blickt auf ihre Armbanduhr. »O mein Gott!«

»Einen Moment noch«, sagt Kyle. »Wir werden eine Requisite aus einem der alten Musicals brauchen.«

Miss Yan-Ling ist schon halb die Bühnentreppe hinunter. Sie wedelt mit dem Arm, was wahrscheinlich so viel heißt wie »Okay, nur zu«. Könnte aber auch heißen: »Keine Zeit für weitere Diskussionen.«

»Danke!«, ruft Kyle, während sie den Gang hinuntereilt und durch die Tür verschwindet.

Ein Grinsen macht sich auf seinem Gesicht breit. Oben im Kontrollraum drückt Javon auf ein paar Knöpfe, worauf die ganze Bühne sich in einem Riesenrad von Spektrallichtern dreht.

»Die Show ist gebucht«, sagt Kyle, während er nach meinem Arm greift und seine Faust gegen meine boxt. »Du, ich, wir Dickies alle zusammen – und der Klett-Flausch-Kong –, wir werden Geschichte schreiben an der Taft High School.«

Er schlägt sich gorillamäßig die Fäuste auf die Brust.

Ich denke:

Lieber Gott, bitte hol mich aus meinem Leben raus.

Kauf mir eine Fahrkarte zum nächsten Kloster.

Mein einziger Wunsch ist es, Brokkolifelder zu bestellen.

24. Kapitel

»Heute«, sagt David, »werden wir an einige dunkle Orte reisen. Wir werden über den Tod sprechen. Und das Leben.«

»Hey, Moment mal«, sage ich, »*Sie* werden über den Tod und das Leben sprechen. Ich sitze hier nur und mache Notizen.«

David sagt: »Mir wär's lieber, wenn wir einen Dialog führen würden, Jonathan.«

Ich zucke die Achseln. »Soll mir recht sein.«

»Hast du die betreffenden Seiten des Untersuchungsberichts gelesen?«

»Yeah.«

Was voll und ganz der Wahrheit entspricht. Keine Transitionstheorie diesmal. Sondern waschechtes Lesen nach alter Väter Sitte.

»Dann erzähl doch mal, Jonathan, wie war die Lage im Pazifikkrieg im April 1945?«

»Tja, äh, es stand alles irgendwie auf Messers Schneide, steuerte auf das große Finale zu, so wie im Film.«

»Richtig«, sagt David. »Es waren nur noch ein paar Monate bis zum Abwurf der Atombomben über Hiroshima und Nagasaki und der Kapitulation an Bord der *Missouri*. Aber diese wenigen Monate, das war, als würde man einem verwundeten Tiger gegenüberstehen, der sich ein letztes Mal aufbäumt und in blinder Raserei nur noch töten will.«

»Sie sprechen von den letzten Schlachten?«

»Ganz recht«, sagt David. »Die letzten Schlachten – Iwo Jima und Okinawa – gehörten zu den erbittertsten Flottengefechten in diesem Krieg. Mein Schiff, die *Gabriel Trask*, diente in beiden Fällen als Radarvorposten – in vorderster Linie. Am 6. April 1945 starteten die Japaner vor Okinawa einen Luftangriff gegen die US-Flotte. Wir wurden von einem Selbstmordbomber getroffen.«

»Von einem Kamikazeflieger, meinen Sie?«

»Ja, einem Kamikazeflieger.«

»Krass, Mann.«

»An diesen Tag, Jonathan, kann ich mich besser erinnern als an die ganze letzte Woche.«

»Hey«, sage ich, »das ist ein abgedroschenes Klischee.«

»Nenn es, wie du willst«, sagt David, »aber es ist wahr. Ich kann den ganzen Tag vor meinem geistigen Auge abspulen wie einen Film im Projektor. Ich sehe alles vor mir. Lebhaft.«

»Was sehen Sie?«

»Nun, da war zum Beispiel unser Koch, Isaac Jackson, der hat sich an diesem Morgen beim Frühstück kochendes Fett über die Hand geschüttet. Er musste ins Krankenzimmer und kam mit einem riesigen Verband zurück, so groß wie eine Bärenpranke. Wir haben alle gelacht, denn als Koch war er jetzt höchstens noch dazu zu gebrauchen, den Brei umzurühren. Und ich erinnere mich an den Sonnenaufgang – eine Explosion in Rot und Orange. Du kennst den alten Seefahrerspruch:

Roter Himmel am Morgen
Macht dem Seemann Sorgen.

Und ich erinnere mich daran, wie ich auf der Brücke stand und mit dem Fernglas zur Insel Okinawa hinüberspähte. Ich sah, wie blau das Wasser war, wie üppig grün die Hügel. Und ich dachte: Hier stehe ich nun, habe das Paradies vor Augen – und versuche zu berechnen, ob unsere Kanonen wohl bis zu seiner Küste reichen. Kurz vor acht Uhr –«

»Sie meinen, kurz vor null achthundert?«

»Ja, Jonathan, so sagt man beim Militär. Kurz vor null achthundert ertönte die Schiffssirene, das Zeichen für alle, auf die Gefechtsstationen zu gehen. In Richtung Nordost, bei ungefähr zehn Uhr sahen wir ein Hornissennest von feindlichen Jagdfliegern auf uns zukommen. Ich kommandierte die 40-Millimeter-Geschütze. Als die Piloten zum Sturzflug übergingen, sie hatten vor allem die Hauptgewinne im Visier – die Trägerschiffe *Enterprise* und *Bunker Hill* –, eröffneten wir das Feuer. Einer der Flieger löste sich aus dem Verbund, stieg fast senkrecht nach oben und stürzte dann auf uns herab.«

»*Holla!*«, sage ich. »Wie fühlt sich das an?«

»Es hat etwas Hypnotisches, Jonathan. Für einen Moment habe ich einfach nur hingestarrt. Das Konzept der Selbstvernichtung ist dem westlichen Denken vollkommen fremd.«

»Nicht vollkommen«, sage ich. »Selbstmord gibt es auch bei uns.«

»Ja, schon, Jonathan. Aber sich das Leben zu nehmen, das ist in unserer Kultur eher etwas Persönliches, ein Akt des Yankee-Individualismus. Den Befehl zu bekommen, sich selbst auszulöschen im Interesse einer abstrakten Sache wie Pflicht oder Vaterland, ohne die Möglichkeit zu kämpfen, das ist uns fremd. Überleg mal, wie verschieden dieser Pilot von mir oder meinen Kameraden war. Er war in seinem Cockpit eingesperrt. Kein Fallschirm. Keine Landeausrüstung. Der Tod war sein Schicksal an diesem Tag und er wusste es. Wir dagegen haben um unser Überleben gekämpft. Unser Motiv war viel stärker.«

»Vielleicht ist die Sache nicht ganz so einfach«, sage ich. »Vielleicht wollte er gar nicht wirklich sterben.«

»Wahrscheinlich nicht, Jonathan.«

»Sie haben ihn also abgeschossen?«

David nickt. »Während wir drauflosgeballert haben, schlich sich ein zweites Flugzeug in östliche Richtung davon, versuchte sich in der Sonne zu verstecken. Dann legte es sich in die Kurve – eine wunderschöne Chandelle, das musste man ihm lassen – und kam direkt auf uns zu, ganz flach, höchstens drei oder vier Meter über dem Wasser. Wir konnten den Torpedo an seiner Unterseite erkennen. Sahen den kleinen Punkt, der der Pilot war. Wie er uns aufs Korn nahm.«

»Hey«, sage ich, »jemanden töten, das ist etwas, was ich nie könnte.«

»O doch, das könntest du«, sagt David. »Dieser kleine Punkt mag ein Mensch gewesen sein, aber ein Mensch, der entschlossen war uns zu vernichten. Wir gaben ihm alles, was wir hatten. Haben ihn mit Blei vollgepumpt – noch so ein abgedroschenes Klischee für dich. Aber wir kriegten ihn nicht zum Abstürzen.«

David ist wieder vor Ort, an Bord seines Schiffes. Er hält die Fäuste aneinander. Schüttelt sie im Stakkato:

»*Trrratter-ratter-ti-tattttt.*«

»*Ka-wumm!*«, sage ich.

David lässt die Hände sinken. »Er krachte voll in uns rein. Die Explosion schleuderte mich aufs Deck. Als ich wieder hochsah, war der ganze Himmel voll von wirbelndem Rauch. Alles roch nach Brennöl und explodiertem Schießpulver. Löschtrupps liefen durch die Gegend. Jetzt ging es nur noch um Schadensbegrenzung.«

»Aber niemand war getötet worden, stimmt's?«

»Oh, es gab reichlich Verluste, Jonathan. Wir hatten ungefähr vierzig Tote und Verwundete zu beklagen. Du meinst die Männer, die meinem direkten Befehl unterstanden? Nein, von denen war keiner ernsthaft verwundet worden. Die schwere Panzerung der Geschützstände hat uns gerettet. So gesehen hatten wir Glück gehabt, vorläufig.«

»Fing das Schiff an zu sinken?«

»Diese Möglichkeit war absolut gegeben«, sagt David. »Ich konnte den Kapitän auf der Brücke sehen, durch den Rauch hindurch. Er rief: ›Leutnant Cosgrove, ist Ihre Mannschaft einsatzfähig?‹ Ich gab ihm das Zeichen zur Bestätigung. Er rief: ›Tun Sie alles, was nötig ist, um uns über Wasser zu halten.‹ Also führte ich meine Schützen die Leitern hinunter, durch den Rauch hindurch dorthin, wo der Rumpf leckgeschlagen war.«

»Wie bewahrt man ein Schiff vor dem Versinken?«

»Zunächst einmal dichtet man die beschädigten Abschnitte ab. Dann setzt man die Tauchpumpen in Betrieb.«

»Hätten Sie nicht an Deck bleiben sollen, um noch ein paar Kamikazeflieger abzuschießen?«

»Wir hatten noch andere Geschützmannschaften, Jonathan. Der Kapitän hat seine Optionen abgewogen und den entsprechenden Befehl gegeben. Wir wurden unten gebraucht.«

»Diese Männer, waren das Ihre Freunde?«

David setzt zu sprechen an. Hält inne. Das ist keine leichte Frage für ihn.

»Ein Offizier schließt keine Freundschaft mit den normalen Soldaten, Jonathan. Aber noch heute kann ich dir Vor-, Nach- und Zunamen eines jeden einzelnen Mannes nennen, wo er geboren wurde, wo er wohnte, wie seine Freundin hieß. Ich habe Tag und Nacht mit ihnen zusammen gedient, über drei Jahre lang. Aber ich habe sie nicht als meine Freunde betrachtet.«

»Aber all diese Fotos – haben Sie die nicht gemacht?«

»Doch, ich war damals ein ziemlicher Fotonarr.«

»Man hat den Eindruck, es wären Ihre Freunde gewesen.«

»Sie waren mehr eine Familie für mich, Jonathan. Als ihr vorgesetzter Offizier war ich für sie verantwortlich.«

»Und sind das dieselben Leute, die hinten in dem Untersuchungsbericht verzeichnet sind?«

»Ja.«

»Was also ist passiert?«

»Wir führten die Schläuche nach oben. Warfen die Pumpen an. Stopften die beschädigten Schiffsräume mit leeren Munitionskisten voll, um Auftrieb zu erzeugen. Der Plan des Kapitäns sah vor, dass wir zu einer nahe gelegenen Inselbasis namens Kerama Retto kriechen, uns dort notdürftig zusammenflicken lassen und dann zur Wiederinstandsetzung nach Pearl Harbor humpeln.«

»Ganz schön weiter Weg zum Humpeln.«

»Ja, aber wir waren zu sehr damit beschäftigt, erst einmal zu überleben, als dass wir darüber nachgedacht hätten. Denk dran, wir haben zwei Schlachten gleichzeitig geschlagen. Eine oberhalb der Wasserlinie – eine Kamikazewelle nach der anderen – und eine unterhalb, die Schlacht gegen die See.«

»Konnten Sie hören, was draußen vorging, die angreifenden Flugzeuge und alles?«

»Nur zu gut.«

»Hatten Sie Angst?«

»Ja, Jonathan. Ich weiß noch, dass ich bis zum Bauch im Meerwasser stand und dachte: *Hier werde ich also sterben. Dies ist mein Grab.*«

»Was haben Sie dann gemacht?«

»Meine Ängste beiseitegestellt. Sie vergraben.«

»Wie soll das gehen – seine Ängste vergraben?«

»Man muss es einfach, Jonathan.«

»Wie war das da unten, im Bauch des Schiffes?«

»Na ja, stell dir vor, dass du einen alten Minenschacht hinabsteigst, es knirscht und knackt die ganze Zeit und man weiß, es kann jeden Moment alles einstürzen. Aber wir hatten eine Aufgabe zu erfüllen. Man kann da nicht an sich selbst denken; man muss an die ganze Mannschaft denken.«

»War es dunkel?«

»Nein, wir hatten Lampen. Unsere Generatoren haben noch funktioniert.«

»Was war mit all den Toten? Haben Sie die ins Meer geschmissen?«

»Du meinst, ob wir sie der See überantwortet haben? Nein. Ein Begleitboot legte längsseits an. Die Toten wurden auf ein Transportschiff geschafft, um in die Staaten zurückgebracht zu werden und ein angemessenes Begräbnis zu erhalten.«

»Und die Verwundeten?«

»Die wurden auf ein Lazarettschiff verbracht, die USS *Relief.*«

»Aber ihr habt überlebt? Ich meine, euer Schiff ist davongekommen.«

»Ja, Jonathan. Die *Gabe* war ein schwer, aber nicht tödlich getroffenes Opfer der Selbstmordangriffe bei Okinawa am 6. April.«

»Was war mit …?«

David hebt die Hand. »Genug für heute, Jonathan.«

»Yeah«, sage ich. »Finde ich auch. Meine Hand fällt gleich ab.«

»Sparen wir uns noch Kräfte auf fürs nächste Mal. Wir haben in noch größere Tiefen vorzudringen. An noch dunklere Orte zu schwimmen.«

»Adios«, sage ich.

»Adios, Jonathan.«

25. Kapitel

Auf meinem Weg durch den Flur stecke ich den Kopf kurz ins Zimmer 114.

»Hey, Agnes.«

Sie sitzt in ihrem Rollstuhl, in einen Bademantel gewickelt. Der Fernseher wirft bunte Schatten auf ihr Gesicht. Auf dem Bildschirm labert eine Seifenopernfrau mit mächtig viel Geheule einen Seifenopernmann zu. Nach einiger Zeit fallen sich die beiden in die Arme und fangen an zu küssen.

Agnes grinst mich an. »Seil einen ab.«

Unter allen Begrüßungen auf der Welt ist mir diese inzwischen die liebste. »Seil einen ab«, das wirft mit Schwung alle möglichen Türen auf und verkündet lauthals, dass das Leben voller Ironie und Wahnsinn ist. Dass es schön ist, aber unter Umständen auch mal ein bisschen riecht.

Wir sollten es alle sagen, angefangen beim Präsidenten und seinem Kabinett. Machen wir's zu unserem nationalen Gruß.

Seilt einen ab, Leute!

»Hey, Agnes, was meinen Sie eigentlich mit den ›Schwimmern in der Finsternis‹?«

Ihre Augen leuchten auf.

»Du musst sie befreien.«

»Wen befreien?«

Sie zeigt auf mich. »Weißt schon.«

»Nein, eigentlich nicht.«

»Deswegen bist du hier. Um die Schwimmer in der Finsternis zu befreien.«

»Agnes«, sage ich, »ich muss Ihnen ein Geständnis machen: Manchmal verstehe ich Sie einfach nicht.«

Sie grinst: »Ich bin neunundneunzig Jahre alt. Ich möchte ein Engel sein.«

»Hey«, sage ich, »vielleicht können Sie mir demnächst mal diese Orakelnummer vorführen. Mir vorhersagen, wie alles ausgeht und so.«

Sie blickt mir in die Augen. »Niemals aufgeben.«

»Na ja«, sage ich, »vielleicht bleibt einem manchmal gar nichts anderes übrig.«

»Nein, nie«, sagt sie. »Nie, nie, niemals.«

»Aber …«

Der Fernseher lenkt ihre Aufmerksamkeit wieder von mir ab. Das Seifenopernpaar ist immer noch am Küssen. Sie küssen und plappern, plappern und küssen. Die Wangen glitzern vor Tränen. Die Augen strahlen vor Lächeln.

Irgendwann will ich mal für diese Soaps schreiben. Das scheint ziemlich einfach zu sein.

»Adios, Agnes. Seilen Sie einen ab.«

26. Kapitel

Heute ist ein guter Tag für Katie.

Ihr Atemschlauch ruht zusammengerollt auf dem Ventil des Sauerstofftanks.

Sie trägt arschbetonende, an den Knien zerrissene Jeans. Zeigt ihren hübschen Bauchnabel. Sie streift einen grauen Cross-Country-Kapuzenpulli über. Das Team-Logo, ein sprintender Gepard, ist auf der Vorderseite, der Name »Katie« auf der Rückseite aufgedruckt.

Sie steht vor dem Spiegel und setzt sich die Beyoncé-Perücke auf den kahlen Kopf. Rückt sie zurecht. Kämmt die Haare, als wären sie echt. Toupiert den Pony. Legt Lipgloss auf. Pinselt Farbe auf ihre Wangen. Dann setzt sie eine Brille auf und wird zu Miss Scharfe Bibliothekarin.

Ich persönlich hätte jetzt echt Lust, mich mit Literatur zu beschäftigen.

Aber es ist Zeit, an die Arbeit zu gehen. Sie schnappt sich ihren Laptop und wir eilen den Flur entlang.

»Hey, Yolanda. Hey, Robert.«

Sie macht in jedem Zimmer halt. Alle heißen sie willkommen.

Sie erkundigt sich nach dem trivialsten Zeugs.

»Haben Sie Ihre geschnittenen Tomaten gegessen?«

»Haben Sie das Formular ausgefüllt?«

»Haben Sie die E-Mail an Ihren Sohn geschrieben? Soll ich sie für Sie schreiben? Okay.«

Sie hämmert die Mail in ihren Laptop und schickt sie ab. Ganz schnell, ganz locker. Wie ich ist auch sie eine Anhängerin des spontanen Schreibens. Keine Pausen. Nicht mal Rechtschreibprüfung. Fertig. Und weg damit.

Die Alten, die es mit der modernen Technik nicht so haben, sind immer leicht schockiert darüber, wie zügig sie alles auf die Reihe kriegt. Katie nimmt ihnen diese lästige Arbeit ab. Und das so schnell und unkompliziert. Ihre Gesichter leuchten vor Dankbarkeit.

Und sie kann mich dabei nicht außen vor lassen.

»Jonathan hat ein Gedicht für Sie.«

Ich lese den gereimten Murks aus der Delphi-Bibliothek vor. Kipling. Longfellow. Whittier.

Ich bringe mein Exemplar der *Grasblätter* mit und lese ihnen Walt Whitman vor.

Ich lese sogar ein paar von meinen eigenen vor.

Oder …

»Phil, singen Sie ›Danny Boy‹, Jonathan wird Sie auf der Gitarre begleiten.«

Wir stehen in Zimmer 135. Phil ist der superaktive Verkaufsleiter-Golfer-Typ. Hat noch alle Haare auf dem Kopf. Er ist seit sechzehn Wochen im Delphi, genau wie ich. Anfangs hatte er überhaupt keine Zeit, krank zu sein. Hat sich jeden Morgen bürofertig gemacht, sein gestärktes Nordstrom-Hemd und die klassische Slim-fit-Hose angezogen. Gel ins Haar. Blitzblanke Büroschuhe. Aber nach ein paar Tagen verschwanden die Büroschuhe und die Pantoffeln kamen an die Füße. Das Haargel verschwand ebenfalls. Seine tägliche Rasur wurde immer lückenhafter – kleine Bartstoppelinseln entstanden. Jetzt, am Ende dieser Entwicklung, sitzt er nur noch herum, im Bademantel, und guckt dem Himmel beim Tröpfeln zu. Beziehungsweise seinem Infusionsschlauch.

Katie hat ein bisschen recherchiert. Hat herausgefunden, dass Phil früher Tenor in irgendeinem Gesangsverein war. Er liebt irische und schottische Lieder.

Sie tätschelt ihm die Schulter. »Hey, wie geht das noch? ›Danny Boy … dadada, dadada‹.«

Phil räuspert sich, kommt trällernd in die Gänge:

»Oh Danny Boy, the pipes, the pipes are calling.«

Ich finde mich rein, Tonart C. Füge die liebliche Septime hinzu und die wehmütigere Verschiebung von F nach f-Moll. Phil dreht auf. Er hat eine schöne Stimme, so rein wie dieser eine Opernsänger, Plácido Domingo. Leute kommen ins Zimmer geschlüpft. Oder gucken von der Tür aus rein – die Bettenfrau, die Blutabnehmerin, der Typ von UPS. Phil hat so viel Überzeugungskraft drauf, dass wir Traumbilder eines nebelverhangenen Irlands vor uns sehen. Ruby streut melancholische Blütenblätter entlang des Weges.

Als wir durch sind, klatschen alle.

Doch Phil hat sich gerade erst warmgesungen. Schon legt er mit »The Bonnie Banks of Loch Lomond« los.

Der Tod hängt über diesen irischen und schottischen Liedern. Man braucht nur Dudelsäcke und Heidekraut gegen Infusionsbeutel und Krankenhausbetten auszutauschen, schon hat man das Delphi.

Nur dass hier die Säcke nicht dudeln.

Den Refrain bestreiten Phil und ich im zweistimmigen Harmoniegesang. Er nimmt die »high road«. Ich nehme die »low road«.

Dann stimmt er einen Song namens »Whiskey in the Jar« an.

Ich schlage in die Saiten, schnell und mit klopfendem Groove.

Ein Vers folgt auf den nächsten. Über Diebe, durchtriebene Frauen und den »Saft der Gerste«.

Beim »Whack fal the daddy-o«-Refrain drehen Phil und ich die Lautstärke hoch.

»Teufel auch!«, sagt Phil und schlägt sich aufs Knie.

Draußen im Flur sagt Katie: »So glücklich wie eben habe ich ihn noch nie erlebt.«

Jetzt bin ich hier also der hauseigene Troubadour.

Birdwell hat uns von den Troubadouren im alten Europa erzählt, die auf den kopfsteingepflasterten Dorfplätzen standen, um in ihren Liedern von tapferen Königen und Possen treibenden Liebhabern zu künden. Zu jener Zeit, so Birdwell, hatte der Troubadour die Funktion des Dichter-Historikers, der die Gänseblümchen der Vergangenheit zu einem Strauß zusammenband, an dem die bäuerliche Bevölkerung schnuppern konnte.

Während ich, Ruby stets im Arm, mit Katie von Zimmer zu Zimmer ziehe, sehe ich mich immer mehr als einen solchen »Gänseblümchenbinder«.

Ein Titel, der mir durchaus gefällt.

Auch Ruby ist zufrieden. Endlich kommt sie aus ihrer Tasche raus, kann mal richtig durchatmen.

Falls ich in diesen Tagen besser klinge als sonst, dann liegt es an Ruby. Nicht an mir.

27. Kapitel

Ich sitze auf einem Hocker in einem kleinen Haus auf einem nassen Hügel in West Seattle. Dem Besitzer ist der Zustand des Hauses schnurzegal. Moos wächst auf der einen Seite von unten nach oben und Efeu auf der anderen Seite von oben nach unten.

Was ihm aber nicht schnurzegal ist, ist die Musik.

Im Wohnzimmer steht ein Klavier, Gitarren und Banjos hängen an den Wänden, Flöten, Rekorder, Handtrommeln sind überall verstreut. Es gibt sogar eine Triangel und ein Didgeridoo aus Australien.

Der Besitzer des Hauses ist Frank Conway, der unrasierte, schluffige Typ, der sich eines Nachts in den Schraubzwingen von Mimis Titten verfangen hat, mit ihr nach Hause gegangen ist, die Hütte gerockt hat und in den schattigen Frühmorgenstunden des dunkelsten Winters plötzlich in meiner Tür stand.

»Du musst dir das immer auf diese Weise zu eigen machen«, sagt Frank. Er bezieht sich darauf, wie ich damals »Here Comes the S-O-N« gespielt habe. »Das war Ehrlichkeit pur, Jonathan. Nur du und dein Bauchgefühl. Noch 'ne Tasse Kaffee?«

Ich hatte schon zwei, aber Frank ist ein großer Kaffeetrinker. Das Zubehör ist überall – Becher, Löffel und Filter, Gerüche und Flecken. Mir scheint, er sollte mal mit Taurin bekannt gemacht werden, denn Koffein bringt es einfach nicht.

»Yeah, klar«, sage ich.

Er humpelt auf einem angeschlagenen Fuß in die Küche. Füllt unsere Becher nach, rührt Sahnepulver hinein. Humpelt zurück. Unter seinem halb zugeknöpften Flanellhemd lugen ein T-Shirt mit V-Ausschnitt und ein kleines silbernes Kruzifix hervor.

Alles an Frank Conway erinnert an ungemachte Betten. Schlampig, aber gemütlich. Ungebügelt, aber hoffnungsvoll. Er ist ein angegrauter Springsteen, nur springen kann er grad nicht so gut.

»Das Ziel muss sein«, sagt er, »Musik so zu spielen, wie nur *du* sie spielen würdest. Nicht so wie ich oder dein Bruder oder Jimi Hendrix. Es geht allein um dich, Jonathan. Finde dein Innerstes, vergiss den Rest der Welt und du kannst bis ganz runter nach Mexiko rollen.«

Er nimmt seine Gitarre. Zupft das Intro zu »Crossing the River Styx«. Sauber und entspannt. Verzerrt hier und da mal einen Ton. Beginnt zu singen. Seine Stimme ist starker Kaffee. Mit Sahne, aber ohne Zucker.

Es klingt viel besser als das Original von Pinky Toe, jedenfalls in meinen Ohren. Indem er Koffein hineinkippt und das Ganze mit Melancholie verrührt, gibt er dem Song, was er braucht, nämlich ein wundes Herz und wunde Muskeln. Er tränkt ihn mit dem Schmerz des Lebens.

»Pass auf, Jonathan, der Mittelteil ist leicht – schlag einfach die Akkorde, das grundlegende Muster C-F-G-F. Damit kannst du machen, was du willst – es glatt durchspielen oder improvisieren. Aber das Intro … diese wenigen, schnellen Noten. Die musst du üben, und wenn du sie draufhast, vergiss sie wieder. Dein sensorisches Gedächtnis wird dich in der Luft halten und dann kannst du fliegen, wohin du willst.«

Das leuchtet mir alles so weit ein. Es ist wie bei Yoda, der seine Weisheiten an Luke weitergibt. Allerdings gibt es einen verdammt großen Unterschied zwischen Theorie und Praxis.

»Na los.« Frank reicht mir die Gitarre. »Versuch's mal.«

Franks Gitarre ist eine akustische Gibson Hummingbird. Der karamellfarbene Korpus ist durch jahrelangen Gebrauch etwas abgewetzt, aber der Klang ist klar und rein. Das ist das Ding bei den Gitarren: Die billigen mit viel Laminat mögen von außen glänzen, aber innen sind sie stumpf. Die Zeit macht sie nicht besser. Aber die aus solidem Holz gemacht sind – Fichte oder Ahorn oder Bubinga –, die befinden sich auf einer endlosen Reise hin zur Perfektion. Sie hören nie auf, besser zu werden, selbst wenn der Lack längst ab ist. Vorausgesetzt natürlich, man behandelt sie anständig.

Ruby ist so eine. Sie wird immer noch besser für mich. Trotz des faustgroßen Extralochs in ihrem Klangkörper.

Wenn Ruby doch ein Mädchen wäre. Sie wäre sonnengebräunt und sexy, schüchtern und aufgeklärt, eine Poetin, eine Dichterin, aber mit irgendeinem Handicap, einer Gehbehinderung oder einer Augenklappe. Ach ja, wäre Ruby doch ein Mädchen – viele meiner Probleme wären dann gelöst.

Ich angle ein mittelstarkes Plektrum aus dem Aschenbecher. Spiele ein paar Arpeggios. Atme tief durch. Dann probiere ich den Lick. Nach wenigen Noten vergurke ich ihn. Fang noch mal von vorn an. Wieder geht's daneben.

Das Gleiche passiert noch fünf oder sechs Mal.

»Ich hasse diesen Song!«

Frank nickt. »Ist irgendwie so, als würde man Hitler wählen, nicht wahr?«

»Aber wie du ihn gespielt hast, das gefällt mir.«

»Hat alles mit Übung zu tun, Jonathan.«

»Was ist mit dem Gesangspart?«, frage ich. »An diese hohen Töne komme ich nicht ran. Es sei denn, ich quetsche mir die Eier ab.«

»Kapo auf den zweiten Bund«, sagt Frank. »Das ist deine beste Lage. Und benutze ein Metronom beim Üben – hast du eins?«

»Ja, aber das ist kaputt.«

Er zieht eine Schublade auf und wirft mir ein faustgroßes, batteriebetriebenes Metronom zu.

»Übe tausend Mal, Jonathan. Ich mach keine Witze. Eintausend Mal. Lerne dieses Intro genau so zu spielen, wie Pinky Toe es machen. Sobald du es in deine DNA hochgeladen hast, kannst du es auf deine Weise spielen. Versuche nicht, die Regeln zu brechen, bevor du sie beherrschst. Danach kannst du sie brechen, so viel du willst.«

»Aber wie soll ich das alles schaffen in drei Wochen?«

»Du machst es einfach.«

Frank greift nach seiner Gitarre, probiert ein paar Variationen aus. Dann befeuchtet er die Spitze eines Bleistifts und kritzelt irgendwelches Zeugs in ein Notizbuch.

»Versuch's mal so.« Er reißt die Seite heraus.

Er hat das Arrangement verändert. Einige von den Dur-Akkorden sind zu Moll-Akkorden oder Septimen geworden.

»Jetzt ist es mehr Oktober«, sagt er. »Weniger Juli.«

»Danke«, sage ich. »Kann ich mal dein Bad benutzen?«

In Franks Badezimmer stapeln sich benutzte Kaffeebecher und Exemplare der Zeitschrift *Economist*. In bequemer Reichweite vom Klo hat er eine Martin-Gitarre in Minigröße auf einem Ständer stehen. An der Wand hängt ein Poster von

Abraham Lincoln, wie er seine Axt schwingt, nur dass die Axt gar keine Axt ist, sondern eine Gibson Robot Flying V. Ich registriere das alles, während ich am Pinkeln bin.

»Wusste gar nicht, dass Lincoln auch gespielt hat«, sage ich, als ich ins Wohnzimmer zurückkomme.

»Oh, er hatte das Temperament eines großen Musikers«, sagt Frank. »Eine aufrichtige Stimme, die er nie verändert hat, auch als man ihn dazu drängen wollte. Darauf kommt es an, Jonathan, du musst an deine Stimme glauben. Als ich dich das erste Mal gehört habe, Mann, da hast du von innen geblutet. Du hast die Stimme. Du musst nur an dich glauben.«

»Hey, könnte sein, dass ich eine Rickenbacker drei-sechs-sechs spielen darf.«

»*Holla!*«, sagt Frank. »Vornehmer geht's ja wohl nicht. George Harrison hat eine Ric gespielt. Ebenso Brian Jones von den Stones. Roger McGuinn von den Byrds. Pete Townshend von The Who. Die Liste ist ewig lang. Falls eine einzelne Gitarre den Sound definiert, wie wir ihn kennen, dann die Ric, vor allem die drei-sechzig-Reihe. Mann, du wirst einen Maserati fahren.«

»Vielleicht brauche ich Rennhandschuhe«, sage ich.

Frank sagt: »Wie geht's deiner Mutter, Jonathan?«

»Alter, die ist verrückt.«

»Macht sie wirklich eine Hochzeitskapelle in euerm Haus auf?«

Ich nicke. »Das ist jedenfalls der Plan.«

»Und sie hat die amtliche Befugnis, Eheschließungen durchzuführen, und alles?«

»Yeah, sie hat ein Theologie-Diplom.«

»Woher?«

»Aus dem Briefkasten.«

Frank sinniert ein wenig. »Nun ja«, sagt er dann, »alle guten Ideen entstehen irgendwo am Rande von etwas.«

»Zum Beispiel am Rand des Wahnsinns«, sage ich.

Franks Miene verdüstert sich. »Ey, Mann, zieh nicht über deine Mutter her. Denk dran, du hast einen Bruder verloren, aber sie hat einen Sohn verloren.«

Hoppla! Soweit es mich betrifft, ist der Unterricht für heute beendet. Ich bin im Begriff, mich zu erheben, komme aber nicht weiter als bis zur Kante meines Hockers.

Was ich sagen will, ist: *Er war mein ZWILLINGSbruder!*, aber Frank errät meine Gedanken.

»Jonathan, spiel diese Karte nicht aus. Ihr haltet beide das höchste Ass in der Hand.«

»Welches ist das?«, frage ich. »Das Tragödien-Ass?«

»Genau«, sagt er. »Das Tragödien-Ass. Vielleicht ist diese Idee mit der Hochzeitskapelle letzten Endes gar nicht so verrückt. Vielleicht liegt sie halt auf dem evolutionären Weg deiner Mutter, genau wie Poesie und Musik auf deinem liegen.«

»Hey«, sage ich, »unter uns gesagt: Mimi ist noch nicht allzu weit mit ihrer Evolution.«

»Weißt du das sicher?«

Ich zucke die Achseln, denn sicher wissen tue ich's durchaus nicht – es gibt praktisch nichts, was ich sicher weiß.

»Jonathan, hast du schon mal versucht Songs zu schreiben?«

»Nö.«

»Für jemandem wie dich, der Dichter ist und Gitarre spielt, wäre das doch ein ganz natürlicher Schritt. Denk drüber nach.«

»Yeah, ist gut.«

»Lass von dir hören, Jonathan.«

Ich falte den Zettel mit Franks neuem Arrangement und stecke ihn in meine Hemdtasche.

»Danke, Mann. Adios.«

»Geh mit Gott, Jonathan.«

28. Kapitel

Ich gehe gerade durch den Hauptflur der Schule, auf dem Weg zum Kenny G, da stürzt Mrs Scranton auf mich zu.

»Oh, Jonathan. Dr. Jacobson möchte dir das hier zukommen lassen.«

Sie drückt mir einen braunen Briefumschlag in die Hand. Ich verkneife mir die Frage, was denn drin sei. Alles, was von Gupti kommt, bedeutet auf jeden Fall mehr Arbeit.

»Danke«, sage ich und stopfe den Umschlag in meinen Rucksack.

Kyle packt meinen Arm und zieht mich durch den Flur.

»Komm, Alter«, sagt er. »Die Truppe wartet schon.«

Die Truppe, stellt sich heraus, besteht unter anderem aus Javon an der Lichttechnik und Jordan am Gabelstapler. Nick ist zum »Gitarrentechniker« ernannt worden. Außerdem hat Kyle noch Ryan Lee, einen Freund vom Fußball, für die »Security« engagiert. Der extrem große museale Wert der Ric macht eine solche Maßnahme unumgänglich.

Kyle erklimmt die Bühne und verkündet seinen Plan: »Leute, heute proben wir, den Klett-Flausch-Kong auf die Bühne zu bringen, vorn in die Mitte, und Jonathan auf seine Hand zu heben.«

Er schnippt mit dem Finger nach oben zur Kontrollkabine.

Javon betätigt ein paar Knöpfe und Hebel, woraufhin ein riesiger Haken an der Decke entlangzurollen beginnt. Über dem Klett-Flausch-Kong müssen einige Drehungen und Wendungen à la Maus-im-Labyrinth durchgeführt werden. Dann senkt sich der Haken herab. Javon hantiert hektisch mit den Schaltern, um mit dem Haken einen Metallring an Kongs Rücken zu erwischen. Aber er trifft immer wieder daneben. Es ist ein bisschen so, als würde man in der Spielothek an einem dieser Angelspiele sitzen, nur in einem größeren Maßstab.

»*Holla, holla, holla!*«, brüllt Kyle zu Javon hinauf. »Das musst du aber auf die Reihe kriegen, Alter. Es kann nicht sein, dass wir eine Stunde brauchen, um den Kong hier rauszuschaffen.«

Beim nächsten Versuch ist Javon erfolgreich. Er reißt den Klett-Flausch-Kong aus seinem schattigen Ruhestand und zieht ihn zur Bühnenmitte.

»Gabelstapler!«, ruft Kyle.

Javon kommt auf einem Clark-Gabelstapler mit Ballonreifen auf die Bühne gefahren.

»Okay, Alter«, sagt Kyle zu mir. »Jetzt bist du dran.«

»Was soll ich machen?«

»Da raufsteigen«, sagt er.

Jordan steuert den Gabelstapler heran, schiebt mir die Palette vor die Füße.

»Was ist mit der Ric?«, frage ich.

»Ich will bei den Proben kein Risiko eingehen, Mann. Wir haben die Ric aber heute mitgebracht, um uns an sie zu gewöhnen. Wir lassen sie ein bisschen auslüften, weißte, und sehen zu, dass wir mit ihrem Starfaktor klarkommen.«

Kyle wendet sich Nick und Ryan zu, die wie Wachtposten zu beiden Seiten der Ric stehen.

»Leute, zeigt uns Ricky.«

Nick lässt den Silberkoffer aufschnappen. Hebt die kirschrote Prinzessin aus ihrem samtenen Bett. Ryan verbeugt sich vor ihr.

»Tu einfach so, als hättest du die Ric umgeschnallt«, sagt Kyle.

Ich betrete die Palette und Jordan beginnt zu kurbeln. Er hievt mich auf eine Höhe, die ungefähr dem dritten Regalbord im Costco-Supermarkt entspricht. Die Bühne selber ist natürlich auch ganz schön hoch. Diese Kombination von Höhen verschlägt mir den Atem.

»*Holla!*«, sage ich. »Wie ist noch mal der Fachausdruck für Höhenangst?«

»*Halitosis*«, sagt Ryan.

»Sollte ich nicht wenigstens eine Sicherheitsleine haben?«, frage ich.

»Alter, das hier ist *théâtre verité*«, sagt Kyle. »Allerdings fällt mir dabei ein, dass wir eine Sicherheitsleine für die Ric haben sollten.«

»Für die Ric, ey!«

»Mach hier keinen auf Weichei, Mann. Los jetzt, spring auf Kongs Hand.«

Von der Palette hinüber auf Kongs Hand zu treten bedeutet, dass ich für einen Moment keinen Boden unter den Füßen habe und mich nirgends festhalten kann. Wenn überhaupt, muss man das zügig tun, mit einem kleinen Sprung und ohne groß darüber nachzudenken.

Weiß der Geier, wie ich das mit der Ric um den Hals hinkriegen soll.

Ich springe auf Kongs Hand, und als ich lande, bringt mein Gewicht ihn aus dem Gleichgewicht. Er schwankt wie ein

Baum. Panisches Stimmengewirr steigt von der Bühne zu mir herauf. Kyle, Nick und Ryan kommen herbeigerannt, um Kong an den Knien zu stützen.

Da hocke ich also in der hohlen Hand des Klett-Flausch-Kongs. Schwärme von Schmetterlingen flattern durch meine Gedärme. Einige flattern bis zum Hals hinauf. Wenn ich mich jetzt schon so fühle, wie wird das erst am Freitag, den 1. Juni, sein, wenn ich hier vor zwölfhundert Leuten stehen soll?

»Hey, Jonathan«, sagt Kyle. »Wir haben hier unten gewisse Balanceprobleme. Einer von Kongs Füßen ist kürzer als der andere.«

Ich spähe nach unten. »Wie konnte das passieren?«

Die Sache ist die, dass Javon, als er den Kong aus seinem Schatten, wo er praktisch angewachsen war, herauszerrte, die Sohle des einen Fußes abgerissen hat – und Kongs Gorillazehen gleich mit.

Die Truppe inspiziert den Fußschaden. Schließlich sagt Kyle: »Du darfst dich halt nicht so zur Seite lehnen, Alter. Bleib immer schön in der Mitte. Dann wird das schon hinhauen.«

Jordan lässt mich auf die Bühne hinab, und dann spielen wir den Vorgang noch drei weitere Male durch. Kyle und Javon arbeiten am Beleuchtungskonzept. Jetzt ist es alles nur noch Wissenschaft. Kong hinter dem Vorhang hervorholen, ihn nach vorn rollen und mich dann auf seine Hand setzen, während Javon mich in einen Kegel aus blendend silbernem Licht taucht – das können wir in knapp neunzig Sekunden schaffen.

Solange ich in der Mitte von Kongs hohler Hand bleibe, bin ich auf der sicheren Seite.

»Geile Probe, Leute«, sagt Kyle. »Nick, sieh zu, dass du ein kabelloses Mikro für Jonathan auftreibst. Ryan, kümmer du dich um eine Sicherheitsleine für die Ric. Ich sorge dafür, dass die Jazzband ›Pick Up the Pieces‹ spielt, während wir aufbauen.«

Alle sehen sie mich an, als rechneten sie damit, dass ich vielleicht auch mal irgendetwas zu sagen hätte.

Hab ich tatsächlich.

»Da wäre noch eine Sache, die wir nicht geprobt haben«, sage ich.

»Was denn, Alter?«

»Den Song.«

»Ach ja«, sagt Kyle. »Ich wusste doch, dass wir irgendwas vergessen haben. Na ja, den übst du halt für dich.«

Er macht einen hochzufriedenen Eindruck. Sein Teil der Show nimmt langsam Gestalt an.

Meiner zerbröselt und steht in Flammen.

29. Kapitel

Ein Dutzend Sauerstoffflaschen steht in David Cosgroves Zimmer neben der Tür. »Meine Geleerten«, nennt er sie.

Seine Zähne – *holla!* Die müssen aber wirklich mal ganz dringend geputzt werden. Einer aus der Oberreihe hat sich gelöst und wackelt vor und zurück wie eine Katzenklappe.

Von weiter weg wirkt seine Gesichtshaut sonnengebräunt. Von nahem ist sie fleckig und von Adern durchzogen. Eine Landkarte mit haufenweise lila und roten Hauptstraßen.

Pflegekräfte geben sich die Klinke in die Hand. Bringen Tabletten. Cracker. Ananassaft. Rollen David auf die Seite, wechseln sein Laken. Eine Pflegerin kommt aus Nigeria. Zwei aus Äthiopien. Ein Arzt – kein Afrikaner, sondern einer von der kurzen und stämmigen, rosig weißen nordamerikanischen Sorte – betritt das Zimmer.

»Haben Sie Schmerzen, David?«

»Nein.«

»Brauchen Sie irgendetwas?«

»Ich könnte einen Blowjob vertragen.«

Wir lachen. Drei Kerle. Drei Generationen. *Ein* zeitloser Gedanke.

Der Doktor verabschiedet sich. Zeit für uns, an Bord der USS *Gabriel Trask* zu gehen.

»Wo waren wir, Matrose?«

»Unten im Bauch«, sage ich. »Haben versucht das Schiff vorm Versinken zu bewahren.«

»Ah ja«, sagt er. »Wir mussten möglichst über Wasser bleiben, bis wir Kerama Retto erreicht hatten. Haben die Unterwasserpumpen mächtig auf Trab gehalten.«

Er hantiert mit seinem Atemschlauch. Ich lege meinen Schreibblock beiseite und trete an sein Bett. Entwirre den Schlauch.

»Danke, Jonathan. Es ist mir wirklich peinlich, aber ich habe schon wieder vergessen –«

»Sie standen an den Unterwasserpumpen«, sage ich.

»Ach ja. Dort unten gab es keinen Unterschied zwischen Tag und Nacht. Doch aus dem offiziellen Bericht weiß ich, dass es Abend war, fast schon dunkel.«

»Yeah«, sage ich. »So um neunzehnhundert rum.«

David nickt. »Wir waren in einen Kanal zwischen zwei kleinen Inseln eingefahren. Befanden uns in etwa zehn Faden tiefem Wasser, in Sichtweite zum Hafen von Kerama Retto. Jetzt, so glaubten wir, hatten wir die Schlacht um die Rettung des Schiffes gewonnen. Was wir nicht wussten, war, dass ein feindliches U-Boot hinter uns her war. Gerade als wir dachten, dass alles gut sei, dass wir unseren Krieg überstanden hätten, da passierte es.«

»Das ist immer der Moment, wo es passiert.«

»Ja, Jonathan, so scheint es.«

»Es war ein Volltreffer, oder?«

»Wie aus dem Lehrbuch«, sagt David. »Der Torpedo erwischte uns mittschiffs und brachte unser Munitionslager zur Explosion. Alles flog in die Luft.«

»Wow!«, sage ich. »Gehen Sie ruhig ein bisschen ins Detail.«

David sammelt Erinnerungsfetzen. »Woran ich mich am

stärksten erinnere, das ist das schreckliche Beben. Eine Erschütterung, die alles erfasste, innen und außen.«

»Hey«, sage ich, »es klingt vielleicht komisch, aber ich denke, ich weiß, wie Sie sich gefühlt haben.«

»Ja, Jonathan. Und ich weiß, was du gefühlt hast.«

Ich spüre, dass er Recht hat. Anders als alle anderen, die sagen, sie wüssten es, weiß David *tatsächlich*, wie ich mich gefühlt habe, oder er ist jedenfalls nahe dran. »Eine Erschütterung, die alles erfasst, innen und außen.« So kann man das vergangene Jahr für mich im Großen und Ganzen zusammenfassen. Davids Leben ist zig Millionen Meilen von meinem entfernt. Wir sind wie zwei blattlose Bäume, die an entgegengesetzten Enden einer Wüste stehen. Doch jetzt überschneiden sich unsere Welten; unsere Schatten dehnen sich aus und berühren einander.

Ich sage: »Sie haben was abgekriegt, irgendeine Schnittwunde, stimmt's?«

»Ja, hier, kannst sie sehen.«

Er fährt mit dem Finger über eine Narbe, die an der Schläfe hoch und dann quer über die Stirn verläuft.

Ich stehe auf, beuge mich zu ihm. Betrachte die Narbe. Wegen all seiner Runzeln und Falten ist sie halbwegs versteckt. Doch als er jünger war, muss sie ziemlich auffällig gewesen sein. Ein gezacktes Souvenir.

»Wir haben alle was abgekriegt, Jonathan. Keiner von uns ist von dieser Explosion verschont geblieben. Ich habe mich nie geschämt für diese Narbe. Habe nie versucht sie zu verstecken.«

»War es dunkel?«

»Ja. Als unsere Motoren ausfielen und das Wirbeln der

Schiffsschrauben aufhörte, gingen unsere Lampen aus. Ein Notlicht ging an, aber auch das erlosch nach einer Weile.«

»Alles zappenduster?«

»Ja, Jonathan. Nicht der kleinste Lichtschimmer mehr.«

David schlürft seinen Ananassaft. Die Säure lässt ihn zusammenzucken.

»Wie lange hat es gedauert, bis Sie gesunken sind?«

»Das war in null Komma nichts passiert«, sagt er. »Stell dir eine Wippe vor und ein dickes Kind, das an dem einen Ende sitzt. Tja, das war unser Schiff. Als das Heck voll Wasser lief, stieg der Bug auf und wir rutschten ins Meer hinein. Das ging rasend schnell. Und dabei herrschte ein ohrenbetäubender Lärm – implodierendes Metall, rauschende Wasserkaskaden und, am Ende, ein unheimliches metallisches Ächzen. Das Meer um uns herum kochte hoch. Erst ging es uns bis zum Bauch, dann bis zu den Schultern. Ich hatte keinen Zweifel daran, dass ich verloren war.«

»Was fühlt man da?«, frage ich. »Ich meine, wie fühlt sich das an, wenn man weiß, dass man sterben wird?«

David öffnet den Mund zum Sprechen, doch er bringt keinen Ton heraus. In seinem Gesicht ist zu sehen, wie die Emotionen übereinanderpurzeln. All die Jahre und die Erinnerungen, der tief verankerte Instinkt, Gleichmut an den Tag zu legen, das Bedürfnis zu reden. Es ist alles da. Aber er kann es nicht sagen. Er schüttelt den Kopf.

»Wie tief ist zehn Faden?«, frage ich.

»Etwa achtzehn Meter.«

»Und Sie hatten immer noch Luft?«

»Ja, aber nicht viel. Beim Aufkommen auf dem Grund war ein kleines Luftloch entstanden.«

»Hey«, sage ich, »ich bin selber auch an einem dunklen Ort. Ist natürlich was ganz anderes, als unter Wasser festzustecken, aber es fühlt sich ähnlich an.«

David nickt, kehrt in die Gegenwart zurück. »Meine Stimmbänder müssen mal ausruhen, Jonathan. Erzähl mir doch davon.«

»Gibt nicht groß was zu erzählen, nur …«

»Ja?«

»Ich weiß, was Sie durchgemacht haben.«

»Es ist alles das Gleiche, Jonathan. Armageddon ist Armageddon.«

»Bei mir«, sage ich, »ist es so ein beklemmendes Gefühl in der Kehle. Als würde ich ersticken.«

»Sprich darüber, Jonathan. Dann wird es besser werden.«

»Bisher«, sage ich, »ist es immer nur schlimmer geworden.«

David kämpft wieder mit seinem Atemschlauch.

»Was macht Ihr Sauerstoff, Mann?«

»Geht zur Neige, fürchte ich.«

Ich hole eine neue Flasche vom Fußende des Bettes. Stöpsel David ein. Sehe zu, wie seine Brust sich hebt und senkt.

Mittlerweile ist der kanariengelbe Schreibblock gerammelt voll von meinen Kritzeleien. Ich stopfe ihn in meinen Rucksack. Hole einen neuen Block aus der Schublade. Mache es mir wieder auf meinem Stuhl gemütlich.

David sieht ziemlich fertig aus. Ich rechne damit, dass er mich wegschicken wird, hoffe aber, dass ich noch bleiben kann. Er wedelt mit einem Finger.

»Setz deine Kessel unter Dampf, Jonathan.«

»Sind sie schon.«

Er holt tief Luft. Genauer gesagt saugt er mehrere kleine

Mengen Luft ein, die sich zu einem tiefen Atemzug summieren.

»*Anoxie*«, sagt er, »das bedeutet extremer Sauerstoffmangel. Daran würden wir sterben – dass uns die Luft ausgeht.«

David blickt mich mit seinen blinden Augen an. Scheint mich tatsächlich sehen zu können.

»Bevor ich weiterrede, Jonathan, solltest du eines wissen – ich habe erst ein einziges Mal darüber gesprochen, mit Vernehmungsoffizieren der Marine während der offiziellen Untersuchung. Und das ist viele Jahre, viele Jahrzehnte her. Und dort wurden ausschließlich Sachfragen gestellt, die ich sachlich beantwortet habe, so wie es eben üblich ist vor einem Untersuchungsausschuss der Marine. Mehr wollten sie von mir nicht wissen. Sie haben zum Beispiel nicht danach gefragt, was die Ereignisse für mich bedeuteten, auf existenzieller Ebene, wie sie mich als Mensch veränderten. Und damals habe ich mich auch dagegen gewehrt, diese Erfahrung zu verarbeiten. Ihr auf den Grund zu gehen. Im Gegenteil, ich wollte eine Wand hochziehen zwischen mir und meinen Erinnerungen. Aber irgendwann, Jonathan, kommt man an einen Punkt, wo dieses zwanghafte Abdichten das ganze übrige Leben zum Stillstand bringt. Ich hätte schon lange darüber sprechen sollen. Für uns alle ist es wichtig, gehört zu werden, Jonathan, und wenn es nur ein einziger anderer Mensch ist, der uns hört. Wir müssen über unsere Armageddons sprechen können. Ich verspüre ein großes Bedürfnis, endlich über meins zu sprechen.«

»Tja«, sage ich, »da haben Sie Glück. Zufällig ist heute der Tag des offenen Armageddons.«

»Na, das passt ja bestens«, sagt David. »Also, wo waren wir?«

»Achtzehn Meter tief in zappendusterer Dunkelheit.«

»Ja«, sagt er. »Ich rufe also nacheinander die Namen und jeder der Männer sagt ein paar Worte, und zwar voll und ganz in dem Bewusstsein, dass … dass wir –«

»Dem Tod geweiht sind«, sage ich.

»Ja«, sagt David. »Was jeder dieser Männer zu sagen hatte, Jonathan, tja, also, man rechnet einfach nicht damit, so etwas je sagen zu müssen, oder jedenfalls erst, wenn man viel älter ist. Wir waren ja alle noch Jungspunde.«

»Wissen Sie noch, was da zum Beispiel gesagt wurde?«

»Nicht wörtlich. Aber ich kann mich an den Geist erinnern, der daraus sprach. Es lief eigentlich alles auf das Gleiche hinaus. Preisung des Lebens.«

»Alle haben sie das Leben gepriesen?«

»Jeder auf seine Weise, ja.«

Die Tür geht auf und eine von Davids Pflegekräften kommt herein. Sie ist Äthiopierin, eine schlanke Schönheit mit Schmollmund. Man stecke sie in hautenges Satin und packe sie auf die Titelseite der *Vogue* – würde sich garantiert eine Million Mal verkaufen. Stattdessen muss sie einen Krankenhauskittel anziehen und Tabletten durch die Gegend tragen. Kein Wunder, dass sie einen deprimierten Eindruck macht.

»Lassen Sie uns in Ruhe!«, bellt David.

Trotz all seiner Gebrechlichkeit scheint seine Stimme zu dröhnen.

Die äthiopische Schönheit erstarrt. Ihre *Vogue*-Augen weiten sich.

»Gehen Sie lieber«, sage ich.

Sie zieht sich in den Flur zurück, murmelt irgendwelche fremden Laute.

»Armes Mädchen«, sagt David. »Das war gemein von mir.«

»Möchte bezweifeln, dass sie jetzt noch zu Ihrer Beerdigung kommt«, sage ich.

David grinst. »Ich werde es später wiedergutmachen. Okay, wo waren wir?«

»Auf dem Grund des Ozeans beim Preisen des Lebens.«

»Ah ja«, sagt David. »Ich muss kurz eingeschlafen sein, denn ich erinnere mich, wie ich die Augen öffne, das Gesicht des Mannes neben mir sehe – eine graue Totenmaske – und denke: *Das war's, das ist also das Ende.* Und dann begreife: *Mein Gott! Ich kann ihn sehen!* Und jawohl, da war Licht, ganz schwach, ein Schimmer nur. *Mein Gott, Licht! Wie kann das sein?* Nun, wir hatten die Nacht überstanden und jetzt sickerte Tageslicht durch die aufgerissene Hülle, dort, wo der Torpedo eingeschlagen war. Alles, was ich sah, war ein dünner Schimmer von weit her in dem überfluteten Durchgang.

Ich schüttelte den Mann, Terry McClendon, ein fantastischer Kanonier, ein guter, großer Mann aus Wink, Texas, und er sah es auch. Wurde sofort wieder munter. ›Scheuch die anderen nicht auf‹, sagte ich. ›Noch nicht.‹

Ich tauchte unter Wasser und schwamm auf das Licht zu. Nach kurzer Zeit hatte ich schon das Gefühl, dass mir die Lunge platzt. Es war einfach zu weit, zu tief. Ich kehrte um.

Wir weckten die Männer und sie konnten sich selbst ein Bild machen. Einige waren zu sehr geschwächt, um zu schwimmen, aber die meisten hatten einfach zu große Angst, es zu versuchen. Einer oder zwei probierten es aus und kamen auch nicht weiter als ich, die anderen aber, tja, für die war es wie die Frage nach Pest oder Cholera, und sie wollten lieber langsam ersticken als ertrinken. Da eröffnete sich also eine

Chance für uns, so klein sie auch sein mochte, doch sie entschieden sich dafür, sich nicht vom Fleck zu rühren.«

»Man sollte denken, dass sie's versuchen würden«, sage ich. »Vor allem, wo sie noch kurz vorher das Leben so gepriesen hatten.«

»Mitunter folgen die Menschen ihren eigenen Erkenntnissen nicht, Jonathan.«

»Na ja, was ist dann passiert?«

»Ich sagte zu ihnen: ›Ich schwimme noch mal los, und wenn ich bis zur Öffnung komme, dann klopfe ich drei Mal mit meinem Messer. So.‹ Und ich holte mein Messer raus und schlug das Heft drei Mal gegen die Stahlwand, unterhalb der Wasserlinie. Das Geräusch übertrug sich. Ganz deutlich. Dann legte ich den Kopf auf die Arme und pumpte Luft in meine Lunge. Langsam und systematisch. Ich sah sie alle ein letztes Mal an – das Licht war heller geworden – und dann glitt ich unter Wasser.

Ich schwamm auf den Lichtschimmer zu, Jonathan. Nach wenigen Sekunden schon hatte ich das Gefühl, die Luft nicht mehr anhalten zu können. Und dann gab es einen Moment, da merkte ich, dass es kein Zurück mehr gibt. Hinter mir war nur Dunkelheit. Ich konzentrierte mich auf den Lichtschimmer, ließ mich von ihm ziehen. Beim Näherkommen konnte ich Planktonwolken und das tiefe Grünblau des Ozeans sehen. Plötzlich wurde ich ganz ruhig. Eine Art Friede erfasste mich. Ob ich nun sterben oder überleben würde, ich wusste, dass ich die richtige Wahl getroffen hatte.«

»Hey«, sage ich, »aus meiner Sicht ganz bestimmt.«

David sagt: »Im Licht zeigte sich ein großer Riss in der Seite des Schiffs, wo der Torpedo eingeschlagen war. Stahlfetzen knäuelten sich an den Rändern. Ich nahm mein Messer und klopfte drei Mal. Dann drückte ich mich durch das Loch. Schwamm hinaus, ließ das Messer fallen, jede Faser meines Körpers lechzte nach Luft und ich schoss Richtung Oberfläche, die unendlich weit entfernt schien.

Als ich nach oben ins Freie kam, saugte ich alle Luft ein, die ich nur aufnehmen konnte. Konnte gar nicht genug kriegen. Ich wollte den ganzen verdammten Himmel einsaugen. Meine Ohren bluteten, meine Nase blutete. Ich hatte monstermäßige Kopfschmerzen und schluckte Blut. Wer weiß, was für Giftstoffe ich in meinem Körper freigesetzt hatte, dadurch, dass ich so schnell aufgetaucht war. Aber ich war am Leben.«

»Yeah«, sage ich. »Weiß Gott waren Sie das.«

»Das Leben ist etwas Wunderbares, Jonathan.«

»Was passierte dann?«

»Ich blickte mich um und sah den Hafen von Kerama Retto – nicht mehr als ein paar Kilometer entfernt. Ich musste erst einmal blinzeln, um wieder klar zu sehen, aber dann konnte ich die Umrisse von Marineschiffen erkennen, die dort vor Anker lagen – Zerstörer, Begleitschiffe, Liberty-Frachter.

Ich schwamm auf der Stelle und wartete, dass meine Männer mir folgten.

Ich tauchte mit dem Kopf unter und sah mein Schiff – die *Gabe*, Nummer vier vierzehn – auf dem ich drei Jahre lang gelebt und gedient hatte. Die Spitze des Masts war nur einen oder zwei Faden unter mir. Das Schiff selbst war ein riesiger verschwommener Schatten.

Ich tauchte wieder auf. ›Na los!‹, rief ich. ›Kommt schon!‹

Jonathan, die ganze Freude, am Leben zu sein, war plötzlich verflogen, weil keiner mir folgte.«

»Oder«, sage ich, »sie haben es versucht, aber nicht geschafft.«

»Einige haben es versucht, Jonathan. Das allein ist ein Sieg. Man muss es versuchen. Komm her.«

Ich lege meinen Block beiseite und trete an sein Bett.

»Gib mir deine Hand, Jonathan.«

Ich strecke ihm meine Hand hin, wie zur Begrüßung, und er ergreift sie. Umschließt sie mit seinen beiden Händen.

»Halten wir einen Moment inne«, sagt David. »Wären wir auf See, würden wir einen Kranz über Bord werfen, zum Zeichen der Ehrerbietung. Nur einen Moment der Stille, Jonathan. Für alle, die uns am Herzen liegen und die wir verloren haben. Sie werden nie wieder bei uns sein, aber dennoch werden wir sie nicht vergessen. Ich möchte deinen Bruder gern einschließen.«

»Yeah«, sage ich. »Das würde ihm gefallen.«

Davids Hände sind weich und zart. Mir ist, als könne ich durch sie hindurch all seine Gebrechen spüren. Das ganze Knäuel aus Alter, Venenschwäche und Krebszellen.

Seine Lippen bewegen sich. Er spricht irgendein Gebet und ich sehe Telly, wie ich ihn oft sehe: auf seinem Longboard dahinfliegend.

Glücklich am Leben zu sein.

Zum Leben ausersehen.

Undenkbar, dass er tot sein könnte.

Als ich die Augen öffne, starrt David mich an.

»Denk immer daran, Jonathan: Du musst dich dem Lichtschimmer zuwenden. Und weitermachen – immer weitermachen.«

Er lässt los. Ich setze mich wieder hin.

»Und wie sind Sie zurückgekommen?«

David tastet nach der Kleenex-Schachtel. Zieht ein Tuch heraus. Schnäuzt sich gründlich.

»Ich schwamm los. Nach einer Weile wurde ich von einer Barkasse, die die Schiffstrümmer durchkämmte, aufgesammelt. Man brachte mich in das Behelfskrankenhaus in Kerama Retto.«

»Konnte man keine Taucher nach unten schicken?«

»Oh, das hat man, Jonathan. Aber es hat Stunden gedauert, diesen Tauchgang zu organisieren.« Er schüttelt den Kopf. »Sieh mal, es gab im Grunde nur diese eine Chance.«

»Und einige haben versucht herauszukommen?«

»Ja.«

»Wissen Sie das mit Sicherheit? Hat man Leichen in dem überfluteten Gang gefunden?«

»Ja, Jonathan.«

»Hey«, sage ich. »Machen Sie sich keine Vorwürfe.«

»Tu ich nicht«, sagt David. »Und du solltest es auch nicht.«

»Ich?«

»So, ich fürchte, jetzt kann ich nicht mehr.«

David schließt die Augen. Lehnt sich erschöpft zurück. Ich stecke den Schreibblock in meinen Rucksack.

»Danke«, sage ich.

»Nein, ich danke *dir*, Jonathan.«

30. Kapitel

Es ist weit nach Mitternacht. Ich stehe in meinem Zimmer und wirble ein Lasso herum. Na ja, genauer gesagt ist es eine alte Wäscheleine – und mit dem Wirbeln ist es auch nicht allzu weit her.

Ich ziele auf meinen Schreibtisch. Nachdem ich die Schlinge ein paarmal weiter gemacht habe, landet sie schließlich, wie ich sie haben will, nämlich um den Fuß eines großen Berges aus Büchern, Notizheften, leeren Red-Bull-Dosen, abgelegten T-Shirts und allerlei Haufen und Stapeln von allem, was es sonst noch so gibt.

Ich spanne die Leine, der große Berg rutscht langsam auf die Schreibtischkante zu. Ein entschlossener Ruck und er plumpst über den Rand in die Schlucht hinab. Ein Weltende für sich. Armageddon.

Yippee-aye-oh-cuy-ay!

Mit Hilfe einer einzelgängerischen Socke wische ich Staub und Krümel von der Tischplatte. Zum ersten Mal in der jüngeren Geschichte ist sie jetzt sauber.

Ich mache den Rucksack auf und kippe den Inhalt auf den leer geräumten Schreibtisch. Heraus fallen ungefähr zwanzig gelbe Schreibblöcke, deren Seiten ganz zerfleddert sind vom kompromisslosen Notizenmachen.

Als Letztes kommt ein brauner Briefumschlag zum Vorschein – das ist der, den mir Mrs Scranton in der Schule in die Hand gedrückt hat.

Hatte ich total vergessen.

Ich reiße ihn auf. Auf offiziellem Briefpapier – »Dr. Gupti R. Jacobson, Direktorin, William Howard Taft School« – steht eine Mitteilung in der erlesenen Handschrift der vielarmigen Shiva:

Jonathan,

Dachte mir, das hier könnte Dir gefallen.

»Das hier«, das ist ein Stapel formeller Einladungen zu den Abschlussfeierlichkeiten am Freitag, den 1. Juni – heute in zwei Wochen. Normalerweise gehen diese Einladungen nur an die teilnehmenden Schulabgänger, aber ich bin eine Ausnahme, weil …

ICH TEIL DES PROGRAMMS BIN!

Gupti hat einen Entwurf des Programmablaufs beigefügt. Mein Auftritt kommt ganz am Ende. Gupti selbst wird mich ansagen.

Ich bin mit Namen und folgenden Worten angekündigt:

Singt und spielt »Crossing the River Styx« (Pinky Toe)

Ich schleudere die Einladungen gegen die Wand. Flatternd sinken sie zu Boden. Wie eine abgeschossene Taube.

Unter Hinzuziehung weiteren Materials aus diversen anderen Verstecken – überwiegend Rubys Transporttasche – baue ich einen Turm aus Schreibblöcken. Gelb und rechteckig. Sechsunddreißig Stück, bis zum Anschlag voll mit meinem kaum lesbaren Gekritzel und Geschmiere.

Unzählige Wörter. Das Rohmaterial, aus dem ich die Lebensgeschichte von David O. H. Cosgrove II. zimmern muss.

Ich öffne ein Zwölferpack Taurin (250-ml-Version, gezuckert), stelle die Dosen in Reih und Glied am Ende meines Schreibtisches auf. Postiere meine Flasche mit NoDoz-Pillen der maximalen Stärke am Kopf des Geschwaders, als klotzigen Feldwebel. Bringe meinen Laptop in Stellung. Rücke die Lampe zurecht.

Ich ziehe Rubys Schaukelsessel neben meinen Schreibtischstuhl. Sie kann mir Gesellschaft leisten. Mich über Hürden und Hindernisse tragen.

Dies ist das unverzichtbare Rüstzeug des schreibenden Gewerbes: Notizen, Laptop, Taurin, NoDoz, Gitarre.

Wenn ich doch nur eine Kerze hätte, um die Muse anzulocken. *Holla!* Ich laufe nach unten, wühle in einer Küchenschublade, finde eine Weihnachtskerze im Dildodesign.

In mein Zimmer zurückgekehrt zünde ich sie an.

Jetzt starre ich auf den leeren Bildschirm. Worte … stellen sich nicht ein. Verstecken sich wie Präriehunde in ihren Höhlen.

Mein Gehirn ist ein Matschhaufen.

Nach einer Weile fangen meine Augen an zu tränen. Schläfrigkeit schleicht sich von hinten an.

Mit einem Ruck werde ich wieder wach. Werfe drei NoDoz ein. Mache eine Dose auf und spüle mit 250 ml flüssigem Taurin nach. Dieser kleine Cocktail fegt meinen Kopf gründlich durch.

Aber wo bleibt meine Muse? Wann wird sie auf meiner Schulter landen? Mir den berüchtigten ersten Satz ins Ohr flüstern? Einen Satz, der den Schneeball ins Rollen bringt, auf dass eine Lawine aus ihm werde. Einen Satz, der den Präriehund aus seinem Bau lockt und ein mächtiges Gebelle anstimmen lässt.

Ich greife nach Ruby. Spiele einen knirschenden zwölftaktigen Blues. Verziere ihn mit Kleinfinger-Septimen.

Wo ich schon mal dabei bin, stelle ich Franks Metronom auf den Schreibtisch und versuche mich am Intro zu »Crossing the River Styx«. Spiele es einmal ganz durch. Zwar kann ich immer noch nicht mit Pinky Toe mithalten, aber ich werde besser. Was den Gesang betrifft, hat Frank Conway Recht. Wenn ich den Kapo auf den zweiten Bund klemme, fügt sich alles wie von selbst.

Ich spiele das Intro, bis ich's nicht mehr aushalten kann. Dann verfalle ich in meinen punkigen Meditationssong – mein Telly-Stück, süß und komplex, die in Balsamico-Essig getauchte Erdbeere.

Ruby klingt warm und nachsichtig. Wenn ich auf ihr spiele, weiß ich nicht, ob ich Musik mache, bete oder die Zeit verdaddele. Aber sie sorgt dafür, dass ich mich besser fühle. Ruby sorgt immer dafür, dass es mir besser geht. Es gibt Momente, da habe ich das Gefühl, sie ist meine Freundin; es gibt aber auch solche, wo sie mehr wie eine Großmutter ist – alle Komplikationen sind dann verschwunden und es bleibt nur die reine, bedingungslose Liebe.

Ich stelle Ruby in ihren Schaukelsessel zurück. Ziehe ihr meine North-Face-Weste über, damit sie es warm hat. Schnappe mir einen Stapel Schreibblöcke und blättere darin. Beim Lesen bleibe ich an diesem Zitat hängen:

Vielleicht kommt es gar nicht darauf an, die Ente zu treffen. Vielleicht kommt es nur darauf an, dass wir das, was wir zu sagen haben, ein Mal aussprechen, einem anderen Menschen gegenüber, offen und ehrlich, mit Demut und Reue. Vielleicht reicht das schon.

Ich tippe diese Worte ab. Sie bilden die ersten Sätze meines Buches.

Die ersten Sätze der Lebensgeschichte von David Cosgrove.

Endlich ist der Schneeball ins Rollen gekommen.

Der Präriehund hat den Kopf aus seinem Loch gesteckt.

Und gebellt.

* * *

Ich arbeite die Nacht durch. Weil mein Fenster undicht ist, wird es so kalt, dass ich mir zwei Kapuzenpullis überziehe.

Jetzt ist es Samstagmorgen. Der Regen nieselt, als würde er dafür bezahlt.

Typischer Frühlingstag in Seattle.

Mein Rücken ist krumm, krummer geht's nicht. Mein Arschknochen pocht wie Sau. Aber das ist mir alles egal, denn ich bin heute Nacht geflogen. Bin von der Felskante runtergesprungen, habe die Flügel ausgebreitet und los ging's im Sturzflug. Alle Regeln, die mir in die Quere kamen – die der Rechtschreibung, der Zeichensetzung, des Satzbaus –, habe ich mit Freuden über den Haufen geworfen. Ich bin schnell geflogen und weit.

Ich gucke mir das Dokument im Druckmodus an – vierunddreißig Seiten. Klicke auf Wortzählung: 9322.

Meine Fresse!

Nicht mal Charles Bukowski – Onkel Buk – hat so schnell geschrieben.

Ich überlege kurz, ob ich die zehntausend Wörter vollmachen soll, aber das hieße, Quantität über Qualität zu stellen. Außerdem werde ich heute Abend gleich wieder an den Start gehen. Kann's kaum erwarten.

Schreiben auf diese Art – praktisch in Trance – ist so ungefähr das geilste Gefühl aller Zeiten.

Bei mir geht's schon lange nicht mehr darum, aus Spaß an der Freude zu schreiben. Ganz oft macht es überhaupt keinen Spaß. Ich schreibe, weil ich muss.

Sollte irgendein Stalin oder Hitler mich verhaften und ins Lager stecken, würde ich mit den Fingernägeln irgendwo Worte einritzen. Sollten sie mir die Finger abschneiden, würde ich mit den Zähnen schreiben. Sollten sie mir die Zähne ausreißen, würde ich meine Worte irgendeinem interessierten Vogel zublinzeln. Sollten sie mir die Augenlider abschneiden, würde ich Morsezeichen in die Troposphäre furzen.

Man muss mich schon umbringen, um mich vom Schreiben abzuhalten.

Schreiben ist die Luft, die ich atme.

* * *

Ich gehe nach unten in die Küche, schaufle mir eine Maxiportion Special K in die Schüssel. Eine geschnittene Banane packe ich obendrauf. Das Ganze wird dann mit einer Schicht reinem C&H-Rohrzucker aus Hawaii bedeckt.

Mimi hat mir eine Mitteilung an den Kühlschrank geheftet: »Wo bleibt meine Anzeige?«

Ach ja. Die Anzeige für den *West Seattle Herald*, die ich für sie entwerfen sollte. Ist mir voll vom Schirm gerutscht.

Weil ich immer noch in Schreibtrance bin, schnappe ich mir einen Papierbogen aus Mimis Drucker. Spiele mit ein paar Ideen herum. Die C&H-Dröhnung zeigt Wirkung und ich schreibe:

»Wieder an die Liebe glauben.«
Die Kapelle des Größten Glücks
Wo Traumhochzeiten wahr werden
Eröffnung am 1. Juni
im Herzen von West Seattle
dem historischen Viertel Delridge
Pastorin Miriam Jones vollzieht die Trauung

Mein Handy rülpst. Nick.

»Alter, schaff deinen Arsch hier rüber!«, sage ich.

»Aye, aye, Captain«, sagt Nick.

Heute ist Grundierungstag. Ausgerüstet mit extrabreiten Malerbürsten und unseren iPods streichen Nick und ich eine Schicht weißer Farbe auf zwei Seiten des Hauses. Müssen dafür das Gerüst einmal ab- und dann wieder aufbauen.

Gegen drei Uhr nachmittags taucht Javon auf, in neuen Schuhen – Zoom LeBron VI. »Ey, auf keinen Fall. Ich fass doch keinen Pinsel an«, sagt er. Aber ich bezahle, also leiht er sich ein Paar von meinen bekleckerten Dunk Lows aus.

Wir nehmen die beiden verbliebenen Seiten des Hauses in Angriff. Tauschen iPods aus, um uns einen zusätzlichen Kick zu geben. Alle sind sich einig, dass Jason Mraz scheiße ist zum Häuserstreichen, aber bei Afroman, da steppt das Gerüst. Ich mache meine Dickies mit Taurin bekannt und tatsächlich haben wir heute die Energie von wild gewordenen Bullen. Wir sind dauerhaft erfrischt und angeregt. Maximal leistungsfähig.

Wie wir so fröhlich am Streichen und Grooven sind, kommt plötzlich Mimi aus dem Haus, um die Arbeit zu begutachten. Natürlich hat sie vergessen die obere Hälfte ihrer

Bluse zuzuknöpfen, daher verläuft das Begutachten in beide Richtungen. Aber das ist mir egal. Solange mein Team gut drauf ist, dürfen die Jungs heute machen, was sie wollen.

»Hey«, ruft sie. »Wo ist meine Anzeige?«

Ich greife in meine Tasche, falte den Papierbogen zu einem Flugzeug zusammen und lasse es fliegen. Es legt eine rasante Bruchlandung auf dem Rasen hin.

Mimi bückt sich schwungvoll, hebt das kleine Flugzeug auf. Sie streicht die Flügel glatt, vertieft sich in den Text.

Legt ein breites Lächeln auf.

Sie greift zwischen ihre Titten und stößt auf Bargeld, ruft: »Das hast du dir verdient, Baby!«

Sie klemmt die Scheine unter den Griff einer Malerbürste.

Dann reckt sie eine Faust in die Luft. »Weiter so, Jungs!«

Wir machen weiter und immer weiter, bis es um zehn Uhr abends dunkel geworden ist. Wir sind mit der Arbeit fertig. Haben dem Haus einen vollständigen Grundanstrich verpasst. Ja, wir haben sogar schon die erste Schicht Lila auf die Südseite geklatscht. Nick, Javon und ich stehen auf dem Gehsteig und sonnen uns im Glanz unserer Arbeit.

Javon hat so verschmierte Hände, dass er seine makellosen Zoom LeBrons nicht anfassen will. Also hebt er sie mit Hilfe eines Kleiderbügels vorsichtig hoch und befördert sie in eine Einkaufstüte. Dann lassen Nick und er sich auszahlen – ich bin ein großzügiger Arbeitgeber – und sind kurz darauf in der Dunkelheit verschwunden.

Der Tag sagt Lebwohl, die Arbeit ist getan. Jetzt tritt die Muse auf den Plan.

Zeit, wieder ans Schreiben zu gehen.

31. Kapitel

Ich befinde mich im mystischen Wellental. Einem Tal, wo Dämonen und Engel tanzen. Einem Ort des Schreibrausches. Nehmt zum Beispiel Jack Kerouac, Mann der Straßen und des Weins. Nehmt Charles Bukowski, Mann der Appartements und des Weins.

Nehmt mich, Mann des Taurins und des NoDoz.

Wir sind Schriftsteller des mystischen Tals – am lebendigsten in den Stunden nach Mitternacht.

All die Schriftsteller, die den Schmerz nicht mehr spüren, sind schon lange zu Bett gegangen. Sie finden Erleichterung im Schlaf.

Ich finde Erleichterung im mystischen Tal. Meine Finger fliegen über die Tastatur.

Klack, klack, klack, klack.

Das ganze Leben von David Cosgrove – das muss einem klar sein, wenn man seine Geschichte erzählt – wird überschattet vom Schicksal jener Männer unter Wasser, die in dem gesunkenen Träger USS *Gabriel Trask* festsaßen, unweit von Kerama Retto im April 1945.

Wenn ich also über Davids Freuden beim Eishockey schreibe oder über den Tod seines Hundes Gil oder über Blue Feather Chang, seine erste »inoffizielle Freundin«, dann denke ich an diese Männer unter Wasser.

Ich sehe ihre Schattenbilder in allen Aspekten von Davids Leben. Auch in meinem eigenen Kopf scheinen sie sich schon ganz gut eingerichtet zu haben. Na ja, das ist ja auch ein fruchtbarer Ort, an dem Schatten aller Art gut gedeihen.

Die halbe Nacht durch hat mein Handy immer wieder gerülpst, aber ich habe es ignoriert. Dann reißt ein lang gezogenes *Brrroooaackkk* mich aus meiner Versunkenheit. Ich gucke auf die angezeigte Nummer, in der sicheren Annahme, dass es einer meiner Dickies ist, der an Schlaflosigkeit leidet.

Ich sehe den Namen »Katie« auf dem Display.

Hektisch drücke ich die grüne Taste, bevor sie auflegt.

»Hast du geschlafen?«

»Ich schlafe nie.«

»Jonathan, David ist gestorben.«

* * *

Der erste Bus nach Norden fährt um 4:55 Uhr ab und ich sitze drin. Zusammen mit einem Bäckersdutzend von Frühaufstehern und Nachteulen. Sie sind wie das Licht am Himmel – bewegen sich auf einer Skala zwischen Nacht und Tag, ausgelaugt und frisch, Bier und Seife.

Eine alte Frau mit einem großen Koffer und fürchterlicher Dermatitis an den Händen steigt zu. Ich bete, dass sie sich nicht neben mich setzt. Tut sie natürlich doch. Ihr Koffer blockiert den halben Gang. Sie versucht Small Talk mit mir zu machen. Es gelingt ihr nicht.

An der West Seattle Junction will sie aussteigen, kämpft mit ihrem Koffer. Sie hat Schmerzen, wenn sie ihn nur anhebt. Ich packe den Griff und trage den Koffer aus dem Bus. Stelle ihn neben ihr ab. »Danke, mein Lieber«, sagt sie. »Was immer dir Kummer macht, gib nicht auf.«

Meine Güte, ist es so offensichtlich?

Ich steige in den 128er um. Für den Rest des Weges die California Avenue hinauf bin ich geistig nicht anwesend. Die Welt zieht verschwommen an mir vorbei.

Als ich zur anderen Seite des Mittelgangs gucke, sitzt dort Telly. Lange blonde Haare. Gelbes T-Shirt. Blickt starr nach vorn. Bemerkt mich nicht.

Es ist, als hätte Abe Lincoln seine Axt geschwungen und der Sonne einen tiefen Schnitt verpasst. Der goldene Morgen blutet Schwermut.

Zum Teil wird meine Wahrnehmung von all den Gefühlen bestimmt, die jetzt wieder in mir hochkommen. Zum Teil aber auch davon, dass die Wirkung von Taurin und NoDoz nachlässt. Ich fange an Lichtschimmer um alle Dinge zu sehen.

Das letzte Stück zum Delphi gehe ich zu Fuß und bleibe auf der Brücke über Schmitz Park stehen. Es geht tief runter bis zum Bach, der im morgendlichen Schatten schläft. Dort unten, wo eine Handvoll von Telly wohnt und sich mit Erinnerungen an unseren Opa vermischt. Ich könnte ohne weiteres aufs Geländer klettern. Es ist so verlockend.

Ich gehe weiter.

Im Delphi sitzen die Frühaufsteher im Fernsehraum und gucken sich die Frühaufstehernachrichten an. Flacharsch, die am Empfang sitzt, sieht mich kommen. Sie gibt mir ein Zeichen, dass ich mich hinsetzen und einen Moment warten soll.

Also nehme ich im Fernsehraum Platz, in der Ecke, wo ich allein bin. Wende meinen Körper von den Nachrichten ab. Greife zu einer Zeitschrift, *Der kluge Reisende.* Nehme kaum etwas wahr. Blättere nur mechanisch die Seiten um.

Mein Auge stolpert über eine Anzeige, ein kleines blaues Rechteck. Es zeigt eine sonnengebräunte Frau im weißen Bikini, die knietief im Ozean steht. Hinter ihr verschwimmt das Meer und geht in den Himmel über.

Knapp oberhalb ihrer goldenen Schulter stehen in kokosnussbraunen Lettern diese Worte:

Adios, Nirvana!

Ich nehme das alles in einem Sekundenbruchteil wahr, in dem kurzen Moment, den es braucht, eine Seite umzublättern.

Während ich weiterblättre, nagt irgendetwas an mir. Manchmal läuft das so, wenn man kurz vor einer wichtigen Erkenntnis steht – wie eine Ratte, die an einem Elektrokabel nagt. Die Ratte nagt immer weiter, bis sie das Kabel durchhat und …

ZAPP!

JIPPIIIIE!

Und dann sind die Worte wieder da:

Alle meine Gefühle sardinenmäßig in sechs Silben gepackt, und es sind noch nicht mal englische:

A-di-os, Nir-va-na.

Lebt wohl … Glück … und Seligkeit.

Denn das ist es, was Nirvana bedeutet, glaube ich.

Und Liebe und Schönheit und Hoffnung.

Dinge, nach denen ich immer suche, wenn ich meine Gedichte schreibe.

Oder auf Ruby spiele.

Yeah!, denke ich. *Da hat es einer kapiert* – endlich *hat es mal einer kapiert.*

Doch als ich, fast schon schwitzend vor Aufregung, zu der Dame im weißen Bikini zurückblättre, bin ich echt schockiert. Meine Augen – meine nachlässigen, legasthenischen Augen – haben mir einen Streich gespielt.

Das kleine blaue Rechteck, das alles auszudrücken schien – es drückt jetzt gar nichts mehr aus.

In Wirklichkeit stehen dort diese Worte:

Adios, Havana!

Lebe wohl, Hauptstadt von Kuba.

Lebt wohl, Salsa und Tortillas.

Lebt wohl, Fidel und Raúl Castro.

Dann aber begreife ich, dass meine Augen – meine visionären Augen – auf einen Ausspruch gestoßen sind, der ganz und gar der meine ist. Und zwar nicht irgendein beliebiger Spruch – sondern ein Code, ein Passwort, eine Lebensphilosophie.

In eine einzige dicke Zigarre eingerollt.

Ein Zweiwortgedicht, das alles sagt.

Das ultimative, das Gedicht der Gedichte.

Ich stehe auf und wende mich all den Frühaufstehern im Fernsehraum zu. Denen, die an Sauerstoffflaschen angeschlossen sind. Die im Rollstuhl sitzen. Den Ausdruckslosen. Den Kahlköpfigen. Den Stumpfen. Den Sterbenden. Den Verleugnenden.

Und ich rufe:

»ADIOS, NIRVANA!«

Flacharsch kommt angelaufen und packt mich am Arm. Sie führt mich zu Davids Zimmer. Klopft an. Katie öffnet die Tür. Sie trägt heute keine Perücke. Ist kahl wie ein Tischtennisball.

Gary Sensenmann ist auch da. Mit rosigem Gesicht. Nach Zigaretten riechend. »Bin fast fertig«, sagt er.

Er hat seinen Metallkoffer mitgebracht. Ihn zu einer Rollbahre auseinandergefaltet. David in einen grauen Sack gesteckt.

»Möchten Sie ihn sehen?«

»Yeah.«

Gary zieht den Reißverschluss auf. Jetzt kann ich Davids Gesicht sehen.

Es gibt viele Arten von Reglosigkeit. Eine ist die Reglosigkeit des Schlafes und eine andere ist die Reglosigkeit des Todes. Das Innere von Davids Mund ist schwarz.

Katie schlingt die Arme um mich. Drückt mich fest an sich.

Ich fühle die Wärme ihres Körpers durch meine Jacke.

Ich fühle ihre Dünnheit. Ihre Krankheit. Ihre Brüste. Ihre Kraft.

Ich schließe die Augen und sehe David auf den Lichtschimmer zuschwimmen. Sehe ihn aus dem Meer auftauchen und den Himmel in sich einsaugen.

Katie zittert. Oder vielleicht bin ich das. Schwer zu sagen.

»Schh«, sagt sie.

»Hey, kann mir jemand die Tür aufhalten?«, fragt Gary.

»Ja, klar«, sage ich und springe zur Tür.

Als wir durch den Flur zum Eingangsbereich rollen, ist David der König des Delphi. Von allen respektiert. Nicht mit Trompeten und Verbeugungen, aber mit gestraffter Haltung, in dem mal wieder schmerzlich wachgerufenen Bewusstsein unserer aller Sterblichkeit.

Jeder fragt sich: Wie kann ich aus den Gänseblümchen und dem Löwenzahn meines Lebens einen schönen, einen besseren Strauß binden?

Die Antwort lautet: Man kann es nicht.

Das Leben ist willkürlich.

Das Leben ist absurd.

Das Leben ist tödlich.

Der Strauß bindet sich selbst.

Und nicht immer blüht er oder riecht er gut.

Katie und ich folgen der Rollbahre durch den Seitenausgang hinaus auf den Parkplatz. Gary öffnet die Heckklappe des Transporters und rammt die Rollbahre gegen die Stoßstange. *Peng* – presto! Die Rollbahre ist jetzt wieder säuberlich zu einem Metallkoffer gefaltet. David ruht friedlich auf einer Pritsche im Laderaum.

Gary will gerade die Tür schließen.

»Moment noch!«

Ich greife in meine Jackentasche und ziehe eine Einladung für die Schulabschlussfeier am 1. Juni hervor.

Ich mache den Reißverschluss des Leichensacks ein Stück auf und stecke den Umschlag hinein. Verschließe den Sack wieder.

»Hoffe, du kannst es einrichten, Mann«, sage ich.

»Und du auch.« Ich gebe Katie eine weitere Einladung. »Und die hier ist für Agnes.«

Auch Gary Sensenmann drücke ich eine Einladung in die Hand.

Er liest sie. »Crossing the River Styx – *Uff!*«

Katie wirft eine Kusshand. »Bye-bye, David.«

Und ich flüstere: »Adios.«

32. Kapitel

Ein paar Tage später. Mein Zimmer ist rammelvoll mit meinen Dickies. Kyle, Javon, Nick, Jordan. Ryan Lee ist auch da.

Sie lümmeln auf dem Fußboden. Sitzen an meinem Schreibtisch. Fummeln an meinem Laptop herum. Schalten durch die Fernsehkanäle. Was meins ist, ist auch ihrs. Und umgekehrt. Das Gesetz der Dickigkeit.

Meine einzige Regel – Ruby mit Respekt behandeln. Und sie halten sich dran. Sie sitzt unter uns, erhaben in ihrem Schaukelstuhl, der besten Sitzgelegenheit, die ich anzubieten habe.

Früher war's so, dass ich dieses Chaos mit Telly geteilt habe und alle immer zwischen den beiden Zimmern hin und her gewandert sind. Doch jetzt ist Tellys Tür natürlich verschlossen. Versiegelt. Sein Zimmer ist ein Schrein.

Sie werfen verstohlene Blicke in die Richtung. Er mag von uns gegangen sein, aber seine Seele ist noch da. Wir spüren es alle.

Jordan geht runter in die Küche, kehrt zurück mit Tellern voller Burritos und Röstis, in der Mikrowelle gebacken, dazu hat er noch eine Flasche Ketchup unter den Arm geklemmt. Die Teller machen die Runde. Obwohl die kleinen Röstkartoffeln eigentlich im Ofen, nicht in der Mikrowelle gebacken werden sollen, sind sie auf ihre salzige, schwammartige Weise einfach köstlich. Binnen einer halben Minute sind sie weggeputzt. Mehr oder weniger inhaliert.

Die Burritos halten sich immerhin respektable fünfundvierzig Sekunden.

Jetzt geht Kyle in die Küche, kommt mit einer riesigen Plastiktüte wieder, in der sich Mimis gefrorene Trauben befinden.

»Ahaah!«, sagt Ryan Lee.

»Männer«, sagt Kyle, »ich würde sagen, wir können jetzt alle noch ein paar Eins-a-Oxidationshemmer vertragen. Um den ganzen üblen Alltagsstress zu bekämpfen, nich' wahr, und um den Alterungsprozess zu verlangsamen. Diese Trauben wurden handverlesen und eigenhändig gefüllt von der schärfsten MILF in West Seattle.«

»Respekt«, fordert Nick.

Aber Kyle kann die Klappe nicht halten.

»... die ich höchstpersönlich zu einem Date für heute Abend eingeladen habe, aber, ist es denn zu fassen, irgendein schmieriger, sackgesichtiger Schlappschwanz ist mir zuvorgekommen. Sie hätte MICH haben können!«

Ich werfe eine gefrorene Traube auf Kyle. Sie prallt von seinem Kopf ab.

Und plötzlich sieht man lauter offene Münder und durchs Zimmer fliegende Trauben. Wir folgen Kyle und Javon auf den Flur, wo sie ihre Künste vorführen. Javon wirft Kyle die Trauben zu wie ein Baseball-Pitcher – als Fastball, als Knuckleball oder als Curveball. Kyle antizipiert jeden Pitch richtig, fängt fast alle Trauben mit dem Mund auf.

Als sämtliche Trauben weg sind – sicher in unseren Bäuchen verstaut, wo bereits der Gärungsprozess einsetzt –, taumeln wir zurück in mein Zimmer.

»Alle mal die Klappe halten, Leute«, sagt Kyle. »Jetzt, wo

wir gespeist haben und unseren Spaß hatten, ist es Zeit, an die Arbeit zu gehen.«

Alle rutschen, rollen oder kriechen auf dem Fußboden herum, bis sich ein eher unregelmäßiger Kreis gebildet hat. Ich sitze auf meinem Bett, etwas erhöht und etwas abseits.

»Männer von West Seattle«, sagt Kyle. »Hört mir zu. Morgen um diese Zeit werden wir in die Geschichte der Taft High School eingegangen sein.«

Mit beiden Händen zeichnet er eine imaginäre Neonleuchtschrift in die Luft: »In den Hauptrollen Jonathan und der Klett-Flausch-Kong!«

Alles grinst.

Ich sage: »Morgen um diese Zeit werden wir eingegangen sein wie die Primeln.«

»Männer«, sagt Kyle, »bereitet euch schon mal seelisch darauf vor, dass ihr berühmt sein werdet. Alle werden über uns reden – Eltern, Lehrer, Geschwister, sogar Großmütter. Sie werden die Sechs-Uhr-Nachrichten einschalten, doch die eigentliche Nachricht des Tages werden der Klett-Flausch-Kong und Jonathan sein. Und natürlich, für das intellektuell und kulturell etwas anspruchsvollere Publikum, Javon und ich als die Theaterkünstler. Aber letzten Endes eben wir alle, denn schließlich sind wir alle *eins*, nicht wahr? *Dicke*, habe ich Recht?«

»Dicke wie die Blicke auf den Arsch einer Mücke«, sagt Jordan.

»Wir sind seit der Vorschule zusammen, richtig?«, sagt Kyle.

»Ich nicht«, sagt Ryan. »Bis zur achten Klasse hab ich keinen von euch gekannt.«

»Demütig sein.« Kyle ignoriert Ryan. »Das ist unser Motto. Wir schwenken die Fahne der Kumpel-Demut.«

»Kumpel-Demut!«, rufen wir.

Kyle ballt die Fäuste und furzt. Eine Art Ausrufezeichen, um dem Gesagten Nachdruck zu verleihen.

»Puuh, Mann!« Jordan versucht die Ausdünstung wegzufächeln. »Zu viel Fett.«

»Und vergesst nicht«, sagt Kyle, »weswegen wir hier sind. Wir sind hier für unseren Kumpel Jonathan.«

Sie drehen sich alle um. Tellys Seele hat das Zimmer betreten. Sie blicken mich an, aber sie sehen Telly.

»Yeah, vergesst das nicht«, sage ich. »Und denkt dran, demütig zu sein.«

»Jawoll«, sagt Kyle. »Morgen um diese Zeit wird unser Kumpel Jonathan mit Gupti im Reinen sein. Er wird seine Verpflichtung gegenüber der Gesellschaft erfüllt haben mit einem schlichten Song von einer Band namens ... Wie war noch gleich der Name?«

»Pinky Toe«, sagt Nick.

Javon sagt: »Hey, hast du den Song jetzt eigentlich drauf?«

Ich zucke mit den Achseln.

»Willste ihn jetzt gleich mal für uns proben?«, fragt er.

»Auf keinen Fall«, sage ich.

»Alter«, sagt Javon, »um dir mal ganz demütig die Wahrheit zu sagen, du siehst echt scheiße aus.«

Ich sage: »Und du siehst aus wie ein Pitbull, dem man das Gesicht von deiner Oma auf den Kopf transplantiert hat.«

»Männer!«, sagt Kyle. »Bleibt friedlich.«

Ich greife nach einer Dose Taurin.

Kyle hält mein Handgelenk fest. »Nein, nein, nein«, sagt er. »Heute Nacht wirst du wie ein Baby schlafen. Gewickelt und gepudert. Und damit das auch wirklich klargeht ...«

Er angelt eine Flasche mit Pillen aus seiner Tasche.

»Sag deinen neuen Freunden für die Nacht Hallo. Sie sind sanft, wirken schnell und extrem zuverlässig.«

Er schüttelt sich eine Tablette in die Hand. Hält sie zwischen Daumen und Zeigefinger. »Das hier ist Angelina Jolie, die Jonathan Liebeslieder ins linke Ohr haucht. »Und diese« – er hält eine weitere Tablette hoch –, »wer das ist, das kann Jonathan selbst bestimmen, Carrie Underwood oder Pamela Anderson oder –«

»Oder alle Pussycat Dolls beim Schlammcatchen«, sagt Ryan.

Nick schüttelt den Kopf. »Nee. Für Jonathan muss es so was sein wie, sagen wir, die Elfenkönigin aus *Herr der Ringe*. Oder irgendeine keltische Dichterin.«

Kyle nickt. »Ja, genau, das hier ist eine keltische Dichterin, die Jonathan ins rechte Ohr flüstert.«

»Und einkaufen tut sie bei Victoria's Secret«, sagt Jordan.

»Leute!«, sage ich. »Ihr scheint mich wirklich zu kennen.«

Nick hebt Ruby aus dem Schaukelstuhl, lässt sich neben mir aufs Bett plumpsen. Ich sehe die Sorge in seinen Augen.

»Weißt du, was ich möchte?«, sagt Nick.

»Keine Ahnung, Mann.«

Er schiebt mir Ruby in die Arme. »Mal wieder laut werden.«

Ein Chor von *Yeahs* wird angestimmt.

Tja, was soll's, ich bin zwar grade nicht in übermäßig musikalischer Stimmung, aber Ruby ist ein Teil von mir und meine Hände fühlen sich wohl auf ihrem Hals und ihrem wohlgeformten Körper. Zudem machen die Trauben alles leichter.

»Na gut, warum nicht.«

Ich stimme kurz die Saiten, die so langsam schwarz werden. Wäre ich meiner Ruby ein besserer Freund, würde ich mal in neue Saiten investieren, vielleicht sogar für eine Packung »Martin Extended Lifes« ordentlich was springenlassen. Aber mir gefällt es, wie sie mit den alten Saiten klingt. Mehr wie eine sexy Mutter als wie eine sexy Tochter. Alte Saiten verleihen Ruby einen Klang, der weit entfernt ist von jeder Jungfräulichkeit. Eine ruhige, sinnliche Reife.

Während ich noch am Stimmen und Zupfen bin, verlässt Nick das Zimmer. Ich rechne damit, dass jetzt die Badezimmertür auf- und er kurz pinkeln geht, aber stattdessen höre ich das altvertraute Knarren von Tellys Tür. Ich unterbreche das Stimmen. Stehe auf. Spähe in den Flur. In Tellys Zimmer ist das Licht an. Nick kommt heraus, hat zwei von Tellys Gitarren im Arm.

»Was machst du da, Mann?«, sage ich.

Nick gibt Tellys elektrische Fender an Jordan weiter und den Thunderbird-Bass an Kyle.

»Hey«, sage ich, »hast du mich nicht gehört?«

Nick dreht sich auf dem Absatz um und verschwindet wieder in Tellys Zimmer.

»Anscheinend nicht«, sagt Kyle.

Jetzt kommt Nick mit Tellys akustischer Harmony und ein paar Trommelstöcken zurück.

Die Trommelstöcke gibt er Ryan und die Akustische Javon.

Stille breitet sich aus. Vom Verstand her bin ich wütend, aber vom Gefühl her irgendwie nicht. Was Nick da macht, ist ganz klar eine Grenzüberschreitung, aber es fühlt sich nicht schlimm an. Wir sehen ihm zu, wie man einem Pastor in der Kirche zusieht, wenn er das Brot bricht. Gebannt.

Jetzt kommt er mit Tellys beiden Verstärkern und einem Verzerrer an. Alle fangen an Kabel zu entwirren, meine Bücher und meine dreckigen Shirts beiseitezuräumen, Stecker einzustöpseln.

Alle außer mir. Ich stehe da wie gelähmt. Im vergangenen Jahr hat niemand, außer Mimi und mir, auch nur einen Fuß in Tellys Zimmer gesetzt. Aber gerade eben hat Nick es getan. Hat das unsichtbare Siegel gebrochen. Ist einfach reinspaziert. Er schiebt mir seine Nase vors Gesicht. »Meinst du nicht, es wird langsam mal Zeit?«

Hätte jemand anders das gesagt, wäre ich vielleicht explodiert. Aber hier spricht Nick. Also lasse ich es auf mich wirken. Und alle meine Synapsen scheinen mir sagen zu wollen, dass es okay ist, was er getan hat.

»Alter«, sagt Kyle mit lauter Stimme. »Wie wär's mit diesem Song ›Nature Is a Whore‹?«

»Der heißt ›In Bloom‹«, sage ich.

»Na, egal wie er heißt, lasst ihn uns spielen.«

Kyle ist mit Trommlerhänden geboren worden. Er gibt den Bass an Ryan weiter, kriegt dafür die Drumsticks. Javon kommt mit dem Bass besser zurecht als mit der Akustischen, tauscht daher mit Ryan. Jordan würde lieber Mundharmonika spielen, wühlt in der Schreibtischschublade nach meinem Blues-Starter-Set, testet ein Instrument mit verchromten Deckelplatten, in der Tonart G. Erst als er zufrieden ist, überlässt er Nick die Fender. Nick kann allerdings keine Gitarren stimmen, deshalb gibt er mir die Fender und nimmt dafür Ruby.

Dass es somit an mir hängenbleibt, die elektrische Leadgitarre zu spielen, das hat schon seine Richtigkeit, denn ich bin der Einzige, der überhaupt richtig Gitarre spielen kann. Aber es ist Tellys Instrument, daher schüttelt es mich ein bisschen und ich muss erst mal durchatmen.

Unter Verwendung eines Pappkartons, der Metallkante meines Schreibtisches, eines Lampenschirms, einiger Bongotrommeln und eines halb gefüllten Münzglases baut Kyle ein Schlagzeug-Set auf.

Wir stimmen uns aufeinander ein, mehr schlecht als recht.

Javon dreht den Bass auf. Das Haus erzittert, ein an der Wand hängendes Foto von Opa kracht zu Boden.

Gott sei Dank ist Mimi heute Abend unterwegs.

»In Bloom« ist eine alte Nummer von Nirvana. Sie besteht hauptsächlich aus Halb-Barré-Akkorden, die man erst fetzig, dann eher schluckaufmäßig spielen muss. Ich zeige Nick und Ryan, wie das geht, doch sie sind ziemlich hoffnungslose Fälle. Macht aber nichts, weil sie auf den akustischen Gitarren eh nicht zu hören sein werden.

»Mann«, sage ich, »lasst uns loslegen.«

Wir reißen uns am Riemen und konzentrieren uns. Es ist lange her, dass wir das letzte Mal zusammen so richtig Krach gemacht haben. Bisher war immer Telly der Frontmann.

Ich klopfe mit dem Fuß. »One, two ...«

»... one-Two-THREE-*FO'!*«

In einem rasenden Chaos aus Powerakkorden und wildem Getrommle legen wir los. Kyle ist überall, hopst wie ein Berserker mit seinen Trommelstöcken auf und ab, dann streckt er die Brust raus und schreit. Rau und ungeschlacht. Obwohl er kein Mikro hat, hört man ihn über die Verstärker hinweg. Jason stopft die Löcher mit einer zusammenhanglosen Basslinie. Keine Ahnung, was ihn treibt, aber vielleicht findet er, indem er sich außerhalb aller Zusammenhänge bewegt, einen neuen Zusammenhang.

Normalerweise dauert »In Bloom« ungefähr vier Minuten, aber nach vier Minuten Spielzeit sind wir noch gar nicht richtig warmgelaufen. Nicht der kleinste Schweißtropfen zu sehen. Nick beugt sich vor und steckt mein Kabel in den Verzerrer. Ich probiere eine Leadfigur. Lasse sie wie eine betrunkene Hummel klingen. Dann verfrachte ich die Hummel in eine Achterbahn.

»*Holla!*«

Ich schiebe den Lautstärkeregler noch ein Stück nach oben.

Wir spielen einen Song nach dem anderen – Chili Peppers, White Stripes, Crossfade, Queens of the Stone Age – und alles klingt gleich – verzerrt, schlampig, unstimmig.

Aber Unstimmigkeit kann eine Art von Stimmigkeit sein.

Ebenso wie unkontrollierte Lautstärke eine Form von Stille sein kann.

Und scharfkantige Scherben eine Form von Schmetterling.

Das ist, was die Kunst uns lehrt, egal ob Musik oder Dichtung.

Gegensätze verschwimmen und werden eins. Natürlich nur, wenn man bereit ist sich darauf einzulassen.

Nach einer Weile sind alle durchgeschwitzt und rot im Gesicht. Kyle greift sich ein T-Shirt vom Fußboden, wischt sich die Stirn ab. Das Haus macht einen irgendwie zerbrechlichen Eindruck, als hätten wir irgendwelche tragenden Balken angeknackst und der Fußboden hätte sich um einen oder zwei Grad geneigt.

Nick sagt: »Ey, Mann, spiel mal irgendwas solo.«

Sie sehen mich an, geschafft, aber lächelnd. »Ja, genau, du mal allein.«

Ich reiche Nick die Fender, er gibt mir Ruby.

Ich sitze auf dem Bett. Während ich überlege, was ich spielen könnte, daddele ich ein bisschen mit meinem Telly-Song herum, meiner eigenen kleinen Beethoven-Nummer, die ganz oben auf dem zehnten und zwölften Bund beginnt, dann wie ein Karnickel den Hals runterhoppelt und von einer E-Fis-G-Bassnaht zusammengehalten wird.

Jordan sagt: »O ja, spiel das.«

Also gut. Spiele ich eben mein Telly-Stück. Ohne Text. Eines Tages vielleicht, aber jetzt noch nicht.

Es besteht nur aus ein paar halb gar zusammengeschusterten Motiven und Figuren, die mich an ihn erinnern. Darunter zum Beispiel der Übergang von D zu e-Moll und von C zu a-Moll und die schwermütige Eindringlichkeit des Dominantseptakkords F#7, vor allem, wenn man ihn mit dem Mittelfinger klopft.

»Tune to Telly« setzt einen Zug in Gang und ich beeile mich aufzuspringen. In meinen Gedanken sind wir wieder acht, toben den Pfad zum Longfellow Creek hinunter, Opa humpelnd und fluchend hinter uns her. Dann geht es noch weiter zurück, ins Kleinkindalter, und wir fliegen auf den Seilbahnen im Lincoln Park dahin.

Tage von schmerzlicher Vollkommenheit.

Flimmernder Unsterblichkeit.

Da der Song sich noch immer im Rohzustand befindet, mixe ich ein bisschen »Here Comes the S-O-N« mit hinein. Nach wie vor kann ich weder den Lauf nach oben noch den nach unten spielen, aber das Intro, eine hübsche Mischung aus Schrammeln und Zupfen, das kriege ich hin. Zuerst spiele ich alles ganz sauber. Ohne Bending, ohne Hammering, ohne Verzerrung, denn so hat es auch Telly gespielt, unangeberisch, wie ein Heiliger. Dann verlangsame ich das Ganze, vertiefe es, dehne mal einen Ton. Höre ein Echo. Durchlaufe den Kreis noch einmal. Höre das Echo diesmal noch lauter, eine goldene Wahrheit. Worin diese Wahrheit besteht, kann ich nicht sagen. Ich könnte aber tausend Entwürfe für ein Gedicht machen und der Wahrheit trotzdem nicht näher kommen als mit dieser einen gedehnten Note.

Als ich den Kopf hebe, sehe ich ihre Augen glänzen. Tränen laufen Jordan über die Wangen.

Auch mit mir ist etwas passiert. Ich habe besser Gitarre gespielt als je zuvor und dabei nichts anderes gemacht, als aus dem Bauch zu spielen.

Holla!

Das ist mehr, als man aushalten kann.

Also lege ich ein struppiges E hin. Nehme Geschwindigkeit auf. Kaue drauf rum. Versüße es mit Kleinfinger-Einsprengseln.

Zeit, mit dem Traurigsein aufzuhören und mit dem Talking Blues anzufangen.

Ich singe:

»Sitz hier und spiel auf Ruby,
Hab nur Taurin im Kopf.
Sitz hier und spiel auf Ruby,
Hab nur Taurin im Kopf.
Ich muss mal 'n bisschen schlafen.
Sonst fall ich bald vom Topf.«

»Oh«, sagt Ryan, »ich hab auch einen.«

Er springt auf, streckt die Brust raus, singt:

»Ich lieg am Strand von Texas,
Sonne scheint wie noch nie.
Unten in Texas lieg ich am Strand,
Die Sonne scheint wie noch nie.
Hab 'ne nackte Lady im Arm,
Nennt sich Angelina Jolie.«

»Hey, jetzt bin ich dran«, sagt Kyle.

Und im Großen und Ganzen wiederholt er Ryans Strandreim, nur der Schluss ist abgewandelt:

»Hab 'ne nackte Lady im Arm
und das ist die süße Mimi.«

Schnell stürzt jetzt alles in reines Blueschaos ab, jeder gibt seinen mehr oder weniger qualifizierten Senf dazu. Aus dem Stand heraus komponieren wir einen Song, der unser kollektives Genie atmet. Er handelt davon, Trauben zu essen, von der Schule zu fliegen, sich einen runterzuholen und mit irgendwelchen Moms in die Kiste zu springen.

Wir geben dem Song den Titel »West Seattle Walkin', Talkin' Vier-Stunden-einen-Ständer-haben-Blues«.

Unsere Band nennen wir, jedenfalls vorläufig, »Erektile Dysfunktion«.

Zwischen zwei Strophen reicht Nick mir eine Schlaftablette und ein Glas Wasser. Später nehme ich noch eine weitere Tablette. Und noch später eine dritte.

Mittlerweile ist es allerdings schon spät – die Stunde des mystischen Tals. Ich sehe wieder Lichtschimmer um alle Dinge. Meine Dickies verdünnisieren sich. Einer nach dem anderen gehen sie nach Hause.

Nur Nick und Kyle sind noch übrig. Nick nimmt mir Ruby aus den Händen.

Ich wanke ins Bad, um zu pissen. Der Griff der Toilettenspülung ist viel zu weit weg.

Nick spült für mich und dann führen er und Kyle mich in Tellys Zimmer. Setzen mich auf Tellys Bett. Nick streift mir die Schuhe ab. Kyle steht da und starrt mich an.

»Alter«, sagt er, »deine Zeit ist gekommen.«

Nick geht aus dem Zimmer und kehrt gleich darauf mit der dildoförmigen Weihnachtskerze zurück. Er zündet sie an und stellt sie auf den Nachttisch. Sie ziehen mir die Jeans aus, rollen mich in Tellys Bett.

Decken mich zu.

»Dann mach ich mich mal vom Acker«, sagt Kyle. »Schlaf was, Alter. Morgen – heute – wird Geschichte geschrieben.«

Jetzt sind nur noch Nick und ich da. Alles ist so verschwommen und ausgefranst. Nick hat Rubys Schaukelstuhl von drüben hergeschleppt. Er rollt sich darin zusammen, eine Decke über die Schultern gezogen.

Aber ein letztes Mal steht er doch noch auf. Nimmt ein Bild von der Kommode. Ein Foto von Telly und mir. Aufgenommen beim Jahrmarkt in Puyallup vor drei Jahren. Wir tragen beide den gleichen Cowboyhut aus Stroh. Telly hält einen Satz Trickkarten in der Hand.

Nick stellt das Bild auf den Nachttisch und platziert die Kerze so, dass Tellys und mein Gesicht glänzen.

Dann geht er zum Schrank. Schiebt die Tür auf, greift nach oben und holt die schwarze Schachtel herunter, die alles enthält, was auf dieser Erde von meinem Bruder übrig ist. Beziehungsweise von Telly, dem körperlichen Wesen. Nur ein paar Löffel voll grauer, körniger Staub.

Er stellt die Schachtel auf den Tisch neben das Bild. Neben die Kerze.

Dann wickelt er sich wieder in die Decke. Kuschelt sich in den Schaukelstuhl. Legt die Arme um Ruby.

Ratzt weg.

33. Kapitel

Das Fenster in Tellys Zimmer steht weit offen. Vogelgezwitscher kommt hereingeweht. Aber auch klirrende Schraubgeräusche. Das Scheppern der Gerüststangen.

Ich versuche aufzuwachen, aber mein Herz schlägt gar nicht.

Stück für Stück – Molekül für Molekül, Muskelzucken für Muskelzucken – regt sich Leben in mir. Kleine Pickelausschläge unterbrechen die gerade Linie auf der Monitoranzeige meiner Hirnfunktionen.

Ich krieche aus dem Bett. Strecke mein taubes Gesicht aus dem Fenster.

Das Gerüst ist jetzt auf der Nordseite des Hauses aufgebaut. Nick steht auf der obersten Plattform, verteilt lila Farbe. Jason hockt unten und klebt ein Kellerfenster ab. Seine Zoom LeBrons stehen ordentlich auf der Hintertreppe, geschützt vor tropfender Farbe.

Jordan hantiert fluchend mit weiteren Gerüstteilen.

Ich steige in die Dusche, drehe ordentlich heiß auf. Seife mich ein, massiere Shampoo ins Haar.

Plötzlich fällt mir ein, was für ein Tag heute ist.

Scheiße!

Ich habe keine Ahnung, wie spät es ist.

Ich reiße die Duschkabinentür auf und renne, schaumbedeckt und tropfend, in mein Zimmer. Es ist elf nach drei nachmittags.

Die Abschlussfeier ist um fünf.

Ich habe ungefähr zwölf Stunden geschlafen.

Dank Angelina Jolie und der keltischen Dichterin, beide in flüsternde Tablettenform komprimiert, habe ich meinen ersten richtigen Nachtschlaf seit Monaten genossen.

Einen traumlosen Schlaf, ohne Feuer speiende Drachen oder sonstige Ungeheuer.

Die ganze Nacht über haben die zwei Schönen Löcher in meinem Gehirn ausgebessert. Die Arbeit einer Nacht reicht nicht aus, alle Löcher zu beseitigen, aber ein paar von den großen, die haben sie immerhin flicken können.

Ich springe in die Dusche zurück. Rasiere meinen nur-aus-einem-bestimmten-Blickwinkel-in-einem-bestimmten-Licht-sichtbaren Schnurrbart. Spüle die Seife weg. Trockne mich ab.

Reibe mir Old Spice Red Zone – »Der amtliche Duft der Selbstsicherheit« – unter die Achseln.

Mein Handy macht *Bbbrrrroackkk.*

Kyle.

»Setz deinen Arsch in Bewegung, Alter!«

Mimi kommt in mein Zimmer geplatzt, sie trägt ein Cocktailkleid, Marke »an beiden Enden kurz«. Man kann die Sommersprossen auf ihren Möpsen sehen. Das Kleid scheint nicht so ganz angemessen für eine Abschlussfeier, aber ich mache ja auch keinen Abschluss.

»*Oh. Godddoogoddtt!*« Sie begutachtet die Trümmer der letzten Nacht. Dreht sich um. »MACH MIR DEN REISSVERSCHLUSS ZU!«

Ich ziehe ihr den Reißverschluss zu.

»Zieh das an!« Sie zerrt meinen dunkelgrauen Anzug und

ein weißes Oberhemd aus dem Schrank. »Und kämm dir deine verflixten Haare. Die sehen ja aus wie ein nasser Mopp.«

Ich kämme mir meine verflixten Haare, ziehe die dunkelgrauen Hosen und dunkle Schuhe an. Aber auf keinen Fall werde ich ein weißes Oberhemd tragen. Auf keinen Fall ziehe ich diese Anzugjacke an.

Ich mache den Murchison-Koffer auf. Betrachte die zusammengefaltete schwarze Marineuniform. Zuletzt getragen von David O. H. Cosgrove II. Wahrscheinlich in den letzten Tagen des Zweiten Weltkriegs, nachdem er den Lichtschimmer gesehen hatte und ihm gefolgt war.

Ich nehme die Jacke heraus. Falte sie auseinander. Schüttle sie aus. Staube sie ab. Halte die Nase an das von Mottenkugeln getränkte Gewebe. Zwei goldene Streifen an jedem Ärmel. Zweireiher. Messingknöpfe.

Ich gehe in Tellys Zimmer, öffne seinen Schrank, krame in seinen gelben T-Shirts, entscheide mich für eins mit Tony-Hawk-Motiv und Erdbeerapplikation.

Klassisches Telly-Teil.

Ich ziehe das gelbe T-Shirt an, schlüpfe dann in David Cosgroves Marinejacke.

Ich überprüfe das Ergebnis im Spiegel. Im Großen und Ganzen sitzt die Jacke. Ein bisschen weit vielleicht. Das gelbe T-Shirt und die goldenen Streifen passen irgendwie zusammen.

Ob das eine stilistisch vertretbare Zusammenstellung ist? Weiß der Geier.

Mein Blick wird von der schwarzen Schachtel auf Tellys Nachttisch angezogen. Ich klappe die Schachtel auf und stecke den Plastikbeutel, der Tellys letzte Überreste enthält, in die Tasche der Marinejacke.

34. Kapitel

Die Taft High School besitzt eine der besten Jazz-Bigbands der Stadt. Geleitet wird sie von Clarence P. Tillmann Jr.

Mr Tillmann hat seinerzeit, in der goldenen Ära des Jazz, mit Duke Ellington, Count Basie und Dizzy Gillespie gespielt. In der graublauen Ära vor dem Zweiten Weltkrieg hat er Billie Holiday in den Clubs von Seattle auf der Trompete begleitet. Hat sich mit Ray Charles ein Zimmer in der Jackson Street geteilt. Hat in der berühmten Band von Frank Sinatra gespielt, mit Quincy Jones als Dirigent. Auf »Bitches Brew« hat er die zweite Trompete gespielt, wenn Miles Davis auf Soloexkursionen gegangen ist.

Mr Tillmann ist die einzige Person in der Schule, die über Gupti steht. Nicht in Bezug auf Titel und Funktion, aber in Bezug auf Ansehen. Er sieht aus wie eine verschrumpelte Pflaume. Trägt als Markenzeichen eine Bolokrawatte, auf der »Count« steht. Worauf sich das bezieht, ob auf das »Zählen« des Taktes, auf »Count Basie« oder auf »Count Dracula«, weiß kein Mensch.

Als Mimi und ich im Kenny G eintreffen, probt Mr Tillmann mit der Bigband das Stück »Pick Up the Pieces«. Er schwenkt seinen Zauberstab. Lässt die Schultern kreisen. Als ich den Gang hinunterkomme, blickt er mir in die Augen.

Es ist 16:24 Uhr.

»Viel Glück, Baby.« Mimi gibt mir einen Kuss auf die Wange.

Beim Anblick meiner Marinejacke kriegt sie noch mal kurz das Schütteln, dann macht sie sich auf, einen guten Sitzplatz zu ergattern. Ich erklimme die Bühne. Kyle zieht mich in die Kulissen.

»Alter.« Er befingert meine goldenen Streifen. »*Holla!* Geschichte – *Geschichte!*«

Über uns macht Kong einen stoischen und etwas verwirrten Eindruck. Ist schon traurig, wenn man daran denkt, was wir den Tieren alles antun. All die unwürdigen Prozeduren, denen wir sie unterwerfen. Während Kyle über technische Details schwadroniert, übermittle ich Kong auf telepathischem Wege eine Botschaft:

»Tut mir echt leid, Mann.«

Ich fange an zu zittern. Nicht nur meine Hände, sondern mein ganzer Körper, bis ins Mark. Wenn ich in all den zurückliegenden Wochen und Monaten an den heutigen Tag gedacht habe, konnte ich nie recht glauben, dass es wirklich passieren würde. Aber jetzt ist es so weit, der Tag ist da. Menschen betreten das Kenny G. Schüler, die als Platzanweiser fungieren, teilen Programme aus. In diesen Programmen ist mein Name aufgeführt. Bald werden sie mich alle anstarren.

Und wo werde ich mich befinden?

Auf der flachen Hand des Klett-Flausch-Kongs stehend. Mit einer kirschroten Gitarre.

Ich beobachte, wie die Leute nach und nach in den Saal sickern. Frank Conway kommt hereingeschlendert. Er trägt einen dunklen Schlips. Eine grüne Lederjacke. Seine Gitarrenphilosophie hallt in meinem Kopf wider:

Lerne die Regeln … dann kannst du sie brechen.

Nimm keine Abkürzungen.

Übe tausend Mal.

Frank watschelt durch den Gang, auf der Suche nach einem Platz. Jetzt hat er Mimi entdeckt. Er zögert. Geht zurück, spricht sie an. Sie wirkt überrascht. Strahlt aus allen Poren. Er setzt sich neben sie.

Gut. Sehr gut.

»Alter.« Kyle winkt mir, ihm zu folgen.

Nick und ein paar Tontechniker haben die Mikros vorbereitet. Mr. Takakawa ist auch da. Er hat eine klassische Ausbildung. Muss sich normalerweise nicht mit Typen wie mir abgeben, die keine Noten lesen können.

Die Tontechniker zeigen mir, wie man das drahtlose Headset anlegt. Das Mikro ist winzig – nicht größer als ein Golf-Tee. Auch die Ric bleibt unverkabelt. Im Gegensatz zu mir bekommt sie jedoch einen Sicherheitsgurt umgeschnallt.

»Das ist ein sehr ungewöhnlicher Aufbau«, sagt Mr Takakawa mit Blick auf den Klett-Flausch-Kong. »Ihr wisst auch wirklich, was ihr da tut?«

»Hundertprozentig.« Kyle nickt energisch.

Er legt einen Arm um meine Schulter, zieht mich beiseite. »Alter«, sagt er, »Javon und ich haben ein paar kleine Änderungen am Programm vorgenommen. Wir werden deinen Sound durch Fat Phyllis und Big Bertha jagen.«

Holla! Das sind die Verstärker im Ford- und Toyota-Pickup-Format, die bei den Footballspielen der Schule zum Einsatz kommen. Gemeinsam sind sie in der Lage, das leiseste Flüstern für Tausende von Ohren hörbar zu machen.

Oder einen Druck zu entwickeln, der ausreicht die Bolzen aus den Wänden des Kenny G zu treiben.

Fat Phyllis und Big Bertha sind in die Kulissen gerollt worden. Eine links, eine rechts von der Bühne.

Ich schüttle den Kopf. »Die sind viel zu laut. Nehmt einfach die normale Anlage.«

»Keine Sorge«, sagt Kyle. »Javon kann alles eins a abstimmen und regulieren. Wir sind auf einen etwas raueren Sound aus, verstehste.«

»Aber das ist kein rauer Song.«

»Stimmt«, sagt Kyle, »aber der Typ, der ihn spielt, ist ziemlich rau drauf.« Er klopft mir auf den Rücken. »Sieh halt zu, dass du die richtigen Töne triffst.«

Als ich den nächsten Blick nach draußen werfe, ist die vordere Hälfte des Auditoriums bereits gut gefüllt. Menschen steigen die Treppe hoch und bevölkern die Ränge. Langsam kommt man sich vor wie auf der USS *Gabriel Trask*. Der Bug steigt nach oben, das Heck sinkt nach unten. Kurz davor, in die Tiefe zu rauschen.

Dann sehe ich Katie. Gary Sensenmann ist bei ihr, er schiebt Agnes in ihrem Rollstuhl. Sie kommen den Gang herauf. Katie trägt ihre arschlange Beyoncé-Perücke und einen textilsparenden Rock. Etliche Typen werfen ihr verstohlene Blicke zu.

Ein Platzanweiser führt sie zu einem Bereich für Rollstuhlfahrer, der sich im hinteren Drittel des Saals befindet. Katie zeigt nach vorn, Richtung Bühne. Der Platzanweiser schüttelt den Kopf.

Ich steige von der Bühne und gehe durch den Gang. Katie sagt: »Sie kann nichts hören von so weit hinten.«

Ich tippe auf die zwei Goldstreifen an meinem Ärmel. »Ich kümmre mich darum.«

Der Platzanweiser zieht sich zurück.

Ich bin einigermaßen von den Socken, weil Katie so gesund und normal aussieht, und ich weiß, dass das nicht der Wahrheit entspricht. Zweimal in vier Wochen hat sie an irgendwelchen Schläuchen gehangen.

Aber so ist es halt. Es kommt und geht. Gute und schlechte Tage. Heute ist anscheinend ein guter Tag.

Gary Sensenmann lächelt, schüttelt mir die Hand. »Viel Glück, Herr Leutnant.«

Agnes strahlt. »Seil einen ab.«

»Das habe ich vor«, sage ich.

Ich straffe die Schultern, um meine Autorität hervorzuheben, und dann rollen wir den Gang hoch. Die Marinejacke hilft, mir einen offiziellen Anstrich zu verleihen, aber das gelbe T-Shirt könnte den einen oder anderen verwirren.

Ich schiebe Agnes die Rampe hinauf auf die Bühne. Stelle sie in den Kulissen ab. Das ist mit Sicherheit einer der besten Plätze im ganzen Haus. Ich hole Klappstühle für Katie und Gary.

»Ist das auch wirklich okay so?«, fragt Katie.

»Für mich schon«, sage ich.

Dann bin ich verschwunden.

Ich schlüpfe hinter die Bühne und dann durch die Tür hinaus in den Flur. Muss mich erst mal hinsetzen. Durchatmen. Mich eventuell übergeben.

Oder vielleicht einfach durch den Ausgang stürmen und dann ab dafür. Übers Baseballfeld, in einen Bus und dann immer weiter, irgendwohin ins Ausland. Griechenland vielleicht, mit seinen weiß getünchten Häusern über dem blauen Meer. Oder die Sierras, in den Wäldern leben, in einem hohlen Baum.

Stattdessen gehe ich aber in den Musikraum, den Mr Takakawa vorübergehend unverschlossen gelassen hat, und von da aus in den Lagerraum, wo die Instrumente aufbewahrt werden. Ein Wald von hängenden Posaunen. Eine riesige Hochebene von Pauken. Ein Regiment von Violinen und Bratschen in schwarzen Etuis. Verhüllte Kontrabässe.

Ich setze mich auf die Kante eines alten Metallschreibtisches. Im dämmrigen Licht erkenne ich mit Schlüsseln eingeritzte Namen und Daten bis zurück in die 1960er Jahre.

Mein ganzes Wesen ist am Zittern und Barmen.

Irgendwo in meinem Innern ist ein Atomreaktor außer Kontrolle geraten. Die Kernschmelze scheint unvermeidlich.

Ich starre meine Hände an. Betrachte sie mit wissenschaftlichem Blick, wie die Hände eines anderen.

Wie soll ich damit einen Akkord greifen? Eine Saite zupfen?

Das Klirren eines Hammers beginnt den Amboss meines Gehirns zum Schwingen zu bringen.

Ich schmachte nach Taurin.

Lechze nach NoDoz.

Bayer, Tylenol, Aleve – egal was, solange es nur den Druck aus dem inneren Reaktor ablässt, der sonst gleich explodiert.

Dann geht die Tür zum Musikraum auf.

Jemand kommt herein.

Sicherlich Kyle, Nick oder ein anderer von meinen Dickies. Oder vielleicht Mr Takakawa. Doch als ich mich vorbeuge und hinüberspähe, sehe ich Clarence P. Tillmann Jr.

Obwohl ich im trüben Licht des Lagerraums sitze, halb verborgen hinter einem Tubakasten, im Schatten eines Cellos, scheint er genau zu wissen, wo ich bin.

Er bückt sich unter einem hängenden Fagott hindurch.

»Hallo, Jonathan.«

Der verschrumpelte Jazzgott kennt also meinen Namen.

»Hey.«

Er setzt sich neben mich auf die Schreibtischkante. Er ist viel kleiner als ich. Aber seine Hände sind große Trompeterhände. Knotig und knubbelig.

Die Zeit und der Jazz haben tiefe Falten in sein Gesicht gegraben.

»Das Selbstvertrauen«, sagt Mr Tillmann, »wird überschätzt. Alle Großen hatten am Anfang Schiss. Schiss ist das Land, in dem wir leben, Jonathan. Nur der Schiss bringt dich weiter. Führt dich bis in den Baumwipfel. Man bringt seine beste Leistung, wenn man Schiss hat. Spielt seine besten Noten.«

»Yeah«, sage ich, »aber ich gehöre nicht zu den Großen.«

Er schüttelt den Kopf. »Selbst die Großen ziehen sich erst den einen Schuh, dann den anderen an. Wie ziehst du deine Schuhe an?«

»Erst den einen, dann den anderen.«

»Und sie greifen nach dem Toilettenpapier wie alle anderen auch.« Er lacht etwas keuchend. »Es gibt zwei Arten von Musikern, Jonathan: die, die spielen können, und die, die spielen können, wenn der Vorhang aufgeht.« Er klopft gegen meinen Kopf. »Dies ist dein wahres Instrument. Benutz es, um das Kenny G auf die Größe deiner Küche schrumpfen zu lassen. Und stell dir vor, dass deine besten Freunde um den Tisch sitzen. Und spiel für diese Freunde, nur für sie. Oder falls es da draußen irgendeine spezielle Person gibt, beschwör sie dir herauf. Sinatra hat nie für mehr als eine Person gesungen und in der Regel war's eine Frau im Seidennachthemd. Und Miles

Davis hat immer nur für ein paar einsame Seelen gespielt, die um Mitternacht auf einer Brücke stehen. Dein Kopf trägt dich, wohin du willst, Jonathan. Musst es dir nur intensiv genug vorstellen.«

»Hey«, sage ich. »Darin bin ich ziemlich gut.«

»Das weiß ich«, sagt Mr Tillmann. Er starrt auf die Instrumente, die hier hängen, eingepackt sind, ewig warten – und er atmet den Raum ein.

»Ich bin auch gern hier drin«, sagt er.

Er guckt auf seine Armbanduhr.

»So, dann lass uns mal diese Gitarre stimmen.«

* * *

Als Mr Tillmann und ich den Backstagebereich betreten, läuft Kyle dort auf und ab wie ein Panther im Käfig. Er sieht mich und sein ganzer Körper sagt *Puuh!*.

»Alter, wir dachten schon –«, sagt Kyle.

»Nein, stimmt nicht«, sagt Nick.

Nick lässt den silbernen Gitarrenkoffer aufschnappen, überreicht mir die Ric. Ich hänge sie mir um die Schulter. Bei aller Eleganz und schnittigen Linienführung ist sie doch ganz schön schwer. Im Unterschied zu meiner feenhaft leichten Ruby.

»Das«, sagt Mr Tillmann, »ist also die Gitarre, von der alle reden.«

»Yeah«, sagt Kyle. »Das ist eine Rickenbacker drei-dreiundsechzig. Klangmäßig die coolste Gitarre aller Zeiten.«

Mr Tillmann schüttelt den Kopf. »Was für'n Jammer. Nach dem Konzert kommt sie sofort in die Vitrine vor Dr. Jacobsons Büro. Dann ist das wohl heute das erste und letzte Mal, dass sie je in einem richtigen Konzert gespielt wird.«

»*Wow!*«, sagt Kyle.

Nick sagt: »Das ist tragisch.«

Mr Tillmann nickt. »Auf Anordnung der Direktorin höchstpersönlich. Diese Gitarre ist einfach wertvoller, als gut für sie ist.«

Kyle stößt mich an. »Ein Grund mehr, richtig Stoff zu geben, Alter.«

Na toll! Jetzt drückt mir auch noch Ricky aufs Gewissen. Eine mehr, die ich nicht enttäuschen darf. Jeder – sogar eine Gitarre – will mir was aus der Rippe leiern!

Mr Tillmann greift in seine Jacke und zieht ein kleines Mundstimmgerät hervor.

»Wann geht die alte Dame immer einkaufen?«

»Heute.«

»Du sagst es«, sagt Mr Tillmann.

Wir stimmen die Ric.

E...A...D...G...H...E – Eine Alte Dame Geht Heute Einkaufen.

Wir ziehen die Töne mit ungefähr einem Tausendstel Dezibel aus dem kleinen Zeh von Fat Phyllis.

»Mmm«, sagt Mr Tillmann. »So wird's hinhauen.«

Er bemerkt das kleine Messingschild, das auf die Seite der Ric geschraubt ist. Setzt seine Lesebrille auf. Beugt sich hinunter.

»Für Tel –«

»Te-le-mach«, sage ich.

Er liest Eddie Vedders eingravierte Botschaft: »R.I.P. und bleibe in Verbindung.«

»Soweit ich mich an meine Homer-Lektüre erinnere«, sagt er, »war Telemach der Sohn von Odysseus, diesem tapferen Burschen, der gegen die Trojaner und die Zyklopen gekämpft und sich mit allerlei Hexen und Nymphen eingelassen hat.«

»Stimmt«, sage ich. »Sie erinnern sich richtig.«

Nick gibt mir einen Kapodaster. Ich spanne ihn auf den zweiten Bund.

»Deine Eltern interessieren sich wohl für Literatur«, sagt Mr Tillmann.

»Nicht die Spur«, sage ich.

Nick sagt: »Sein richtiger Name war Edward.«

Kyle sagt: »Teddy.«

»Und wie kam's dann, dass er Telemach genannt wurde?«, fragt Mr Tillmann.

Kyle und Nick zeigen auf mich.

»Zu meiner Zeit«, sagt Mr Tillmann, »haben wir uns alle möglichen Namen gegeben – T-Bone, Duke, Muddy, Dizzy – aber es gab keinen Namen, der so tiefgründig war wie Telemach.«

»Er war auch ein ziemlich tiefgründiger Typ«, sagt Kyle.

»Ja, aber gleichzeitig auch ziemlich unkompliziert«, sagt Nick.

»Aha«, sagt Mr Tillmann. »Das beantwortet aber noch nicht meine Frage. Warum Telemach?«

»Alter«, sagt Kyle, »so ganz und gar begriffen hab ich das auch nie. Erklär es doch noch mal für uns alle.«

»Es ist ein bisschen abstrakt«, sage ich. »Erinnert ihr euch, als wir bei Miss Scardino *Die Odyssee* gelesen haben?«

»Klar.«

»Tja, Telly und ich waren so am Reden darüber und er hat mich gefragt: Wer möchtest du lieber sein, Odysseus, der Mann der Tat, der um Ruhm und Ehre kämpft und der nicht nach Hause kommt, weil Poseidon ihn nicht lässt, der nur dank seines Scharfsinns überlebt, der nie ruht, sich nie irgendwo gemütlich einrichtet, sondern am Abgrund lebt? Oder Telemach, der zu Hause geblieben ist, der lange Spaziergänge am Strand macht, wahrscheinlich sein Ohr an die eine oder andere Muschel hält, Gedichte schreibt und auf seiner Laute rumklimpert?«

»Und er hat sich für Telemach entschieden?«, fragt Mr Tillmann.

»Nein«, sage ich. »Er hat Odysseus gewählt. Und ich Telemach.«

»Aber warum hieß *er* dann –?«

»So lief das halt bei uns«, sage ich. »Immer die andere Seite im Gegenüber herauskitzeln. Ich habe den Telemach in ihm zum Vorschein gebracht, und er bei mir den Odysseus. Genau, wie ich bei ihm den Gitarristen hervorgebracht habe und er bei mir den Dichter.«

»Hey, Jonathan«, sagt Nick. »Dieses Gedicht … du weißt schon, das Riesenteil, an dem du immer rumschreibst …«

»›Träume von Telemach‹?«

»Ja, genau. Geht's da um ihn oder um dich?«

»Korrekt«, sage ich.

Mr Tillmann streckt die Hand aus und rückt meinen Gitarrengurt gerade. »Die Frage ist«, sagt er. »Wer von euch beiden wird diese Gitarre spielen?«

»*Holla!*«, sagt Kyle. »Warten Sie's ab.«

35. Kapitel

Es ist kurz nach fünf.

Gupti sitzt auf der Bühne, im schwarzen Talar mit safrangelber Schärpe. Schwenkt ihr gezwungenes Lächeln in alle Richtungen. Ich kann sehen, dass sie zappelig ist und endlich anfangen will.

Birdwell ist auch da, ebenfalls im schwarzen Talar, aber mit lila-weißer Schärpe, neben ihm weitere altgediente Vertreter des Kollegiums. Sie haben in zwei Sitzreihen hinter dem Rednerpult Platz genommen.

Das Kenny G ist voll, praktisch bis unter die Decke. Mitten in der Menge, etwas rechts von Mimi und ein paar Reihen hinter ihr, sitzt Vic, der Vater, den ich nicht kenne. Ein Baby klammert sich an seinen Hals. Neben ihm eine asiatische Frau, die kaum halb so groß ist wie er.

Ich weiß sofort, dass es ihr beider Baby ist. Es ist gerade in der ruhelosen Vorschlafphase. Krabbelt wie ein kleines Äffchen auf ihm herum. Vic hält es unter sein Kinn gekuschelt. Tätschelt seinen Rücken.

So hat er mit Sicherheit nicht meinen Rücken getätschelt.

Oder Tellys.

Aber vielleicht – *vielleicht!* – hat er sich ja geändert. Und jeder sanfte Klaps auf diesen kleinen Hintern ist ein weiterer Schritt nach vorn in Vics evolutionärer Entwicklung.

Fakt ist, dass er hier ist. Er ist nicht damit beschäftigt, Radmuttern festzuschrauben.

Hinten im Saal, beim Eingang, kommt Unruhe auf. Leute recken die Hälse. Einige stehen sogar auf, um besser sehen zu können.

Eddie – The Vedder – schreitet durch den Gang. Nachdenklicher Rockstar. Skaterpoet.

Er trägt ein Flanellhemd mit schwarzer Lederweste. Brille. Voll der Durchschnittstyp, aber irgendwie doch ganz anders. Die Haare sind zu einem Pferdeschwanz gebunden und er hat einen Struppelbart. Er hält Ausschau nach einem Platz. Er könnte im VIP-Abschnitt sitzen – meiner Einladung war ein entsprechender Ausweis beigefügt –, aber er steigt lieber nach oben in den Rang und quetscht sich zwischen zwei arglose Großmütter, die gar nicht kapieren, was da läuft.

Guter Zug von ihm. Demut. Anonymität.

Meine Fresse! Alle sind sie gekommen.

Die Beleuchtung im Saal wird heruntergefahren, dafür richten sich jetzt helle Strahler auf die Bigband.

Mr Tillmann tritt ans Mikro. »Hier kommt ein kleines Stück, das vom Jazz-Ensemble der zwölften Klasse geschrieben wurde. Es heißt ›Wildcat Symphony‹ und wir spielen es im Stil von Count Basie, in der Tonart des Lebens.«

Er hebt seinen Stab. Die Bigband wirft sich in den Song. Mr Tillmann tänzelt, schwingt die Schultern. Eine Klarinettistin hüpft von ihrem Stuhl, bläst einen wilden Strom von Tönen. Dann springen drei Posaunisten hinter ihr auf und geben tierisch Stoff.

Ich stehe in den Kulissen, lasse meine Finger die Akkordfolgen von »Crossing the River Styx« greifen.

Von allen Gitarren, die ich je gespielt habe, hat die Ric die straffste und geschmeidigste Saitenlage. Man braucht nur leicht auf eine Saite zu drücken, schon hat man Kontakt und der Klang ist da. Die meisten Gitarrensaiten schneiden einem in die Finger, aber die der Ric sind so weich und nachgiebig wie ein Eigelb.

Es sind dieselben Saiten, die Telly damals berührt hat.

Mr Ridenaur, der Beratungslehrer, hält eine Rede über Socken. Er möchte jedem abgehenden Zwölftklässler eine gebrauchte, vom Kollegium gespendete Socke mitgeben. Er zeigt auf einen großen Pappkarton am Rand der Bühne. Bittet alle Zwölftklässler, sich nach der Übergabe des Abschlusszeugnisses eine Socke herauszunehmen.

»Also, liebe Zwölftklässler, befolgt immer diese Strategie, denn sie wird euch gute Dienste erweisen im Leben: Bevor ihr den erstbesten blöden Gedanken gleich aussprecht, stopft euch lieber eine Socke in den Mund.«

»*Psst* – Jonathan!«

Oje, es ist Birdwell.

»Hast du schon mal was von Rechtschreibung gehört?«

Er kommt in seinem Talar herangeflattert. Ich schwenke den Hals der Ric herum, um ihn mir vom Leib zu halten.

»Ich habe mehr als einhundert Tippfehler in deinen Cosgrove-Memoiren gezählt, Jonathan. Wie wär's mal mit Rechtschreibprüfung? Wie wär's mit Grammatikkontrolle?«

Er erwähnt nicht mal, dass ich das Buch rechtzeitig abgeliefert habe – *rechtzeitig!*

»Ich habe das ganze Ding gestern Nacht durchgelesen, Jonathan«, sagt er. »Alle einhundertvierundachtzig Seiten. Hast du dir die einzelnen Wörter beim Tippen überhaupt mal angeguckt? Eins will ich dir sagen, eins muss ich dir wirklich sagen –«

»Moment!«, sage ich. »Sagen Sie's nicht. SAGEN SIE'S NICHT!«

Birdwell macht große Augen. »Ah«, sagt er, »verstehe. Jetzt ist nicht der richtige Zeitpunkt und der richtige Ort dafür.«

Er deutet auf Gupti. »Sie weiß genau, wie ich die Sache sehe.«

Gupti erhebt sich. Mit drei langen Schritten ist sie am Rednerpult. Ihr geflochtener Pferdeschwanz ist nur dort zu sehen, wo er ihre gelbe Schärpe kreuzt.

Sie wartet ab, bis das Licht sich auf ihrer großen Gestalt eingerichtet hat. Legt ein professionelles Lächeln auf, lässt es über das ganze Auditorium gleiten. »Lieber Abschlussjahrgang, liebe Eltern, liebes Kollegium …«

Kyle stößt mich an. »Alter, denk dran, Kong hat einen schlimmen Fuß, also bleib immer schön in der Mitte. Und jetzt geh raus und schreib Geschichte.«

Nick beugt sich zu mir. »Hau rein, Alter.«

Ich empfinde eine seltsame Distanz zu ihnen und dem ganzen Geschehen. Schmetterlinge im Bauch, das ja. Aber irgendwie fühle ich mich auch taub. Mumifiziert. Als wäre ich in eine Art spirituellen Gaze-Verband eingewickelt.

Mein ganzes Leben scheint in das Material einzugehen, aus dem dieser Verband gemacht ist: Tellys Tod, mein Durst nach Taurin, Monate des Schlafentzugs, mein Lampenfieber, David Cosgrove – sein Leben und Sterben.

Und außerdem die Tatsache, dass hier im Saal, im Publikum, alle Gestalten sitzen, die in meinem Leben eine Rolle spielen.

Dickies, Dünnies, Lehrer.

Mimi.

Der biologische Vic.

Der hakennasige Birdwell.

Der schluffige, kaffeesüchtige Frank Conway.

Katie, die ihre Krankheit unter einer Perücke versteckt.

Agnes, die ein Engel sein möchte.

Gary Sensenmann.

Sogar The Vedder ist da. Hat den Kokon seines Ruhms verlassen, um ein wenig unter uns gewöhnlichen Motten zu irrlichtern.

Normalerweise hätte ich schon voll die Panik, wenn ich vor The Vedder allein spielen müsste. Dem Sänger mit der Thor-Stimme, dem Topgitarristen, der er ist. Aber ich muss hier vor ihm und noch zwölfhundert anderen spielen.

In so einem Moment hilft nicht mal mehr die Dickigkeit.

In so einem Moment ist man ganz auf sich gestellt.

Steht allein auf dem Geländer der Brücke.

Von wo aus man entweder herunterstürzt oder fliegt.

Mir ist, als seien sie irgendwo dort draußen, David und Telly, aber nicht im Publikum. Vielleicht im Foyer, mit einer Flasche Mineralwasser in der Hand. Ein bisschen einen ausquatschen.

Wenn du auf dem Geländer der Brücke stehst, siehst du so was.

Beides, deine Einsamkeit und auch deine Zugehörigkeit.

Es geht nicht darum, sich Socken ins Maul zu stopfen. Es geht darum, sie herauszuziehen.

Den ganzen Schleim hochzuhusten.

Ihn auszuspucken.

Und »Leben!« zu rufen.

Wäre Telly hier, an meiner Stelle, er würde aufgehen wie

die Sonne. Seinen goldenen Kopf schütteln. Seine Finger würden auf der Ric hin und her fliegen und Funken schlagen. Er wäre einfach großartig.

Ich aber, ich bin nicht großartig.

Ich werde einfach spielen, was ich fühle.

Und es dabei belassen.

Gupti erzählt einen vom Pferd.

»… einer unserer großartigsten jungen Dichter und der jüngste Gewinner aller Zeiten beim Quatch, dem angesehensten studentischen Dichterwettbewerb in unserem Bundesstaat. Und seit neuestem auch ein begabter Biograf. Gestern hat er Dr. Bramwell sein jüngstes Werk präsentiert.«

Sie zeigt mein Manuskript vor, das alle meine taurinbefeuerten Worte über David Cosgrove enthält. Schwenkt es hoch über ihrem Kopf.

»Diese Seiten erzählen die Geschichte eines Mannes – eines alten, blinden, vergessenen Mannes.

Er war ein Durchschnittsbürger, einer wie Sie und ich. Aber auch ein unermüdlicher Wahrheitssucher, wie wir alle es sein sollten, in jedem Abschnitt unseres Lebens.

Jonathan hat diesem Lebensbericht den Titel *Auf den Lichtschimmer zuschwimmen* gegeben. Ich habe heute Morgen angefangen darin zu lesen – und ich muss sagen …«

Ein süßer Seufzer.

Der aber einem Stirnrunzeln weicht.

»Ich kann nicht jedes Wort, nicht jede einzelne Wendung gutheißen. Einiges von dem hier« – Gupti klatscht gegen das Manuskript – »ist weiß der Himmel ein wenig unausgegoren. Aber dann muss ich an das alte Sprichwort denken: ›Stark wird der Tiger, wenn er rohes Fleisch verschlingt.‹

Wir lernen aus diesen Ausführungen …«

Gupti redet und redet.

Sie erzählt, wie sie mich singen und Gitarre spielen gehört hat. An jenem verregneten Wintertag, als Kyle und ich in den Musikraum eingebrochen sind. Und die Ric ausprobiert haben.

Sie redet über Telly.

»Er war nicht nur ein Bruder, er war ein *Zwillings*bruder.«

Alle Welt weiß schon darüber Bescheid. Aber es ist ja immer schön, noch ein weiteres Mal gepeinigt zu werden. Ihnen die Pfeile zu zeigen, die dir im Arsch stecken.

»Wie soll man mit seiner Trauer umgehen?«, fragt Gupti. »Nun, ich kann mir keine bessere Lösung vorstellen, als sie in Kunst zu verwandeln – die Kunst des Herzens. Dichtung. Geschichte. Musik. Jonathan, du bist ein Künstler!«

Sie lächelt ins Mikrofon.

»Ich habe Jonathan gebeten meinen persönlichen Lieblingssong vorzutragen. Keiner von uns weiß, was uns erwartet. Dies ist eine ganz und gar von Schülern gestaltete Aufführung. Er wird auf einer wunderbaren Gitarre spielen, die von Mr Eddie Vedder in Gedenken an Jonathans Bruder gestiftet wurde. Ohne weitere Umstände also« – erneut schwenkt sie mein Manuskript über ihrem Kopf – »präsentiere ich Ihnen Jonathan!«

* * *

Dunkelheit legt sich über das Kenny G.

Tavernenbeleuchtung geht über der Bigband an.

Mr Tillmann hebt seinen Stab. Flüstert »a-one-an-a-two …« Die Band legt los mit »Pick Up the Pieces«.

An der Decke über uns setzt ein Poltern und Klirren ein. In seinem Techno-Vogelnest fuhrwerkt Javon mit einem Hebel herum, der den Haken in die Öse auf dem Rücken des Klett-Flausch-Kong bugsiert. Javon lockt Kong aus der Kulisse, zaubert ihn nach vorn in die Mitte. Taucht ihn in mitternachtsgrünes Dschungellicht. Plötzlich ist er keine Requisite mehr. Er ist ein wildes Tier. Urwüchsig. Starrt über die Leere hinweg in den Saal.

Das Publikum hält die Luft an. Spürt Kongs Kraft. Kameras blitzen.

Kyle stößt mich an. »Ab geht die Post, Alter!«

Ich steige auf die Palette. Jordan legt den Hebel um. Als ich auf halbem Wege nach oben bin, feuert Javon einen Punktstrahler auf mich ab.

Holla!

Ich glänze wie ein blank polierter Löffel.

Das Licht ist unfassbar hell – der Stern von Bethlehem, von nahem und von ferne.

Aus der Nähe kann ich die Klammern und das Klebeband an Kong sehen. Die ganze amateurhafte Verarbeitung. Die Wasserflecke. Dennoch macht er einen erhabenen, lebendigen Eindruck. Er stellt sich den feindlichen Horden. Ist bereit für seine Ehre zu sterben.

Es ist nur ein kleiner Hopser durch die Luft auf seine flache Hand.

Ich halte die Ric fest. Springe ab.

Fühle, wie sich Rickys Sicherheitsleine spannt, als wir über den Abgrund segeln.

Javons Strahler folgt mir.

Die Ric und ich landen auf Kongs Hand.

Kong schwankt. Vor und zurück.

Kommt wieder ins Gleichgewicht.

Jasons Punktstrahler ist unsäglich hell. Aber nichts strahlt heller als die Ric.

Sie ist unter Garantie die kirschroteste Gitarre der Welt.

Kein Kratzer, keine Delle. Sie sieht aus wie von einem anderen Stern.

Ich greife in meine Tasche. Öffne den Ziploc-Beutel.

Greife die letzte Handvoll von meinem Bruder.

Hebe meine Faust. Lasse seinen Staub fallen. Streue ihn in die Luft.

Javons Licht erfasst ihn.

Telly rieselt in quecksilbrigen Teilchen herab.

Bestäubt meine Schuhe, Kongs Hand und die Ric.

Doch Tellys Staub lässt nicht so leicht los.

Seine letzten Überreste haften an mir, ein leichter, harziger Überzug an meinen Zupf- und Anschlagfingern.

Ich rücke mein Headset zurecht. Greife in meine Tasche nach einem Plektrum – ich habe mindestens zwanzig dabei, für alle Fälle.

Wähle das dickste von allen aus.

Bringe meine linke Hand an Rickys Hals in Stellung.

Spreche ins unfassbar helle Flimmern hinein. Licht so hell, dass alles andere dunkel wird.

Spreche zu zwölfhundert Paar Ohren, die mir lauschen. Die vielleicht aber auch gar nicht da sind.

Denn in Gedanken trete ich jetzt in unsere Küche.

Setze mich an den Tisch.

Nur ich und meine Dickies.

Meine Stimme zittert.

»Hier kommt ein bisschen Pinky Toe für Sie. Falls ich leicht schräg klinge, tut's mir leid. Zuhören auf eigene Gefahr.«

36. Kapitel

Das Intro zu »Crossing the River Styx« besteht aus einer Folge von schnell gespielten Noten, mit einer kurzen und einer langen Verzierung. Beim Üben habe ich mich unzählige Male verspielt, weil ich, wenn's ans Zupfen geht, keine so große Leuchte bin.

Jetzt aber verspiele ich mich nicht. Es läuft wie am Schnürchen.

Donnernd perlt jeder einzelne Ton aus Big Bertha und Fat Phyllis heraus, um sich dann an die nach neuestem technischem Standard optimierten Akustikwände des Kenny G zu schmiegen.

Rohe Kraft.

Und doch auch unschuldig, wie Gupti es sich wünscht.

Der Geschmack von Zuckerwatte.

Ich habe das Gefühl, dass die Ric den Song besser kennt als ich. Denn als ich ans Ende des Intros gelange und eigentlich anfangen müsste zu singen, tue ich es nicht. Ich verspüre den dringenden Wunsch, zum Anfang zurückzukehren und das Intro noch einmal zu spielen.

Auf meine Weise.

Und das tue ich. Diesmal allerdings klinge ich nicht so perfekt, nicht so metronomisch genau.

Keine Verzierungen diesmal. Keine Süßigkeiten.

Ich richte meinen Blick auf das dunkle Gleißen des Auditoriums.

Ich kann absolut nichts sehen. Doch dann, durch ein Loch in dem Gleißen, sehe ich Vic und das kleine Baby, das sich an seinen Hals klammert. Dieses Baby, geht mir plötzlich auf, ist ja wohl mein Halbbruder oder meine Halbschwester. Oder so was in dieser Richtung.

Ich nehme einen Gang aus »Crossing the River Styx« heraus.

Die Ric möchte, dass ich ein paar Töne dehne, also tue ich ihr den Gefallen. Ich spiele einen wimmernden Lick, auf der h-Saite, ganz oben auf dem zehnten Bund. Zerre ihn um einen ganzen Ton nach oben – was schwer genug ist auf der h-Saite, aber dann will die Ric, dass ich noch einen Schritt weitergehe – ein riesiger Sprung. Ein schmerzensreicher Bogen.

Die Töne, die ich hervorbringe, sind die melancholischsten, die ich je gespielt habe.

Aber gleichzeitig haben sie auch etwas von einem Wiegenlied.

Die Ric weiß offensichtlich Bescheid. Die Ric scheint alles zu wissen. Über mich, über Telly – sogar über dieses Baby.

Ich feuere eine weitere Salve Noten ab. Sie sind mir vollkommen unbekannt. Klingen aber gut. Fügen sich perfekt ein.

Meine Fresse!

Wie hab ich denn *das* gemacht?

Dies ist weder die Zeit noch der Ort, um zu experimentieren oder zu improvisieren, aber genau das habe ich getan – und es hat funktioniert.

Als ich den Mund zum Singen öffne, klingt meine Stimme ölig. Aber nicht in Richtung Schmalz, wie beim Sänger von

Pinky Toe. Sondern eher wie ein Cheeseburger um Mitternacht, schön fett mit Zwiebeln und Ketchup belegt.

I'm crossing the River Styx.
From Charon I wrest the oar,
To speed my soul to the Plutonian Shore.

Dieser Text hat bisher immer irgendwie nach zuckriger griechischer Pampe geschmeckt, aber jetzt giere ich geradezu danach.

'cause I've got to be free,
To lie upon the breast of Persephone
In the land of Nevermore.

Als ich singe, dass ich »frei sein muss«, lege ich alles hinein. Dehne es, so weit es geht. Fühle es im tiefsten Innern, wo der einsamste Schmetterling flattert.

Weil ich nämlich wirklich frei sein muss.

Befreit von Gupti und allen anderen, die etwas von mir wollen.

Ich hänge einen weiteren Bluesläuf hinten ran – er kommt noch genauer auf den Punkt als die bisherigen.

Ein wehes Heulen in der Nacht.

Heilige Scheiße!

Die Ric stört sich offensichtlich nicht an meinem Unwissen.

Ich öffne die Küchentür und trete nach draußen. Wandre zum Rand der Klippe.

Wenn ein Adlerjunges zum ersten Mal aus dem Nest hüpft,

wie hoch kann es dann fliegen? Das ist mein Dilemma, die Frage, die sich mir stellt. Denn ich möchte jetzt ganz hoch hinauf, bis zur Sonne.

Als ich meine Augen wieder öffne, sehe ich, durchs gleißende Licht, einen alten Mann. Mit grauem Bart. Walt-whitmanesk. Er sitzt einfach nur da.

Ich konzentriere mich auf ihn.

Wühle mich durch einen Lauf aus schroffen Tönen – alle von der Basis des »Crossing the River Styx«-Grundthemas aus abgefeuert, aber in verschiedene Richtungen fliegend, um am Ende dennoch am Himmel wieder zusammenzufinden.

Fontänen aus Klang.

Technische Feinheiten, die absolut jenseits meiner Fähigkeiten als Gitarrist liegen, selbst wenn ich einen extraguten Tag erwischt habe.

Ich wage nicht, darüber nachzudenken. Ich weiß nur, dass ich jeden Moment abstürzen könnte.

Dennoch ist es schön, sich in solche Höhen zu schwingen. Der Sonne immer näher zu kommen.

Tief im Innern eines dieser Riffs höre ich eine Stimme. Eine Art Echo.

Anscheinend treibt Javon irgendwelche Spielchen mit mir. Hat mir einen Talkbox-Effekt oder so was in den Kanal gemischt.

Ich spiele den Riff noch einmal. Wieder höre ich die Stimme – *verdammt!*

Alles, was ich jetzt auf der Ric mache, ist neu und unerprobt. Ich fliege immer höher. Schauer jagen mir über den Rücken, bis hinunter zum Steißbein.

Aber auch über Kongs Rücken jagen sie. Denn wir bewegen uns gemeinsam. In einem Dschungeltanz.

»Crossing the River Styx«, das sind in Wirklichkeit zwei Songs in einem. Die erste Hälfte hat eine klare Melodie, die sauber und präzise gespielt werden muss, was mir besser gelungen ist, als ich je zu hoffen gewagt hätte.

Einwandfrei vernäht, mit geradem und mit Zickzackstich.

Einmal geradlinig gespielt. Einmal mit Blues-Bendings.

Die zweite ist die opernhafte Hälfte. Bietet Freiraum für Interpretationen. Das ist eigentlich der leichteste Teil. Immer nur die Akkorde C-F, G-F wiederholen. Vielleicht mal ein Moll oder eine None einstreuen. Und den Gesang:

Crossing the River Styx,
To the land of Nevermore.

Jetzt gehe ich dazu über, die Akkorde zu schlagen. Und zwar mit Schmackes. Was ich während der ganzen Übungsphase kein einziges Mal getan habe.

Aber jetzt tu ich's. Bei jedem Abwärtsschlag läuft ein presslufthammermäßiges Zittern durch Kongs Körper.

Während ich in die blendende Helligkeit starre, höre ich das geisterhafte Talkbox-Echo.

Wer zum Teufel …?

Und dann weiß ich's.

Mein Blick durchdringt das gleißende Licht. Ganz hinten im Saal sehe ich einen einsamen Typen im gelben T-Shirt. Er fläzt sich auf seinem Stuhl. Beobachtet mich.

Während Kong hin und her schwankt, konzentriere ich mich ganz auf ihn.

Beginne Zeilen aus meinem Meisterstück »Träume von Telemach« zu singen. Nur ein klitzekleines Chaos.

»Wohin gehn wir in der Nacht, o Bruder?«

Ich höre das Echo: *»Wohin gehn wir?«*

»Wann wird der Regen fallen?«

Ich höre das Echo: *»Wann wird der Regen fallen?«*

Kong schaukelt vor und zurück. Ein Urzittern hat ihn erfasst.

»Wer weiß?«
»Wer weiß?«

Seine Stimme ist so lebendig. So sehr Teil von mir.

Ich haue voll in die Saiten.

Schreie: *»ICH AM ALLERWENIGSTEN!«*

Diesmal jedoch höre ich kein Echo. Es ist, als sei er anderer Ansicht.

Wie immer.

Widerspruch gegen meine ewigen Selbstzweifel.

Weil Telly mich aufbaut.

An mich glaubt.

Sogar jetzt noch.

Noch während Kong sich vornüberneigt, bereit nach einer Liane zu hechten.

Ich drücke meinen Rücken in seine Brust. Werfe mein ganzes Gewicht hinein, um ihn wieder ins Gleichgewicht zu bringen.

Aber das wird nichts mehr.

In aller Eile kehre ich noch einmal zu »Crossing the River Styx« zurück.

Spiele es mit allem Adrenalin und Taurin, das noch in mir ist. Dehne die Töne, bis die Wände des Kenny G sich nach innen ziehen.

Ein rauschendes Dezibelfest.

Und dann: aus die Maus.

Wir gehn nach Haus.

Wir stürzen ab.

Kong kippt um.

Fällt bäuchlings auf die Bühne.

Dort herrscht schon heller Aufruhr: Lehrer springen durch die Gegend, Talare flattern.

Ricky und ich fliegen in einem großen Bogen über diesen Tumult hinweg, ich halte mich krampfhaft an ihrem Hals fest.

Ich denke daran, wie verdammt kostbar diese Gitarre ist.

Wahrscheinlich das kostbarste Instrument im gesamten öffentlichen Bildungssektor der Vereinigten Staaten.

Bei eBay ein Vermögen wert.

Ihre Sicherheitsleine wird unter der Last meines Gewichts zerreißen. Und dann kracht Ricky zu Boden. Jeden Moment kann es so weit sein.

Also lasse ich los.

Und falle.

Ich falle, falle, falle in Javons blendendes Licht hinein.

Schwimme auf den Lichtschimmer zu.

Denke an meinen Bruder.

Denke an Telemach.

37. Kapitel

Knaacckkk!

Irgendetwas passiert in meinen Knochen, als ich auf die Bühne krache.

Doch ich bin so vollkommen auf die Ric fixiert, dass ich keine Schmerzen spüre.

Auf einen Ellbogen gestützt verfolge ich Rickys Flugkurve über der Bühne.

Beobachte, wie sie, von meinem Gewicht befreit, zusätzlich an Schwung gewinnt und krachend gegen die Wand des Portalbogens vorne an der Bühne geschleudert wird.

Beobachte, wie sie wie ein Fisch am Haken zappelt.

Ich sehe Funken sprühen und dann kommt plötzlich, aus irgendeiner von Kurzschlüssen aktivierten Speicherzelle, eine Kaskade von Tönen hervorgeschossen, in der alle Klänge meines »Crossing the River Styx«-Vortrags zu etwas noch Wahnsinnigerem und Gequälterem zusammengemixt werden.

Ich höre, wie sich dieses Gekreische durch jede einzelne schwitzende Pore in Big Bertha und Fat Phyllis Bahn bricht.

Bis eine Flamme aus den F-Löchern schlägt. Sie lodert auf und umfängt Ricky.

Das Kenny G – die ganze Schulgemeinde – hält den Atem an.

Katie kniet neben mir.

Agnes kommt herangerollt.

Wir alle – jeder Einzelne, von Gupti bis hin zum letzten Platzanweiser – starren wie gebannt auf Ricky.

Die brennende Gitarre. Die gequälte Prinzessin.

Baumelnd. Taumelnd.

Wir sehen zu, wie die Flammen erlöschen. Wie der Rauch sich verzieht. Sehen, dass der schöne kirschrote Korpus sich schwarz verfärbt hat.

Stille legt sich über den Zuschauersaal des Kenny G.

Ein einzelner, scharfer Ton platzt aus Ricky heraus.

Dann eine Traube von Tönen. Und noch eine.

Dann krampfhafte Kaskaden.

Erinnerungen an die Zeit, als Telly »Here Comes the Sun« spielte.

Im Sterben liegend erinnert sich Ricky.

An das kontrapunktische Zeug.

Den Basslauf.

Den Aufwärtslick.

Den Abwärtslick.

All die Engelstöne.

Tautropfen des Sonnenlichts.

Todesahnungen.

Ricky spielt das alles noch einmal.

Bringt es ein für alle Mal auf den Punkt.

Nagelt es fest für die Ewigkeit.

Schließt mit einem erhabenen D.

Tsching!

38. Kapitel

In diesen Momenten der Lähmung, während Gott noch versucht zwölfhundert Menschen zu erklären, was gerade geschehen ist, ist Agnes die Erste, die sich rührt.

Sie beugt sich aus ihrem Rollstuhl herab und hebt mein Headset auf. Hält sich das Mikro an die Lippen.

Richtet sich ans Publikum, erhebt die Stimme.

»Befreit die Schwimmer in der Finsternis«, sagt sie.

Fat Phyllis und Big Bertha tragen diese Worte bis ans letzte Trommelfell.

»Befreit die Schwimmer in der Finsternis«, wiederholt Agnes.

Dann sagt sie. »Niemals aufgeben. Niemals aufgeben!«

Ein stechender Schmerz schießt mir durchs rechte Bein. Pulsiert in meinem Knöchel. Nick ist da, hilft mir auf.

Kyle tritt neben Agnes, nimmt ihre Worte auf.

»Niemals aufgeben!«, ruft er.

Er winkt der Menge, es ihm nachzutun.

Und sie gehorchen.

Es beginnt eher zaghaft. Aber dann wächst es an. Und es wächst und wächst immer weiter, bis es zu einem donnernden Sprechchor wird.

»NIEMALS AUFGEBEN!«

Die Leute haben sich von ihren Plätzen erhoben.

Und dann dreht der ganze verdammte Saal durch.

39. Kapitel

Ich komme mit einem gebrochenen Bein und einem gebrochenen Knöchel ins Krankenhaus.

Genauer ausgedrückt, mit einer komplizierten Fraktur des Schienbeins. Plus einem akuten Haarriss im Sprungbein.

Dazu noch diverse Prellungen und Platzwunden.

Man operiert. Setzt Titanschrauben und eine Metallplatte ein.

Jetzt habe ich einen bionischen Knöchel.

Die Krankenschwestern versorgen mich mit Schmerzmitteln in Form einer süßen, berauschenden Tropfinfusion.

Ein ganz wundersamer Sirup.

Meine eigene Blockhütte im Wald.

Schläfrigkeit fällt mir tröpfchenweise aufs Gehirn.

Und ich schlafe.

Schlafe einen drachenlosen, kerkerlosen Schlaf.

Tag und Nacht, es ist der Schlaf der erschöpften Seele. Des komatösen Verstands.

Und in den seltenen Momenten, da ich nicht schlafe – sondern irgendeine fiese Krankenhauspampe löffle oder irgendeiner blonden Wetterfee beim Wetteransagen zugucke –, trage ich mich mit dem Gedanken an ein Nickerchen.

Besucher kommen und gehen, aber sie verschwimmen in meiner Wahrnehmung.

Nach ein paar Tagen holt Mimi mich aus dem Krankenhaus ab. Schiebt mich in einem Rollstuhl nach draußen, in die blasse Sonne von Seattle. Mein rechtes Bein steckt in einem Gips, der bis zum Oberschenkel reicht. Ich habe einen Heliumballon in der Hand, auf dem »Gute Besserung« steht.

Ich selber verspüre auch eine gewisse ballonhafte Leichtigkeit. Nachdem in den vergangenen Wochen und Monaten ja alles nur noch bleischwer war.

Mir tun immer noch die Knochen weh. Es kratzt, es juckt, es pocht. Aber der Äther, den ich einatme – ich benutze, wie wir alle, eine ganz persönliche Luftmischung –, scheint irgendwie reiner. Ich nehme ihn in mich auf. Atme tief durch.

Tue gar nicht erst so, als würde ich es verstehen.

In der Haltezone neben dem Eingang stehen Kyle und Nick an den VW gelehnt.

Mimi gibt mir einen Kuss und eilt davon, weil sie noch allerlei Besorgungen zu machen hat. Sie ist schwer damit beschäftigt, der Kapelle des Größten Glücks den letzten Schliff zu verpassen.

Ihre erste Trauung soll am Freitag stattfinden. Der Beginn ihres geistlichen Wirkens.

Kyle und Nick packen mich auf den Rücksitz des VWs, mein bionischer Knöchel guckt aus dem Beifahrerfenster heraus. Meine neuen Krücken klemmen sie zwischen die Schalensitze. Ein Ersatz für den fehlenden Sicherheitsgurt.

Nick bindet den Ballon an meinen großen Zeh, der aus dem Gips hervorlugt. Dann düsen wir ab Richtung West Seattle.

Auf der Schnellstraße beginnt der Ballon an meinem Zeh zu zerren. Eine Weile lang hören wir ihn wütend knattern, dann reißt er sich los. Ich blicke ihm nach, wie er in den Himmel steigt.

»Mann, Alter, Mannomann«, sagt Kyle immer wieder.

Er schüttelt den Kopf. Grinst erhaben.

Kyle hat die Ereignisse bei der Abschlussfeier in seiner Darstellung so zurechtgebogen, dass sie als mindestens gleichwertig mit der Teilung des Roten Meeres oder mit Jesu Wiederkunft erscheinen.

Man kann jedoch mit Fug und Recht behaupten, dass wir Geschichte geschrieben haben. Ich bin mir zwar nicht sicher, welche Art von Geschichte, aber geschrieben haben wir sie.

Nick reicht mir die *Seattle Times*. Dort wird mein Auftritt mit einem Foto und einem Bericht auf der ersten Seite des Lokalteils gewürdigt. Das Foto zeigt mich, wie ich mitsamt der Ric über der Bühne baumle.

Die Artikelüberschrift lautet:

»Kühner junger Mann an fliegender Gitarre«.

Ich lese das mit gemischten Gefühlen. Ich habe die öffentliche Aufmerksamkeit nie gesucht, aber irgendwie scheint sie mich immer zu finden.

Das Bild allerdings gefällt mir gut.

Der Artikel zitiert Miss Yan-Ling:

»Theater hat vor allem mit Magie zu tun. Wenn man in den Hut greift, dann will man etwas herausziehen, das die Leute überrascht, schockiert, anregt. Und diese Jungs … nun ja, Houdini wäre stolz auf sie.«

Auch Kyle wird zitiert:

»Wir hatten alles bis ins letzte Detail durchchoreografiert. Dass Jonathan sich das Bein bricht und dass die Gitarre explodiert, hatten wir natürlich nicht geplant, aber alles andere, Alter, stand so im Drehbuch.«

In dem Artikel wird Kyle als »Segment Producer« vorgestellt.

Am Ende steht noch ein Zitat von Birdwell: »Jonathan und seine Truppe haben auf Jahre hinaus jeden Anflug von Pomp aus dem Kenny G vertrieben.«

Auf der Fahrt nach Hause versorgen Kyle und Nick mich mit den nötigen Infos. Gupti kriege sich wieder ein, meinen sie. Steige wie ein Phönix aus der rauchenden Asche ihres Zorns. Außer von ihr und einigen anderen Lehrern, die sich mit knapper Not vor dem umstürzenden Kong in Sicherheit bringen konnten, wird mein Auftritt allgemein als »brillant« bezeichnet.

»Ricky kommt trotz allem in den Glaskasten«, sagt Nick. »Gupti will nicht, dass sie repariert wird. Sie soll, so verkohlt, wie sie ist, ausgestellt werden.«

»Das ist so eine Hindu-Nummer«, sagt Kyle. »Weißt schon, Opferung auf dem Scheiterhaufen und solche Sachen.«

»Und sie will eine Fotoausstellung machen – Bilder von dir und Kong«, sagt Nick. »Mit einer gerahmten Kopie des Artikels. Und einem Foto von Telly natürlich. Und außerdem einem von The Vedder. Die ganze Geschichte dokumentieren. Mit Ricky als Herzstück.«

Kyles Grinsen ist breiter als sein Schalensitz.

»Leute«, sagt er, »wir haben allen Grund, Demut zu zeigen. Denn Jonathan wird im nächsten Schuljahr bei uns bleiben.«

»Natürlich«, sagt Nick.

Wir stoßen reihum die Fäuste aneinander.

Aus dem Heckfenster kann ich noch immer den Ballon sehen. Ein Stecknadelkopf am Himmel.

Ich schließe die Augen.

Lasse mir die Juniluft um die Zehen wehen, lasse sie den Gips hinaufströmen.

Mich waschen.
Mich kratzen.

* * *

Zu Hause auf dem Küchentisch wartet ein Brief auf mich.

Von einer Anwaltskanzlei: Olson, Johnston & Reed.

Ich umkreise den Tisch. Stoße den Brief argwöhnisch mit dem Gummiende meiner Krücke an. Nehme ihn aus verschiedenen Blickwinkeln in Augenschein.

Ich bin mir ziemlich sicher, dass Gupti und der Schulbezirk mich auf Schadensersatz für die Ric verklagen.

Sie war ein Vermögen wert und ich habe sie zerstört. Ich habe die großartigste Gitarre aller Zeiten auf dem Gewissen, die wunderschöne, kirschrote Ric 360–6, des Vedders Geschenk an die öffentlichen Schulen Seattles. Des Vedders Tribut an Telly.

Selbst wenn ich den Wert der Ric so niedrig wie irgend möglich ansetze, sehe ich voraus, dass ich den ganzen Rest meines Lebens brauchen werde, um meine Schulden abzubezahlen.

Ich reiße den Briefumschlag auf.

Lieber Jonathan,
Sie sind als Begünstigter im Testament meines verstorbenen Mandanten David O. H. Cosgrove II. bestimmt worden. Bitte setzen Sie sich umgehend mit mir in Verbindung. Es wird mir eine Freude sein, Sie mit den Einzelheiten vertraut zu machen.
Mit freundlichen Grüßen,
Ansel T. Reed
Rechtsanwalt

40. Kapitel

Heute trage ich meine dunkelgraue Anzugjacke und ein altes weißes Oberhemd. Außerdem habe ich einen Schlips um.

Ich stehe ganz hinten in der Kapelle des Größten Glücks. Stütze mich auf meine Krücken.

Mimi hat sich in eine schrille weiße Robe gewickelt. Ein goldenes Band dient als Gürtel. Ihre Predigt ist ein abenteuerlicher Mischmasch aus Bibelversen und Mutter-Erde-Metaphern der amerikanischen Ureinwohner.

Mit ein paar eigenen Erkenntnissen über die Natur der universellen Liebe obendrauf.

Das glückliche Paar scheint sich nicht daran zu stören.

Wie betäubt vor lauter Seligkeit stehen sie da.

Ein Typ namens J.R. Große Ohren. Schweißgebadet.

Eine Frau namens Rhonda. Knollennase. Knollenhintern.

Lächelt das strahlende Brautlächeln.

Eine kleine Ansammlung von Freunden und Familie.

Mimi erklärt sie zu »Mann und Frau, eine allumfassende Einheit«.

J.R. und Rhonda küssen sich. Alles klatscht.

Mimi überreicht die Heiratsurkunde. Das Paar unterschreibt und Mimi bekommt einen Scheck.

Verdammt noch mal! Sie ist im Geschäft.

41. Kapitel

Heute ist der 21. Juni – Sommersonnenwende.

Die Sonne gleitet dicht an der Erde vorbei. Oder umgekehrt.

Der längste Tag des Jahres.

Ich habe einen neuen Gips. Kleiner als der alte, geht nur bis zum Knie. Ein schwarzer, mit Klettband verschnürter Moonboot in Übergröße.

Auf meine Krücken gestützt stehe ich an der Bushaltestelle und halte die Nase in die Sonne. Warte auf den 22er.

An der Junction steige ich in den 128er um. Später humple ich hügelabwärts. Nehme die Brücke über Schmitz Park. Bleibe stehen. Starre hinunter zum Bach. Der lästigste Schmerz, mit dem ich heute zu tun habe, steckt in meinen Achselhöhlen. Also versenke ich mich in den Anblick des Baches aus dem gleichen Grund wie alle anderen auch. Weil er einfach schön ist und so angenehm plätschert.

Ein Spruchband ist quer durch den Speisesaal des Delphi gespannt:

»Herzlichen Glückwunsch zum 100. Geburtstag, Agnes!«

Luftballons. Partyhütchen. Kazoos.

Eine große rechteckige Torte mit einer fetten Kerze, die wie die Zahl 100 geformt ist.

Alle Bewohner sind gekommen. Jedenfalls alle, die dazu in der Lage sind.

Agnes' Tochter, Enkel und Großenkel sind auch da. Ebenso Flacharsch und der Rest der Belegschaft.

Agnes sitzt in der Mitte. Wir singen »Happy Birthday«.

Sie pustet die Kerze aus.

Großer Beifall.

Dann öffnet sie ihre Geschenke.

Unter anderem hat sie ein Paar Engelsflügel bekommen, die Katie aus Metallbügeln und einem durchsichtigen weißen Duschvorhang gebastelt hat.

Katie platziert eine Schlaufe um Agnes' Nacken. Damit können die Flügel an ihrem Rücken befestigt werden.

»Jetzt sind Sie wirklich ein Engel«, sagt Katie.

Agnes leuchtet von innen.

Ich hoffe, dass sie es sagen wird. Ich bete sogar darum.

Mein Gebet wird erhört.

»Seil einen ab.«

Während alle anderen sich über die Torte hermachen und zum geselligen Teil der Veranstaltung übergehen, ziehe ich mich an einen Ecktisch zurück und schlage mein kleines Notizbuch auf.

Chaos XXXI

Im tiefsten Kerker
schlägt der Blinde gegen meine Gitterstäbe,
zeigt auf den Riss in der Mauer.
»Sieh – SIEH DOCH!«
Tageslicht dringt herein,
tropfenweise,
in Wellen.
»Hol tief Luft und dann fort mit dir.«
Also öffne ich den Käfig,

der die ganze Zeit unverschlossen war.
Und mache mich auf.
Hinter mir
sehe ich nur Finsternis
und kein Zurück.
Leben heißt zum Licht zu schwimmen.
Sterben heißt, es gar nicht erst zu versuchen.

* * *

Katie bringt Agnes zu Bett. Schaltet den Fernseher ein. Zappt bis zu dem Sender, auf dem *Real Malibu Moms* läuft. Reguliert den Stehventilator. Dämpft das Licht.

Meine Güte! Hundert Jahre alt!

Im Flur hänge ich meinen Rucksack über die Schiebegriffe von Agnes' Rollstuhl, lasse mich auf den Sitz plumpsen. Hebe meinen Moonbootfuß auf den silbernen Bügel.

Katie schiebt mich in den Empfangsbereich. Holt ihren grauen Cross-Country-Kapuzenpulli. Bindet ihn sich um den Nacken.

Setzt sich eine Mütze auf den kahlen Kopf.

Packt eine Sauerstoffflasche in ihre Umhängetasche.

Dann rollt sie mich durch die Eingangstür des Delphi und die Rampe hinunter.

Ins Blaue des frühen Abends.

Wir gleiten den Hügel hinunter Richtung Alki Beach.

Am ersten Tag des Sommers.

Maximales Licht.

Frisch, windig, warm.

Typischer Juni in West Seattle.

Auf dem Strand wird Holz aufgeschichtet, das später angezündet werden soll.

Der scharfe Salzgeruch des Puget Sound.

Der salzige Ketchupgeruch auf den Fritten, der vom Restaurant Pepperdock herüberweht.

Überall Jugendliche. Von der Taft High School und allen anderen Schulen.

Stolzieren durch die Gegend. Bilden Rudel.

Sitzen auf Treibholzbalken, tippen unermüdlich auf ihren Handys herum. Enge Tops. Kurze Shorts. Niedrig hängende Hosen. Zehenringe. Skateboards. Frisbees. Volleybälle. iPods.

Unsterblichkeit.

Ein steter Strom von dicken Schlitten und Cabrios zieht sich den Beach Drive entlang.

Und dann und wann der unvermeidliche Streifenwagen, die Schlange im Paradies.

Sich mit dem Rollstuhl durch diese Menschenmenge zu bewegen ist nicht gerade cool. Aber ich praktiziere Kumpeldemut, die möglicherweise im Buddhismus oder irgendwelchen anderen alten Religionen und Philosophien verwurzelt ist. Muss da mal ein bisschen recherchieren. Vielleicht kommt ein Gedicht dabei heraus.

Ganz schön viele von den Leuten sprechen mich an. Jede Menge Oohs und Aahs wegen meinem schwungvollen Auftritt mit der Ric.

»Alter, ganz große Show! Wie hast du diese Magie bloß hinbekommen?«

»Ich hatte viele Helfer«, sage ich.

»Hast echt heißes Zeug gespielt auf der Gitarre, Mann!«

»Ach«, sage ich, »das kann man so eigentlich nicht sagen.«

Ich hüpfe zu einer Bank.

Katie setzt sich neben mich.

Wir starren auf die schimmernden Wellen.

»Jede Stunde des Lichts und der Dunkelheit ist ein Wunder«, sagt Katie.

Ihre Worte schwirren wie ein Kolibri durch meinen Kopf.

»Mein Gott, Jonathan, ich dachte, du würdest das peilen – Walt Whitman.«

Holla!

Jede Stunde des Lichts und der Dunkelheit ist ein Wunder.

Der alte Walt mal wieder.

Hat eine Botschaft für mich.

Und bestimmt ist da was dran. Wer weiß schon, wie viele gute Tage wir in uns haben. Aber es gibt Wunder auch in einzelnen Momenten.

»Wie hast du das denn nun hingekriegt, so zu spielen?«, fragt Katie.

»Glück, würde ich sagen.«

Sie denkt darüber nach.

Ich ziehe meinen Rucksack von den Schiebegriffen. Mache den Reißverschluss auf. Hole meine neueste Erwerbung hervor. Bei eBay bestellt. Heute Morgen eingetroffen. Gesamtpreis, einschließlich Steuer und Versandkosten: 972 Dollar.

Aber ich mache mir deswegen keinen Kopf.

»Was issen das?«

Ich greife in meine Tasche. Finde ein Plektrum zwischen dem Kleingeld.

»Eine Laute.«

Und ich füge hinzu. »Von Hand gefertigt, 1919 in Bulgarien. Hier, guck dir das an.«

Ich streiche mit der Hand über den tränenförmigen Resonanzboden aus robustem Fichtenholz, den kürbisartigen Rücken, über den Ebenholzhals bis zum reich verzierten Wirbelkasten. Das Coolste aber ist das Schallloch – gestaltet nach dem Vorbild eines großen Kirchenfensters.

»Kannst du darauf spielen?«, fragt Katie.

Ich setze das Plektrum an die Saiten. Probiere ein offenes Arpeggio. Klingt wie ein rostroter Tag in der Hölle.

Uralt, näselig.

Ein behindertes Banjo.

»Ich habe keine Ahnung, wie man das Teil spielt«, sage ich.

Ich bin mir ziemlich sicher, dass ich sie küssen werde.

Nachher, wenn's dunkel ist.

Aber verdammt, heute ist der längste Tag des Jahres!

»Du wirst es schon hinkriegen«, sagt sie.